ITALO CALVINO
El sendero de los nidos de araña

Los indiferentes

POR UN CAMPESINO ESPAÑOL
Ramón J. Sender

CAMILO JOSÉ CELA
Viaje a la A...

NADA
Carmen Laforet

ITALO CALVINO
Los amores difíciles

PATRICIA HIGHSMITH
A pleno sol

LAS SOMBRAS RECOBRADAS
Gonzalo Torrente Ballester

MIGUEL DELIBES
...santos ...tes

PATRICIA HIGHSMITH
Tras los pasos de Ripley

Guerra del tiempo

ALEJO CARPEN...

ENTRE VISILLOS
Carmen Martín Gaite

LOLITA
Vladimir Nabokov

EL ...UME

GRAHAM GREENE
El americano impasible

CAM... JOSÉ C...
Pabellón de reposo

PRIMAV... CON UNA ...UINA RO...
...o Benedetti

M... VARGAS
Pantal... y la visitad...

LA HOGUERA DE LAS VANIDADES
Tom Wolfe

...AMARÉ ...RNES
Almudena Grandes

WILT
Tom Sh...

GR...AM GRE...ENE
El agente ...nfidencial

EL AMERICANO IMPASIBLE

GRAHAM GREENE nació en Great Berkhampstead (Inglaterra) en 1904 y murió en Vevey (Suiza) en 1991. Después de estudiar en Oxford, empezó a dedicarse al periodismo, desarrollando una gran actividad como reportero que le llevó a viajar por todo el mundo. Tras publicar en 1929 su primera novela, *Historia de una cobardía*, se dedicó de lleno a la literatura. De su extensa producción narrativa destacan: *El agente confidencial, El poder y la gloria, El ministerio del miedo, El cónsul honorario, El factor humano* y *El décimo hombre*.

GRAHAM GREENE

El americano
impasible

NARRATIVA ACTUAL

Título original: *The quiet american*
Traducción: J. R. Wilcock

© Graham Greene, 1955, 1962, 1973
© RBA Editores, S. A., 1993, por esta edición
Pérez Galdós, 36 bis, 08012 Barcelona
Traducción cedida por Emecé Editores

Proyecto gráfico y diseño de la cubierta: Enric Satué
Ilustración cubierta: A.G.E. Fotostock

ISBN: 84-473-0022-6
Depósito Legal: M. 25.363-1993
Impresión y encuadernación:
MATEU CROMO ARTES GRÁFICAS, S. A.
Ctra. de Fuenlabrada, s/n. Pinto (Madrid)

Impreso en España — Printed in Spain — Diciembre 1993

Queridos René y Fuong:

Les he pedido permiso para dedicarles este libro no sólo por el recuerdo que guardo de las felices noches pasadas con ustedes en Saigón durante los últimos cinco años, sino también porque, sin el menor empacho, he situado a uno de mis personajes en el departamento de ustedes y usado tu nombre, Fuong, para conveniencia de los lectores, porque es simple, hermoso y fácil de pronunciar, cosa que no ocurre con todos los nombres de sus compatriotas. Advertirán ustedes que he tomado muy poco más, y por cierto que mis personajes no provienen de Vietnam. Pyle, Granger, Fowler, Vigot, Joe: ninguno de ellos tiene su original en la vida de Saigón o Hanoi, y el general Thé está muerto: muerto por la espalda, según dicen. También la secuencia de los hechos históricos ha sido cambiada. Por ejemplo, la gran bomba estalló cerca del Continental antes *y no* después *de las bombas sobre las bicicletas. No he tenido escrúpulos en realizar estos cambios menores. Éste es un cuento y no un fragmento de historia, y espero que como cuento sobre unos pocos personajes imaginarios lo lean ustedes dos una calurosa noche de Saigón.*

Afectuosamente,

GRAHAM GREENE

No me gusta conmoverme, porque la voluntad se excita,
y la acción es siempre peligrosa; temo hacer algo
  equivocado,
alguna mala acción de puro corazón, algún acto
  injustificado,
estamos tan inclinados a estas cosas, con nuestras terribles
  nociones del deber.

A. H. Clough

Ésta es la edad patente de nuevas invenciones
para matar los cuerpos, y para salvar almas,
y todas propagadas con la mejor intención.

Byron

Primera parte

Capítulo primero

Después de comer me quedé en mi cuarto de la rue Catinat, esperando a Pyle; me había dicho:
—Estaré contigo a las diez, a más tardar.

Cuando sonó la medianoche no pude contenerme más y bajé a la calle. En el rellano de la escalera había una cantidad de viejas, con pantalones negros, sentadas en cuclillas; como era febrero, supongo que no podían soportar el calor de la cama. Pasó pedaleando lentamente un triciclo de alquiler, hacia el río; se veían las luces encendidas donde habían desembarcado los nuevos aeroplanos norteamericanos. En toda la longitud de la calle no se veían ni rastros de Pyle.

Naturalmente, pensé, podría haberse demorado por algún motivo en la Legación norteamericana; pero en ese caso habría telefoneado al restaurante; respetaba demasiado esas pequeñas cortesías. Me volví para entrar en mi casa, cuando vi a una muchacha que esperaba en la puerta de la calle contigua. No le vi la cara, solamente los pantalones blancos de seda y la larga túnica floreada, pero no por eso dejé de reconocerla. Tantas veces había esperado mi regreso, en ese mismo lugar y a esa hora.

—Fuong —dije.

Quiere decir Fénix, pero hoy en día nada es fabuloso y nada resurge de sus cenizas. Antes de que tuviera tiempo de decírmelo, comprendí que esperaba a Pyle.

—No está en casa.

—*Je sais. Je t'ai vu seul à la fenêtre.*

—De todos modos, podrías esperarlo arriba —le dije—. Pronto vendrá.

—Puedo esperarlo aquí.

—Mejor no. La policía podría molestarte.

Me siguió. Yo pensaba mientras tanto en las diversas alusiones irónicas y desagradables que hubiera podido hacerle, pero ni su inglés ni su francés eran suficientes para permitirle comprender la ironía; y aunque parezca extraño, no sentía ningún deseo de herirla, ni siquiera de herirme a mí mismo. Cuando llegamos arriba las viejas volvieron la cabeza, y apenas pasamos se oyó el ondular de sus voces, como el canto de un coro.

—¿De qué hablan?

—Creen que he vuelto para quedarme.

En mi cuarto, el árbol traído unas semanas antes, para celebrar el Año Nuevo chino, perdía sus últimas flores amarillas. Habían caído entre las teclas de la máquina de escribir. Las saqué.

—Estás inquieto —dijo Fuong.

—Es muy raro en él. Es tan puntual.

Me quité la corbata y los zapatos y me recosté en la cama. Fuong encendió el gas y puso a hervir agua para el té. Como solía hacer seis meses antes.

—Afirma que te vas pronto —dijo.

—Quizá.

—Te estima mucho.

—Gracias, no hay por qué —contesté.

Advertí que ahora se peinaba de otro modo; el pelo, negro y lacio, le caía sobre los hombros. Recordé que Pyle había criticado una vez ese peinado complicado que ella consideraba más adecuado para la hija de un mandarín. Cerré los ojos, y Fuong volvió a ser lo que había sido siempre; el silbido de la tetera, el tintineo de una taza, una cierta hora de la noche y la promesa de reposo.

—No tardará —dijo, como tratando de consolarme por su ausencia.

Me pregunté cómo serían los temas de sus conversaciones. Pyle se tomaba las cosas muy en serio, y hasta yo había tenido que soportar sus conferencias sobre el Lejano Oriente, a pesar de haber pasado él tantos meses como yo años en esas tierras. La democracia era otro de sus temas, y tenía ideas netas e intolerables sobre la obra de los Estados Unidos en pro del mundo. Fuong, por su parte, era maravillosamente ignorante; si alguien hubiera mencionado a Hitler al pasar, Fuong lo habría interrumpido para preguntarle quién era. Explicárselo habría sido bastante difícil, además, porque no había visto nunca a un alemán o a un polaco, y poseía una idea sumamente imprecisa de la geografía europea, aunque por supuesto acerca de la princesa Margarita sabía más que yo. Oí que colocaba la bandeja al pie de la cama.

—¿Todavía está enamorado de ti, Fuong?

Acostarse con una anamita es como acostarse con un pájaro; gorjean y cantan sobre la almohada. En otra época me había parecido que ninguna voz cantaba como la de Fuong. Estiré la mano y le toqué el brazo; también sus huesos eran frágiles, como los de un pájaro.

—¿Está, Fuong?

Rió; oí que encendía un fósforo. «Enamorado», tal vez era una de las expresiones que no comprendía.

—¿Puedo prepararte la pipa? —preguntó.

Cuando abrí los ojos, Fuong había encendido la lámpara, y la bandeja ya estaba preparada. La luz de la lámpara daba a su piel un color de ámbar oscuro, mientras se inclinaba sobre la llama frunciendo el ceño, concentrada en la tarea de calentar la pastillita de opio, haciendo girar la aguja.

—¿Pyle no fuma todavía? —le pregunté.
—No.
—Tendrías que acostumbrarlo; si no, no volverá.

Entre ellas existía la superstición de que un amante que fumaba opio siempre vuelve, aun de Francia. El opio puede dañar la capacidad sexual del hombre, pero ellas prefieren un amante fiel a uno potente. Fuong amasaba ahora la bolita de pasta caliente sobre el borde convexo del recipiente; ya podía olerse el opio. No hay olor como ése. Junto a la cama, el despertador señalaba las doce y veinte, pero mi inquietud empezaba a disiparse. Pyle disminuía de importancia. La lámpara daba en la cara de Fuong, que maniobraba la larga pipa, inclinada sobre ella con la atención seria que suele dedicarse a los niños. Me gustaba mucho mi pipa: más de medio metro de bambú recto, con marfil en cada extremo. Más o menos a los dos tercios de su longitud estaba el recipiente, como una campanilla invertida, con el borde convexo pulido y oscurecido por el roce frecuente del opio. Con un giro de la muñeca, Fuong hundió la aguja en la diminuta cavidad, soltó el opio e invirtió el recipiente sobre la llama, sosteniéndome la pipa con firmeza. La bolita de opio burbujeaba suave y uniformemente, mientras yo inhalaba el humo.

El fumador práctico puede agotar una pipa entera, con una sola aspiración, pero yo siempre tenía que aspirar varias veces. Luego me recosté, con el cuello sobre la almohada de cuero, mientras Fuong me preparaba la segunda pipa.

—Realmente, te diré, es claro como la luz del día —observé—. Pyle sabe que suelo fumar unas pipas antes de acostarme, y no ha querido molestarme. Supongo que aparecerá por la mañana.

La aguja penetró en la cavidad, y aspiré mi segunda pipa. Cuando la dejé, dije:

—No hay por qué preocuparse. No hay por qué preocuparse en absoluto.

Bebí un sorbo de té, y seguí hablando con una mano en la axila de Fuong:

—Cuando me dejaste, fue una suerte que tuviera esto para consolarme. Hay un buen fumadero en la rue d'Ormay. Cómo nos complicamos la vida por nada los europeos. No deberías vivir con un hombre que no fuma, Fuong.

—Pero va a casarse conmigo —dijo—. Pronto.

—Naturalmente, ése es otro cantar.

—¿Te preparo otra pipa?

—Sí.

Me pregunté si aceptaría dormir conmigo esa noche, suponiendo que Pyle no viniera; pero sabía que una vez fumadas cuatro pipas, ya no la desearía. Por supuesto, sería agradable sentir sus muslos junto a mi cuerpo en la cama; siempre dormía de espaldas. Y cuando me despertara, por la mañana, podía empezar el día fumando una pipa, en vez de empezarlo con mi alma.

—Pyle ya no vendrá —dije—. Quédate, Fuong.

Me tendió la pipa y meneó la cabeza. Cuando hube aspirado el opio, su presencia o su ausencia dejaron de importarme demasiado.

—¿Por qué no habrá venido Pyle? —preguntó.

—¿Qué sé yo? —dije.

—¿Habrá ido a ver al general Thé?

—No puedo saberlo.

—Me dijo que si no podía comer contigo, vendría aquí.

—No te preocupes. Ya vendrá. Prepárame otra pipa.

Cuando se inclinó sobre la llama, me vino a la memoria el poema de Baudelaire: *Mon enfant, ma soeur...* ¿Cómo seguía?

Aimer à loisir,
Aimer et mourir
Au pays qui te ressemble.

Afuera, en el río, dormían los barcos, *dont l'humeur est vagabonde*. Pensé que si olía su piel sentiría la levísima fragancia del opio, y su color era el de la llamita. Tantas veces había visto las flores de su vestido junto a los canales del Norte; era indígena como una hierba, y yo no quería volver nunca a mi tierra.
—Quisiera ser Pyle —dije en voz alta.
Pero el dolor era limitado y soportable; el opio lo calmaba. Alguien llamó a la puerta.
—Pyle —dijo Fuong.
—No. No llama así.
Alguien volvió a llamar con impaciencia. Fuong se levantó rápidamente, agitando el árbol amarillo, que volvió a verter sus pétalos sobre mi máquina. La puerta se abrió.
—Monsieur Fauler —ordenó una voz.
—Yo soy Fowler —dije.
No pensaba levantarme para recibir a un policía; sin alzar la cabeza ya había visto sus pantaloncitos kakis.
En un francés vietnamita casi ininteligible, me explicó que me necesitaban inmediatamente, al instante, rápido, en la Sûreté.
—¿La Sûreté francesa o la vietnamita?
—La francesa.
En su boca, la palabra sonaba más o menos *fransung*.
—¿Para qué?
No sabía; tenía órdenes de llevarme.
—*Toi aussi* —dijo a Fuong.
—Diga *vous* cuando habla con una dama —lo corregí—. ¿Cómo supo que ella estaba aquí?
Se redujo a repetir que ésas eran las órdenes.

—Iré por la mañana.

—*Jue le chung* —dijo.

Una personita pulcra, obstinada. Era inútil discutir, de modo que me levanté y me puse los zapatos y la corbata. Aquí la policía tenía siempre la última palabra; podían retirarme el permiso de circulación; podían negarme el acceso a las conferencias de prensa; hasta podían, si querían, negarme el permiso de salida del país. Esos eran los métodos legales, no encubiertos; pero la legalidad no parecía esencial en un país en guerra. Yo sabía de un hombre que de pronto, inexplicablemente, se quedó sin cocinero; siguió sus huellas hasta la Sûreté vietnamita, pero los oficiales le aseguraron que el hombre había sido puesto en libertad después de ser interrogado. Su familia no volvió a verlo nunca más; quizá se pasó al comunismo, quizá se alistó en uno de los ejércitos privados que florecían en los alrededores de Saigón, los Hoa Haos o los caodaístas o el general Thé. Quizá estuviera en una cárcel francesa. Quizá estuviera en Cholón, el suburbio chino, enriqueciéndose a expensas de las muchachas. Quizá le había fallado el corazón mientras lo interrogaban.

—No pienso ir a pie —dije—. Tendrán que pagarme un triciclo de alquiler.

Había que mantener la dignidad.

Por eso mismo, en la Sûreté no quise aceptar un cigarrillo del oficial francés. Después de tres pipas sentía la mente clara y alerta; fácilmente podía tomar decisiones como ésta, sin perder de vista el punto principal: ¿qué quieren de mí? Ya me había encontrado varias veces con Vigot, en fiestas y reuniones; me había llamado la atención porque parecía absurdamente enamorado de su mujer, una rubia llamativa y falsa, que no le hacía caso. Ya eran las dos de la madrugada; Vigot parecía cansado y deprimido, en medio del humo de cigarro y el gran calor, con una visera verde sobre los ojos y un libro de Pascal abierto sobre el escritorio, para pasar el tiempo. Cuando me negué a permitir que interrogara a Fuong en mi ausencia, cedió en seguida, con un único suspiro que podía significar el cansancio que le inspiraban Saigón, el calor o la entera condición humana.

—Siento tanto haberme visto obligado a requerir su presencia —dijo en inglés.

—No la requirieron. Me obligaron.

—¡Oh, estos policías indígenas...! No comprenden.

Sus ojos seguían fijos en una página de los *Pensamientos*, como si todavía lo absorbieran esos tristes argumentos.

—Quería hacerle algunas preguntas... —agregó—, sobre Pyle.

—Convendría que se las hiciera a él.

Se volvió hacia Fuong y le preguntó secamente en francés:

—¿Cuánto hace que vive con el señor Pyle?

—Un mes..., no sé —dijo ella.

—¿Cuánto le pagaba?

—No tiene ningún derecho de hacerle esa pregunta —dije—. Esta joven no está en venta.

—Antes vivía con usted, ¿no es cierto? —preguntó Vigot, bruscamente—. Durante dos años.

—Soy un corresponsal y se supone que paso informes sobre esta guerra de ustedes..., cuando me lo permiten. No me pidan además que contribuya a la página de escándalos locales.

—¿Qué sabe de Pyle? Por favor, conteste a mis preguntas, señor Fowler. Preferiría no hacérselas. Pero es un asunto serio. Por favor, créame, es algo muy serio.

—No soy un delator. Ustedes ya saben todo lo que podría decirles sobre Pyle. Edad, treinta y dos años; empleado en la Misión de Ayuda Económica; nacionalidad, norteamericano.

—Parecería que usted lo considera un amigo —dijo Vigot mirando a Fuong en vez de mirarme.

Un policía indígena entró con tres tazas de café negro.

—¿Tal vez preferiría tomar té? —preguntó Vigot.

—*Soy* amigo suyo —dije—. ¿Por qué no? Algún día volveré a mi país, ¿no es así? No puedo llevármela conmigo. Estará muy bien con él. Es un arreglo razonable. Y, además, dice que se casará con ella. Le diré que no es imposible. Es un buen tipo a su manera. Serio. No es uno de esos sinvergüenzas estrepitosos del Continental. Un americano impasible.

Lo resumí precisamente en esa definición, como si hubiera dicho «un lagarto azul» o «un elefante blanco».

—Sí —dijo Vigot.

Parecía buscar sobre su escritorio las palabras que pudieran expresar su idea tan exactamente como lo había hecho yo.

—Un norteamericano sumamente impasible.

Sentado en esa oficinita sofocante, esperaba a que uno de nosotros hablara. Un mosquito zumbó, al ataque; yo observaba a Fuong. El opio nos hace rápidos de entendimiento; quizá sea porque calma los nervios y apaga las emociones. Nada, ni siquiera la muerte, parece tan importante. Pensé que Fuong no había comprendido el tono de la voz de Vigot, melancólico y definitivo; además, sabía muy poco inglés. Allí sentada, en esa dura silla de oficina, seguía esperando pacientemente a Pyle. En ese mismo momento yo había renunciado a la espera, y era evidente que Vigot comprendía nuestras dos actitudes.

—¿Cómo lo conoció? —me preguntó Vigot.

¿Por qué habría de explicarle que era Pyle el que se había acercado a mí? En setiembre del año pasado; lo había visto cruzar la plaza, hacia el bar del Continental. Una cara inconfundiblemente joven y todavía sin usar, lanzada hacia nosotros como un dardo. Con sus piernas desmañadas y su corte de pelo militar y su amplia mirada de colegial, parecía incapaz de hacer daño a nadie. La mayoría de las mesas al aire libre estaban ocupadas.

—¿Me permite? —me había preguntado con seria cortesía—. Me llamo Pyle. Soy nuevo aquí.

Se había plegado alrededor de la silla; luego pidió una cerveza. De pronto alzó rápidamente la mirada hacia el duro resplandor meridiano.

—¿Qué fue eso, una granada? —preguntó, agitado y esperanzado.

—Es más probable que haya sido el escape de un automóvil —contesté, y me sentí repentinamente condolido de su desilusión. Uno se olvida tan pronto de su propia juventud; alguna vez también yo me interesé en eso que por falta de palabra mejor se llama «noticias». Pero ya estaba aburrido de granadas; eran algo que se enumeraba en la última página del diario local: anoche tantas en Saigón, tantas en Cholón; nunca llegaban a la prensa europea. Por la calle pasaban las hermosas siluetas chatas, con sus pantalones blancos de seda, sus largas chaquetas ajustadas, de diseños rosados y lilas, cortadas en el muslo; yo las veía pasar con la nostalgia que indudablemente sentiría cuando hubiera abandonado para siempre esas regiones.

—Son encantadoras, ¿no le parece? —dije, mientras bebía mi cerveza.

Pyle les lanzó una rápida mirada; las jóvenes se alejaban por la rue Catinat.

—¡Oh, sí! —dijo con indiferencia; era un tipo serio—. El ministro está muy preocupado por esas granadas. Sería muy desagradable, dice, si ocurriera algún incidente..., con uno de nosotros, naturalmente.

—¿Con uno de ustedes? Sí, supongo que eso sí sería serio. Al Congreso no le gustaría nada.

¿Por qué sentirá uno el deseo de tomar el pelo a los inocentes? Quizá no hacía ni diez días que este muchacho había cruzado por última vez las plazas de Boston con los brazos llenos de libros, esos libros sobre el Lejano Oriente y los problemas de China que estaría leyendo para informarse antes de emprender viaje. Ni siquiera oyó lo que le dije; ya estaba totalmente sumergido en los dilemas de la democracia y las responsabilidades de Occidente; estaba decidido —muy pronto pude comprobarlo— a ser útil, no a una persona determinada, sino a un país, a un continente, a un mundo. Bueno, ya se hallaba en su elemento, podía dedicarse a mejorar el universo entero.

—¿Está en la morgue? —pregunté a Vigot.

—¿Cómo sabe que está muerto?

Era una absurda pregunta de policía, indigna del hombre que leía a Pascal, indigna de ese hombre que amaba tan extrañamente a su mujer. No se puede amar sin intuición.

—Soy inocente.

Y me dije mentalmente que era cierto. ¿Acaso Pyle no había sido siempre independiente? Traté de encontrar en mí algún sentimiento, hasta un poco de resentimiento ante la sospecha del policía, pero no encontré nada. Nadie, salvo Pyle, era responsable. ¿Acaso no es mejor estar muerto?, razonaba dentro de mí el opio. Pero miré con cautela a Fuong, porque ella sí era una desgracia. Seguramente lo amaba, a su manera; ¿acaso no me había querido a mí y acaso no me había dejado por Pyle? Se había entregado a la juventud y la esperanza y la seriedad, y ahora resultaba que eran menos sólidas que la vejez y la desesperación. Nos miraba a ambos; pensé que todavía no había comprendido. Quizá fuera mejor sacarla de allí, antes de que se diera cuenta de lo sucedido. Yo estaba dispuesto a contestar cualquier pregunta que

me hicieran, si así podía poner fin a la entrevista rápidamente y sin mayores aclaraciones; luego se lo diría, más tarde, a solas, lejos de la mirada del policía y las sillas duras de oficina y la lamparita desnuda donde giraban las mariposas.
—¿Qué horas le interesan? —pregunté.
—Entre las seis y las diez.
—A las seis tomé una copa en el Continental. Los camareros lo recordarán. A las siete menos cuarto me fui a pie hasta el río, para ver cómo descargaban los aviones norteamericanos. En la puerta del Majestic me encontré con Wilkins, el de la Associated News. Luego entré en el cine de al lado. Probablemente se acuerden de mí, porque tuvieron que ir a buscarme cambio. De allí me fui en un triciclo de alquiler al Vieux Moulin; calculo que habré llegado a las ocho y media; comí solo. Granger estaba, pueden preguntárselo. Luego tomé otro triciclo y me volví a casa, a eso de las diez menos cuarto. Probablemente encuentre al conductor. Yo esperaba a Pyle a las diez, pero no apareció.
—¿Por qué lo esperaba?
—Me había llamado por teléfono. Dijo que debía verme por un asunto importante.
—¿Tiene alguna idea de qué asunto era?
—No. Para Pyle todo era importante.
—Y esta amiguita de Pyle, ¿dónde estaba?
—Esperándolo al lado de mi casa, a medianoche. Estaba inquieta. No sabe nada. Es más, ¿no ve que sigue esperándolo?
—Sí —dijo Vigot.
—Y supongo que no pensará que lo maté yo, por celos, o que lo mató ella... ¿Por qué motivo? Pyle iba a casarse con ella.
—Sí.
—¿Dónde lo encontraron?
—En el agua, debajo del puente de Dakau.

El Vieux Moulin está al lado del puente. El restaurante tenía una reja de hierro para defenderse de las granadas, y en el puente había policías armados. No era prudente cruzarlo de noche, porque después de oscurecer toda la otra orilla del río quedaba en manos del Vietminh. Debo de haber cenado a unos cincuenta metros de su cadáver.

—Su desgracia fue meterse en lo que no debía —dije.

—Para ser franco —repuso Vigot—, no lo siento demasiado. Estaba haciendo mucho mal.

—Que Dios nos libre de los inocentes y los buenos.

—¿Los buenos?

—Sí, Pyle era bueno, a su manera. Usted es católico. No podría entender esa manera de ser bueno. De todos modos era un maldito yanki.

—¿No le molestaría identificarlo? Lo siento mucho. Es una rutina, una rutina bastante desagradable.

No me tomé el trabajo de preguntarle por qué no esperaba a que viniera alguien de la Legación norteamericana; sabía el porqué. Los métodos franceses son un poco anticuados, en comparación con los nuestros, tan fríos; ellos creen en la conciencia, en la sensación de culpabilidad, creen que un criminal debe ser enfrentado con su crimen, porque puede darse que pierda el aplomo y se traicione. Volví a repetirme que yo era inocente; mientras Vigot bajaba por la escalera de piedra hacia el sótano, donde se oía zumbar la planta de refrigeración.

Lo extrajeron como una bandeja de cubitos de hielo; lo miré. Las heridas se habían helado hasta la placidez.

—Ya ve, no se reabren en mi presencia —dije.

—*Comment?*

—¿No es ése uno de los motivos? La ordalía por esto o por aquello. Pero lo han congelado hasta la rigidez. En la Edad Media no conocían la extrema congelación.

—¿Lo reconoce?

—¡Oh, sí!

Parecía más que nunca fuera de lugar; hubiera debido quedarse en su país. Yo lo veía en un álbum de fotografías familiares, a caballo en una granja de falsos vaqueros, bañándose en Long Island, en grupo con sus colegas en algún departamento de un vigésimo tercer piso. Hacía juego con el rascacielos y el ascensor expreso, el helado y los martinis secos, la leche a mediodía y los *sandwichs* de pollo en Merchant Limited.

—No se murió de esto —dijo Vigot, señalando una herida en el pecho—. Se ahogó en el barro. Le encontramos barro en los pulmones.

—Trabajan rápido.

—Es necesario, con este clima.

Volvieron a meter la bandeja y cerraron la puerta. La goma de los bordes apagó el ruido.

—¿No nos puede ayudar en nada? —preguntó Vigot.

—En absoluto.

Volví a pie con Fuong al departamento; ya no me interesaba la dignidad. La muerte destruye la vanidad; hasta la vanidad del amante engañado que debe disimular su dolor. Fuong no se daba cuenta todavía de lo que pasaba, y yo no poseía la técnica necesaria para decírselo lenta y delicadamente. Yo era un corresponsal: pensaba en forma de titulares periodísticos. «Funcionario norteamericano asesinado en Saigón.» Cuando uno trabaja en un diario, no aprende a dar las malas noticias como deben darse, y hasta en ese momento tenía que seguir pensando en mi diario y rogarle:

—¿No te importa si pasamos por la oficina telegráfica?

La dejé en la calle, mandé el cablegrama y volví a su lado. Era un hecho rutinario; sabía demasiado bien que los corresponsales franceses ya estarían informados; o si Vigot se había portado bien (y era posible), entonces los censores retendrían mi telegrama hasta que los franceses mandaran los suyos. Mi periódico recibiría la noticia retransmitida desde París. Pero Pyle no era demasiado importante. No convenía telegrafiar los detalles de su verdadera carrera, que antes de morir había sido responsable por lo menos de cincuenta muertes, porque esto podía dañar las relaciones angloestadounidenses, habría sido un gran disgusto para el ministro. El ministro sentía gran respeto por Pyle; Pyle se había graduado brillantemente en..., bueno, una de esas carreras que pueden seguir los norteamericanos; tal vez relaciones públicas o puesta en escena: quizá, también era posible, estudios sobre el Lejano Oriente (había leído muchísimos libros sobre el tema).

—¿Dónde está Pyle? —preguntó Fuong—. ¿Qué querían?

—Vamos a casa —le dije.

—¿Vendrá Pyle?

—Es tan probable que venga a casa como que vaya a cualquier otra parte.

Las viejas seguían conversando en el fresco relativo de la escalera. Cuando abrí mi puerta comprendí que me habían registrado la habitación; todo estaba mucho más en orden que nunca.

—¿Otra pipa? —preguntó Fuong.

—Sí.

Me quité la corbata y los zapatos; el interludio había terminado; la noche era casi la misma noche de antes. Fuong se acurrucó al pie de la cama y encendió la lámpara. *Mon enfant, ma soeur...*, su piel de color ámbar. *Sa douce langue natale.*

—Fuong —dije.

Amasaba el opio en el recipiente de la pipa.

—*Il est mort*, Fuong.

Con la aguja en la mano, alzó la mirada hacia mí, como una criatura que trata de concentrarse, frunciendo el ceño.

—*Tu dis?*

—Pyle *est mort. Assassiné.*

Dejó la aguja y volvió a sentarse sobre los talones, mirándome. No hubo ninguna escena, ninguna lágrima, solamente reflexión..., la larga reflexión íntima de alguien que debe alterar el curso entero de su vida.

—Será mejor que te quedes esta noche —dije.

Asintió con la cabeza, recogió la aguja y comenzó a calentar nuevamente el opio. Esa noche me desperté de uno de esos breves sueños de opio, que duran diez minutos y parecen el reposo de una noche entera; encontré mi mano donde siempre la dejaba de noche, entre sus piernas. Fuong dormía, apenas se oía su respiración. Nuevamente, después de tantos meses, yo estaba acompañado; y, sin embargo, pensé de pronto con ira, recordando a Vigot con su visera verde en el departamento de policía, y los silenciosos corredores de la Legación, vacíos de gente, y la suave piel sin pelos bajo mi mano: «¿¿Soy el único que realmente estimaba a Pyle?»

Capítulo II

1

La mañana que llegó Pyle, cruzando la plaza junto al Continental, yo estaba harto de mis colegas de prensa norteamericanos, corpulentos, ruidosos, infantiles y maduros, llenos de chistes viejos contra los franceses que, para decir la verdad, eran los que realmente luchaban en esta guerra. Periódicamente, una vez terminada una batalla, cuando ya habían limpiado el campo de batalla y retirado los muertos y heridos, se los llamaba a Hanoi, a unas cuatro horas de vuelo; allí les hablaba el comandante en jefe, se los alojaba por una noche en un campamento de prensa, donde se jactaban del barman, alegando que era el mejor de toda Indochina, se los hacía volar sobre el campo de batalla a una altura de mil metros (límite de alcance de una batería pesada) y, finalmente, se los dejaba, sanos y salvos y bulliciosos, como si volvieran de una excursión de colegio, en el Hotel Continental, de Saigón.

Pyle era impasible, parecía modesto; durante ese primer día tuve que inclinarme muchas veces hacia él para oír lo que me decía. Y era muy, muy serio. En varias ocasiones pareció encogerse todo bajo el ruido que hacían los corresponsales norteamericanos en la terraza de arriba; esa terraza generalmente considerada como la más a salvo de las granadas de mano. Pero no criticaba a nadie.

—¿Ha leído a York Harding? —preguntó.
—No. Creo que no. ¿Qué escribió?
Dirigió la mirada hacia una cafetería del otro lado de la calle, y dijo soñadoramente:
—Parece una cafetería norteamericana.

Me pregunté qué profundidad de nostalgia del hogar habría detrás de esa extraña elección en un paisaje tan poco familiar. Pero ¿acaso yo, durante mi primer paseo por la rue Catinat, no me había fijado ante todo en el negocio con el perfume de Guerlain, y no me había consolado pensando que, después de todo, Europa apenas distaba treinta horas de vuelo?

Pyle desvió con trabajo la mirada fija en la cafetería y dijo:
—York escribió un libro llamado *El avance de la China Roja*. Es un libro muy profundo.
—No lo leí. ¿Lo conoce personalmente?

Asintió con solemnidad y guardó silencio. Pero un momento después quiso modificar la impresión que podía haber causado.
—No lo conozco muy bien —dijo—. Creo que lo habré visto dos veces solamente.

Me gustó este detalle, que considerara una jactancia la pretensión de conocer íntimamente a..., ¿cómo se llamaba?..., York Harding. Más tarde descubrí que Pyle sentía enorme respeto por los que él llamaba escritores serios. Esta designación excluía a los novelistas, poetas y dramaturgos, a menos que trataran lo que él denominaba un tema contemporáneo; y aun así era mejor leer la cosa directa, tal como la presentaba York.

—Bueno —dije—, cuando uno vive mucho tiempo en un lugar no le interesa leer libros sobre ese lugar.
—Por supuesto, siempre me interesa saber también lo que piensa el individuo que vive en el lugar —contestó, como defendiéndose.
—¿Y luego verificar si va de acuerdo con York?

—Sí.

Quizá advirtiera la ironía, porque agregó con su cortesía habitual:

—Sería para mí un gran privilegio que usted tuviera un minuto libre, para ponerme al tanto de los puntos de más interés. Porque en realidad, ya hace más de dos años que York estuvo aquí.

Me gustaba su lealtad a Harding..., fuera quien fuera Harding. Era por lo menos un cambio, después de las denigraciones de los otros periodistas, de su cinismo inmaturo.

—Pida otra cerveza —le dije—, y trataré de bosquejarle la situación.

Me escuchaba atentamente, como un alumno ejemplar; empecé por explicarle la situación en el Norte, en el Tonkín. En esos días los franceses procuraban mantenerse en el delta del río Rojo, en el cual se encuentra Hanoi y el único puerto del Norte, Haifong. Allí se cultiva la mayor parte de arroz del país, y poco antes de la cosecha se iniciaba la batalla anual por el arroz.

—Eso es en el Norte —le dije—. Los franceses podrían mantenerse, pobres diablos, siempre que los chinos no vengan a ayudar al Vietminh. Una guerra de selvas y montañas y pantanos, arrozales donde uno se hunde hasta los hombros, y el enemigo sencillamente desaparece, entierra las armas, se viste con ropas de campesinos... Pero en Hanoi uno puede pudrirse cómodamente en la humedad. No tiran bombas, Dios sabe por qué. Allí se podría decir que es una guerra normal.

—¿Y aquí en el Sur?

—Los franceses controlan las carreteras hasta las siete de la tarde; después de esa hora, controlan solamente las torres vigías y las ciudades, por lo menos en parte. Eso no quiere decir que uno esté a salvo, si no, no habría esas rejas de hierro delante de los restaurantes.

Cuántas veces ya había explicado lo mismo. Era como un disco que siempre volvía a ponerme para información de los recién llegados, el parlamentario inglés de visita, el nuevo ministro británico. A veces me despertaba de noche, diciendo: «Consideremos, por ejemplo, el caso de los caodaístas.» O de los Hoa Haos o de los Binj Xuyen, todos esos ejércitos privados que vendían sus servicios por dinero o por venganza. Los forasteros los encontraban pintorescos, pero no hay nada pintoresco en la traición y la desconfianza.

—Y ahora —dije— tenemos al general Thé. Era el jefe del estado mayor de los caodaístas, pero se ha refugiado en las montañas para luchar contra ambos bandos, los franceses y los comunistas...

—York —dijo Pyle— escribió que lo que Asia necesitaba era una Tercera Fuerza.

Quizá yo hubiera debido advertir ese brillo fanático, esa rápida respuesta a una frase cualquiera, el mágico sonido de las cifras. Quinta Columna, Tercera Fuerza, Séptimo Día. Tal vez nos hubiera evitado a todos muchos inconvenientes, y también a Pyle, si hubiera comprendido en qué dirección funcionaba ese infatigable cerebro juvenil. Pero lo dejé con ese bosquejo árido de la situación, y me alejé para dar mi paseo diario a lo largo de la rue Catinat. Tendría que aprender por su cuenta cuál era el verdadero ambiente, que se apodera de uno como un olor: el oro de los arrozales bajo un sol chato y tardío; las frágiles pértigas de los balancines de los pescadores, que fluctúan sobre los campos como mosquitos; las tazas de té en la plataforma del viejo sacerdote, con su cama y sus calendarios comerciales, sus baldes y sus tazas rotas y los residuos de una vida entera reunidos como una resaca junto a su silla; los sombreros como moluscos de las muchachas que reparan un camino donde ha estallado una mina; el oro y el verde joven de los vestidos del Sur, y en el Norte los pardos oscuros y las ropas negras y el círculo de montañas enemigas y el zumbido de los aviones. Apenas llegado, yo contaba los días de mi comisión como un escolar que marca en el calendario los días de colegio que le faltan; creía estar atado a lo que quedaba de Bloomsbury Square y al ómnibus 73 que pasaba delante de Euston y a la primavera en la cervecería de Torrington Place. Ahora estarían floreciendo los bulbos en el jardín de la plaza, y no me importaba un comino. Ahora necesitaba el día punteado por esos estallidos repentinos que podían ser el escape de un coche o podían ser granadas; ahora necesitaba conservar la visión de esas siluetas con pantalones de seda que atravesaban con gracia el mediodía húmedo; ahora necesitaba a Fuong; y mi verdadero país se había desplazado unos trece mil kilómetros sobre la tierra.

Di vuelta junto a la casa del residente francés, donde la Legión Extranjera hacía la guardia con sus kepis blancos y sus charreteras escarlatas; crucé junto a la catedral y regresé costeando la lóbrega pared de la Sûreté vietnamita, que parecía oler a orina y a injusticia. Y, sin embargo, también eso era para mí una parte de mi hogar, como esos corredores oscuros de los pisos superiores, que uno evitaba en la infancia. Junto al río, en los puestos de periódicos, se exhibían, sucias, las revistas nuevas, *Tabú* e *Illusion*, y los marineros bebían cerveza en la acera, un blanco fácil para las bombas caseras. Pensé en Fuong, que estaría discutiendo el precio de un pescado en la tercera calle a la izquierda, antes de dirigirse a la cafetería de costumbre (en esos días yo siempre sabía dónde estaba Fuong), y Pyle se alejó fácil y naturalmente de mi memoria. Ni siquiera se lo mencioné a Fuong, cuando nos sentamos para almorzar en nuestro cuarto de la rue Catinat, ella vestida con su más hermosa túnica floreada, porque hacía justamente dos años que nos habíamos conocido en el Grand Monde, de Cholón.

2

Ninguno de los dos lo mencionó cuando nos despertamos, la mañana después de su muerte. Fuong se había levantado antes, y ya había preparado el té. Uno no siente celos de los muertos, y esa mañana me pareció más sencillo reanudar nuestra antigua vida en común.

—¿Te quedarás esta noche? —le pregunté con el tono más indiferente posible, mientras masticaba las medialunas.

—Tendré que ir a buscar mi cofre.

—La policía estará en la casa —dije—. Será mejor que vaya contigo.

En todo el día no hicimos otra alusión a Pyle más directa que ésta.

Pyle tenía un departamento en una casa nueva con jardín cerca de la rue Duranton, a poca distancia de una de esas avenidas que los franceses subdividían continuamente en honor de sus generales; de modo que la rue De Gaulle se volvía, después de la tercera esquina, la rue Leclerc, y ésta, tarde o temprano, se convertiría bruscamente en la rue de Lattre. Seguramente había llegado alguna persona importante de Europa en avión, porque a lo largo del trayecto hasta la casa del residente había un policía cada veinte metros, de cara a la calzada.

En la entrada de pedregullo de la casa de Pyle vi varias motocicletas; un policía vietnamita examinó mi tarjeta de periodista. No permitió que Fuong entrara en la casa, de modo que entré solo, en busca de algún oficial francés. En el cuarto de baño de Pyle, Vigot se lavaba las manos con el jabón de Pyle y se las secaba con la toalla de Pyle. Tenía una mancha de aceite en la manga del traje; supuse que sería el aceite de Pyle.

—¿Alguna novedad? —pregunté.
—Encontramos su automóvil en el garaje. No tenía una gota de nafta. Seguramente salió anoche en un triciclo, o en el auto de algún conocido. Quizá el tanque de nafta perdía.
—También puede haberse ido a pie —dije—. Usted ya sabe cómo son estos norteamericanos.
—Su coche de usted se quemó, ¿no es cierto? —prosiguió pensativamente—. ¿No se compró otro?
—No.
—No es un detalle importante.
—No.
—¿Tiene alguna teoría? —preguntó.
—Demasiadas —contesté.
—Dígamelas.
—Bueno, puede haberle asesinado el Vietminh. Ya han asesinado a muchas personas en Saigón. Encontraron el cuerpo en el río, junto al puente de Dakau, o sea territorio vietminés cuando la policía de ustedes se retira por la noche. O puede haberlo matado la Sûreté vietnamita; se han dado casos. Quizá no les gustaban sus amigos. Quizá lo mataron los caodaístas porque conocía al general Thé.
—¿Lo conocía?
—Así dicen. Quizá lo mató el general Thé porque conocía a los caodaístas. Quizá lo mataron los Hoa Haos porque se había propasado con las concubinas del general. Quizá lo mató sencillamente alguna persona que quería robarlo.
—O un simple caso de celos —dijo Vigot.
—O quizá lo asesinó la Sûreté francesa —continué—, porque no les gustaban sus relaciones. ¿Está

realmente buscando a las personas que lo mataron?
—No —dijo Vigot—. Estoy redactando un informe, nada más. Mientras se lo considere un hecho de guerra..., bueno, matan a miles de personas por año.
—A mí puede eliminarme —dije—; no estoy complicado. No estoy complicado.
Lo repetí, porque había sido un artículo de mi profesión. Siendo lo que era la condición humana, que se pelearan, que se amaran, que se asesinaran, yo no pensaba complicarme. Mis colegas periodistas se hacían llamar corresponsales; yo prefería el título de reportero. Escribía lo que veía; no actuaba; hasta una opinión es una especie de acción.
—¿Qué vino a hacer aquí?
—Vine por las cosas de Fuong. Sus agentes de policía no la dejaron entrar.
—Bueno, vayamos a buscarlas.
—Usted es muy amable, Vigot.
Pyle tenía dos cuartos, una cocina y un baño. Entramos en el dormitorio. Yo sabía dónde podía guardar Fuong su cofre: debajo de la cama. Entre los dos sacamos y lo abrimos; contenía sus libros ilustrados. Saqué del ropero sus pocos vestidos, sus dos túnicas y sus pantalones. Daban la sensación de haber estado allí colgados apenas unas horas, de no pertenecer a ese lugar; parecían estar de paso, como una mariposa en una habitación. En un cajón encontré sus braguitas triangulares y su colección de pañuelos para el cuello. En realidad había muy poco que meter dentro del cofre, menos de lo que se suele llevar en Europa para un fin de semana.

En el otro cuarto había una fotografía suya al lado de Pyle. Se habían retratado en el jardín botánico, junto a un gran dragón de piedra. Fuong tenía al perro de Pyle por la correa, un *chow-chow* negro, de lengua negra. Era un perro demasiado negro. Metí la fotografía en el baúl.

—¿Qué fue del perro? —pregunté.

—No está en la casa. Tal vez se lo llevó con él.

—Quizá vuelva; así podrá analizarle la tierra entre los dedos de las patas.

—No soy Lecoq, ni siquiera Maigret, y además estamos en guerra.

Me acerqué al estante de los libros y examiné las dos hileras de volúmenes; la biblioteca de Pyle. *El avance de la China Roja, El desafío a la democracia, El papel de Occidente*; éstos constituían, supongo, las obras completas de York Harding. Había una cantidad de informes parlamentarios, un libro de frases corrientes en vietnamita, una historia de la guerra en las Filipinas, un Shakespeare de la Modern Library. ¿Qué leía para entretenerse? En otro estante encontré sus lecturas más frívolas: un Thomas Wolfe de bolsillo, una misteriosa antología llamada *El triunfo de la vida* y una selección de poesía norteamericana. Además, un libro de problemas de ajedrez. No era gran cosa para pasar el tiempo después de un día de trabajo; pero, después de todo, para eso contaba con Fuong. Escondido detrás de la antología había un libro en rústica, titulado *La fisiología del matrimonio*. Quizá estuviera estudiando el sexo, como había estudiado el Oriente, en un libro. Y la palabra clave era «matrimonio». Pyle creía en la conveniencia de complicarse.

Su escritorio parecía totalmente vacío.

—Han hecho una limpieza completa —dije.

—¡Oh! —contestó Vigot—, tuve que hacerme cargo de todo en nombre de la Legación norteamericana. Usted sabe con qué rapidez corren los rumores. Podían asaltar la casa para llevárselos. Hice un paquete con los papeles y lo sellé.

Lo dijo con seriedad, sin sonreír siquiera.

—¿No había nada comprometedor?

—No podemos darnos el lujo de encontrar nada comprometedor en un aliado —dijo Vigot.

35

—¿Le molestaría que yo me llevara uno de estos libros..., como recuerdo?

—Trataré de mirar hacia otra parte.

Elegí *El papel de Occidente*, de York Harding, y lo metí en el cofre con los vestidos de Fuong.

—Entre nosotros —dijo Vigot—, ¿no recuerda ningún detalle especial que pueda darme una clave? Ya he redactado el sumario y lo he cerrado. Lo asesinaron los comunistas. Quizá sea el juicio de una campaña contra la ayuda norteamericana. Pero, entre nosotros..., escuche, estamos hablando con la garganta seca, ¿qué le parece un vermut aquí a la vuelta?

—Es demasiado tempano.

—¿No le confió nada de interés la última vez que lo vio?

—No.

—¿Cuándo fue?

—Ayer por la mañana. Después de la gran explosión.

Calló, para dejar que mi respuesta penetrara mejor... en mi mente, no en la suya; era muy correcto cuando interrogaba.

—¿Usted no estaba en casa cuando fue a verlo anoche?

—¿Anoche? Supongo que no. No sabía que...

—Quizá llegue a necesitar un permiso de salida del país. Usted sabe que podemos demorárselo indefinidamente.

—¿Realmente cree usted —dije— que deseo volver a mi país?

Vigot miró por la ventana el hermoso día sin nubes. Dijo con melancolía:

—La mayoría de la gente lo desea.

—A mí me gusta estar aquí. En Inglaterra me esperan... problemas.

—*Merde* —dijo Vigot—, aquí llega el agregado económico norteamericano —y repitió con sarcasmo—: el agregado económico.

—Será mejor que me vaya. Si no, querrá sellarme también a mí.

Vigot dijo con fatiga:

—Buena suerte. Supongo que el norteamericano tendrá mil cosas que decirme.

El agregado económico estaba de pie junto a su Packard cuando salí, tratando de explicar algo a su chófer. Era un hombre grueso y maduro, con un trasero exagerado y una cara lisa que parecía no haber necesitado nunca la navaja. Me llamó:

—Fowler. ¿No podría explicarle a este condenado chófer...?

Expliqué.

—Pero eso es justamente lo que yo le dije —protestó el norteamericano—; siempre simula no entender mi francés.

—Será una cuestión de pronunciación.

—Estuve tres años en París. Mi pronunciación es suficientemente buena para estos malditos vietnamitas.

—La voz de la democracia —dije.

—¿Cómo? ¿Qué es eso?

—Supongo que será algún libro de York Harding.

—No entiendo.

Miró con desconfianza el cofre que yo llevaba.

—¿Qué lleva ahí? —preguntó.

—Dos pares de pantalones blancos de seda, dos túnicas de seda, algunas bragas de mujer, tres pares, creo. Todos productos del país. Nada de ayuda americana.

—¿Ha estado en la casa? —preguntó.

—Sí.

—¿Se enteró de la noticia?

—Sí.

—Es una cosa terrible —dijo—, terrible.

—Supongo que el ministro estará preocupado.
—Imagínese. En estos momentos está con el residente, y ya ha solicitado una entrevista con el presidente.

Me puso una mano sobre el brazo y me alejé de los coches.

—Usted conocía bien a este muchacho Pyle, ¿no es cierto? No puedo creer que le haya ocurrido una cosa semejante; todo el tiempo estoy pensando en él. He sido amigo de su padre, el profesor Harold C. Pyle...; habrá oído hablar de él.

—No.

—Es una autoridad mundial en erosión submarina. ¿No vio su retrato en la tapa del *Time* del mes pasado?

—¡Ah, sí, creo recordar! Tuve que redactar el telegrama para la familia. Fue terrible. Yo le quería a ese chico como si hubiera sido hijo mío.

—En ese caso, usted viene a ser un pariente muy próximo del padre.

Volvió hacia mí sus húmedos ojos oscuros. Dijo:

—¿Qué le pasa? ¿No le parece que no es ésa la manera de hablar cuando un excelente muchacho...?

—Lo siento —dije—. La muerte impresiona a la gente de muy distinta manera.

Tal vez sintiera verdaderamente afecto por Pyle.

—¿Qué puso en el telegrama? —pregunté.

Me contestó con seriedad, literalmente:

—«Lamento informar que su hijo murió como soldado por la causa de la democracia.» El ministro lo firmó.

—«Murió como soldado» —repetí—. ¿No le parece que eso puede provocar cierta confusión? Quiero decir, a la gente de allá. La Misión de Ayuda Económica no es justamente el Ejército. ¿Acaso le dan medallas al valor?

En voz baja, tensa de ambigüedad, dijo:

—Desempeñaba una misión muy especial.
—¡Oh, sí; de eso nos dimos cuenta todos!
—No habrá hablado demasiado, ¿no?
—¡Oh, no! —contesté, recordando la frase de Vigot—. Era un norteamericano impasible.
—¿No tiene ninguna sospecha —preguntó— de por qué lo mataron? ¿Y quién?

De pronto me sentí irritado; estaba harto de todos ellos, con sus provisiones privadas de Coca-Cola y sus hospitales portátiles y sus coches enormes y sus armas no demasiado modernas. Le dije:

—Sí. Lo mataron porque era demasiado inocente para seguir viviendo. Era joven e ignorante y tonto, y se metió en lo que no debía. Tenía tan poca idea como cualquiera de ustedes de lo que pasa aquí en realidad, y ustedes le dieron dinero y los libros de York Harding sobre Oriente y le dijeron: «Adelante. A conquistar Asia para la democracia.» Nunca entendió nada que no le hubieran explicado en la sala de conferencias, y sus escritores y sus profesores lo convirtieron en un estúpido. Cuando veía un cadáver, ni siquiera era capaz de distinguir las heridas. Una amenaza roja; un soldado de la democracia.

—Creí que usted era su amigo —dijo el otro en tono de reproche.

—Yo *era* su amigo. Me hubiera gustado verlo leyendo los suplementos dominicales en su casa, los resultados de los partidos de *baseball*. Me hubiera gustado verlo sano y salvo, casado con una muchacha norteamericana estandarizada, de esas que se suscriben al Club del Libro.

Incómodo, se aclaró la voz:

—Por supuesto —dijo—, me había olvidado de ese asunto tan desdichado. Yo estaba totalmente de acuerdo con usted, Fowler. Se portó muy mal. No tengo reparos en decirle que tuve con él una larga conversación sobre esa muchacha. Usted comprenderá, yo conocía personalmente al profesor Pyle y a su mujer...

—Vigot lo espera —le dije, y me fui.

El agregado económico advirtió por primera vez la presencia de Fuong; cuando volví la mirada hacia él vi que me contemplaba con dolorosa perplejidad: un eterno hermano mayor que no conseguía entender nada.

Capítulo III

1

La primera vez que Pyle se encontró con Fuong fue también en el Continental, unos dos meses después de su llegada. Todavía no era de noche; las bujías ya estaban encendidas en los puestos de las callejuelas laterales, en ese fresco transitorio que cae cuando el sol acaba de ponerse. Los dados repiqueteaban sobre las mesas donde los franceses jugaban al ochenta y uno, y las muchachas con sus pantalones blancos de seda regresaban a casa en bicicleta por la rue Catinat. Fuong bebía un vaso de naranjada y yo una cerveza; estábamos callados, contentos de hallarnos juntos. De pronto apareció Pyle, indeciso, y lo presenté. Tenía la costumbre de mirar a las mujeres como si nunca hubiera visto ninguna hasta ese momento, y de ruborizarse luego.

—No sé si usted y la dama que lo acompaña —dijo Pyle— tendrían inconveniente en sentarse un momento a mi mesa. Uno de nuestros agregados...

Era el agregado económico. Desde la terraza de arriba nos invitaba con una amplia sonrisa cálida de bienvenida, perfectamente seguro de sí mismo, como el hombre que sabe conservar sus amigos porque usa los desodorantes adecuados. Yo había oído muchas veces que lo llamaban Joe, pero nunca me había enterado de su apellido. Cuando nos acercamos nos ofreció una ruidosa demostración, moviendo las sillas y llamando al camarero, aunque todo lo que esa actividad podía producir en el Continental, indefectiblemente, era la posibilidad de elegir entre una cerveza, un coñac y un vermut.

—No pensé que anduviera por aquí, Fowler —dijo—. Estamos esperando a los muchachos que se fueron a Hanoi. Parece que hubo una batalla importante. ¿No fue con ellos?

—Estoy harto de volar cuatro horas para oír una conferencia de prensa.

Me miró con desaprobación. Dijo:

—Esos muchachos se la toman realmente en serio. Cuando pienso que podrían ganar el doble en el comercio o en la radio, sin correr ningún riesgo...

—Pero entonces tal vez tendrían que trabajar —dije.

—Parecen oler de lejos la batalla, como caballos de guerra —prosiguió con entusiasmo, sin prestar atención a las palabras que no le gustaban—. Bill Granger, por ejemplo; donde hay pelea, allí está él, es imposible contenerlo.

—En eso tiene razón. Justamente lo vi participar en una la otra noche, en el bar del Sporting.

—Usted sabe muy bien que no me refería a esa clase de peleas.

Dos conductores de triciclos de alquiler aparecieron pedaleando furiosamente por la rue Catinat y terminaron empatados frente al Continental. En el primer triciclo venía Granger. El otro contenía una especie de paquete gris, silencioso y pequeño, que Granger comenzó a tironear hacia la acera.

—Oh, vamos, Mick —decía—, bájate.

Luego se puso a discutir con el conductor por el precio del viaje.

—Tome —dijo finalmente—, quiera o no quiera, tiene que conformarse con esto.

Y arrojó a la calle una suma equivalente a cinco veces la tarifa normal, para que el hombre tuviera que agacharse a recogerla.

El agregado económico dijo con nerviosidad:

—Supongo que los muchachos tienen que divertirse un poco de vez en cuando.

Granger arrojó su carga sobre una silla. De pronto advirtió la presencia de Fuong.

—Pero —exclamó—, ¡Joe, viejo sinvergüenza! ¿Dónde la encontraste? No sabía que te daba por ahí. Perdonen, tengo que ir a hacer lo que se imaginan. Me lo cuidan a Mick.

—Modales bruscos de soldado —dije.

Con cierta ansiedad, ruborizándose otra vez, dijo Pyle:

—No me habría atrevido a invitarlos a nuestra mesa si hubiera sabido...

El paquete gris se movió en la silla, y una cabeza cayó sobre la mesa, como si estuviera suelta. Suspiró, un largo suspiro sibilante de tedio infinito, y se quedó inmóvil.

—¿Lo conoce? —le preguntó a Pyle.

—No. ¿No es un corresponsal?

—Oí que Bill lo llamaba Mick —dijo el agregado económico.

—¿No ha llegado un nuevo corresponsal de la U. P.?

—No es él. Al otro ya lo conozco. ¿Y no será alguno de su Misión Económica? No creo que usted pueda conocerlos a todos, hay centenares.

—No me parece ser de la Misión —dijo el agregado—. No recuerdo haberlo visto.

—Podríamos buscar su tarjeta de identidad —sugirió Pyle.

—Por el amor de Dios, no lo despierten. Con un borracho basta. De todos modos, Granger sabrá quién es.

Pero no sabía. Volvió con aire lúgubre del retrete.

—¿Quién es esta muchacha? —preguntó.

—La señorita Fuong es una amiga de Fowler —dijo Pyle, muy estirado—. Quisiéramos saber quién...

—¿Dónde la encontró? Hay que tener mucho cuidado en esta ciudad —y agregó sombríamente—: Gracias a Dios existe la penicilina.

—Bill —dijo el agregado—, quisiéramos saber quién es Mick.

—¡Qué sé yo!

—Pero tú lo trajiste.

—Estos franchutes no soportan el whisky. Se quedó frito.

—¿Es francés? Te oí llamarlo Mick.

—De algún modo tenía que llamarlo —dijo Granger.

Se inclinó hacia Fuong y le dijo:

—Oiga. ¿Usted no quiere otra naranjada? ¿Tiene algún compromiso esta noche?

—Tiene un compromiso todas las noches —dije.

El agregado económico preguntó apresuradamente:

—¿Cómo va la guerra, Bill?

—Una gran victoria al noroeste de Hanoi. Los franceses recobran dos aldeas, aunque nadie sabía que las habían perdido. Numerosas bajas vietminesas. Todavía no han podido contar las propias bajas, pero nos lo harán saber dentro de una semana o dos.

El agregado dijo:

—Corre un rumor: parece que el Vietminh ha llegado hasta Fat Diem, ha quemado la catedral y ha obligado al obispo a escaparse.

—No iban a hablarnos de eso en Hanoi. No es una victoria.

—Uno de nuestros equipos médicos no pudo pasar más allá de Nam Dinh —dijo Pyle.

—¿No te llegaste hasta allá, Bill? —preguntó el agregado.

—¿Quién crees que soy? Soy un corresponsal, con un permiso de circulación que te dice en seguida cuándo estás fuera de la zona permitida. Vuelo hasta el aeropuerto de Hanoi; allí nos dan un automóvil hasta el campamento de prensa. Nos preparan un vuelo por encima de las aldeas que han recobrado y nos hacen ver cómo flamea la bandera tricolor. A esa altura podría ser cualquier otra bandera. Después tenemos la conferencia de prensa y un coronel nos explica lo que hemos visto. Luego redactamos nuestros telegramas para el censor. Luego bebemos algo con el mejor barman de Indochina. Y, finalmente, tomamos el avión y nos volvemos.

Pyle miró su cerveza frunciendo el ceño.

—Eres demasiado modesto, Bill —dijo el agregado económico—. Realmente, ese artículo sobre la carretera sesenta y seis..., ¿cómo se llamaba? «La carretera del infierno...»; se merecía el premio Pulitzer. Sabes a cuál me refiero..., a esa historia del hombre sin cabeza, arrodillado en la zanja, y ese otro que viste caminar como en un sueño...

—Verdaderamente, ¿crees que me tomé siquiera el trabajo de pasar por la inmunda carretera esa? Stephen Crane era capaz de describir una guerra sin haber visto ninguna. ¿Por qué no habría de hacer yo lo mismo? De todos modos, es una asquerosa guerra colonial. Consíganme otro whisky. Y después vayamos a buscar alguna muchacha. Ustedes ya tienen su programa. Yo también quiero un programa.

Le pregunté a Pyle:

—¿Le parece que habrá algo de cierto en ese rumor sobre Fat Diem?

—No sé. ¿Es importante? Si es importante, me gustaría ir a ver qué pasa —dijo.

—¿Importante para la Misión Económica?

—¡Oh, bueno, uno no puede trazar una frontera demasiado rígida! —dijo—. La medicina es una especie de arma, ¿no le parece? Esos católicos se opondrán mucho a los comunistas, ¿no es verdad?

—Comercian con ellos. El obispo consigue de los comunistas sus vacas y el bambú que necesita para construir. Yo no los consideraría exactamente la Tercera Fuerza que menciona York Harding —le dije, para fastidiarle un poco.

—Vámonos —gritaba en ese momento Granger—. No podemos perdernos toda la noche aquí. Yo me voy a la Casa de las Quinientas Muchachas.

—Si usted y la señorita Fuong quisieran cenar conmigo... —dijo Pyle.

—Ustedes pueden comer en el Chalet —lo interrumpió Granger—, mientras tanto les hago una visita a las chicas de al lado. Vamos, Joe. Tú por lo menos eres un hombre.

Creo que fue entonces, mientras me preguntaba qué era un hombre, cuando sentí un primer afecto hacia Pyle. Estaba sentado un poco de costado para no mirar con una expresión decidida de retraimiento. Le dijo a Fuong:

—Supongo que usted estará un poco harta de toda esta charla... sobre su país, quiero decir.

—*Comment?*

—¿Qué piensas hacer con Mick? —preguntó el agregado.

—Dejarlo aquí —contestó Granger.

—No puedes. Ni siquiera sabes cómo se llama.

—Podríamos llevarlo con nosotros y dárselo a las chicas para que lo cuiden.

El agregado económico lanzó una ruidosa carcajada, dedicada a todos nosotros. Parecía una cara en la televisión. Dijo:

—Ustedes los jóvenes pueden hacer lo que quieran, pero yo ya estoy demasiado viejo para esos juegos. Me lo llevaré a casa conmigo. ¿Dijiste que es francés?

—Hablaba en francés.

—Si puedes transportarlo hasta mi coche...

Cuando se fue, Pyle tomó un triciclo con Granger, y Fuong y yo los seguimos por el camino a Cholón. Granger había intentado meterse en el triciclo con Fuong, pero Pyle se lo había impedido. Mientras nos llevaban pedaleando por la larga carretera suburbana hacia la ciudad china, pasó junto a nosotros una hilera de tanques franceses, cada uno con su arma prominente y su silencioso oficial inmóvil como un mascarón de proa bajo las estrellas y el cielo negro, terso y cóncavo; algún disturbio, otra vez, probablemente con alguno de esos ejércitos privados, los Binj Xuyen, por ejemplo, que poseían el Grand Monde y las salas de juego de Cholón. Era un país de barones rebeldes, como Europa en la Edad Media. Pero ¿qué estaban haciendo aquí los americanos? Colón todavía no había descubierto su tierra.

—Me gusta ese hombre Pyle —le dije a Fuong.

—Es impasible —respondió ella.

Y ese adjetivo, que ella fue la primera en usar, se le pegó como el sobrenombre de un escolar, hasta que, finalmente, se lo oí emplear al mismo Vigot, sentado bajo su visera verde, cuando me dijo que Pyle había muerto.

Hice detener nuestro triciclo frente al Chalet y le dije a Fuong:

—Entra y elígenos una mesa. Será mejor que me ocupe de Pyle.

Ése fue mi primer instinto: protegerlo. No se me ocurrió pensar que en realidad tenía que protegerme de él. La inocencia siempre solicita tácitamente ser protegida, cuando haríamos mucho mejor en precavernos de ella; la inocencia es como un leproso mudo que ha perdido su campana y que se pasea por el mundo sin mala intención.

Cuando llegué a la Casa de las Quinientas Muchachas, Pyle y Granger acababan de entrar. Pregunté al policía militar de guardia en el portal:

—*Deux américains?*

Era un joven cabo de la Legión Extranjera. Cesó de limpiar su revólver y me señaló el zaguán con el pulgar, agregando una broma en alemán. No pude comprenderla.

Era la hora del descanso, en el inmenso patio abierto bajo el cielo. Había centenares de muchachas recostadas sobre la hierba o sentadas en cuclillas, conversando con sus compañeras. En los pequeños cubículos en torno del patio las cortinas estaban descorridas; una muchacha cansada reposaba sola sobre una cama, con los tobillos cruzados. Había disturbios en Cholón, las tropas estaban confinadas en los cuarteles, y las chicas no tenían trabajo: era el domingo del cuerpo. Un grupo tumultuoso de muchachas que se peleaban, tironeaban, gritaban, me señalaba el único lugar donde todavía quedaban clientes. Recordé el viejo cuento de Saigón, la historia del distinguido visitante que había perdido los pantalones mientras se abría paso para ponerse a salvo en el destacamento de policía. Aquí no había protección para los civiles. Si se decidían a invadir ese territorio militar, tenían que defenderse ellos mismos y escapar como podían.

Yo había aprendido una técnica: dividir para conquistar. Elegí una muchacha entre el montón que me rodeaba y la empujé lentamente hacia el lugar donde Pyle y Granger se debatían.

—*Je suis un vieux* —decía yo—. *Trop fatigué.*

La muchacha lanzaba risitas y se apretaba contra mí.

—*Mon ami* —le dije—, *il est très riche, très vigoureux.*

—*Tu es sale* —me contestó.

Vislumbró a Granger, acalorado y triunfante; parecía considerar esa demostración como un tributo a su virilidad. Una muchacha había tomado el brazo de Pyle y trataba de remolcarlo lentamente fuera del círculo. Empujé a mi chica dentro del montón y le llamé:

—Pyle, venga por aquí.

Me miró por encima de las cabezas de las jóvenes, y dijo:

—Es terrible, terrible.

Quizá fuera un efecto de la luz, pero su cara parecía aterrada. Se me ocurrió que muy probablemente fuera virgen todavía.

—Venga conmigo, Pyle —le dije—. Déjeselas a Granger.

Vi que se llevaba la mano al bolsillo trasero del pantalón. Pensé que realmente tenía la intención de darles todos los billetes que traía consigo.

—No sea loco, Pyle —le grité secamente—. Si les da dinero conseguirá que se maten entre ellas.

Mi muchacha se acercaba otra vez hacia mí; volví a empujarla dentro del círculo que rodeaba a Granger.

—*Non, non* —le dije—, *je suis un anglais, pauvre, très pauvre.*

Luego aferré la manga de Pyle y lo arrastré hacia afuera, con la chica enganchada a su brazo como un pescado a un anzuelo. Dos o tres muchachas trataron de interceptarnos antes de llegar a la puerta, donde nos observaba el cabo; pero no parecían demasiado decididas.

—¿Qué hago con ésta? —me preguntó Pyle.

—No le dará ningún trabajo.

En ese momento la joven le soltó el brazo y volvió a precipitarse dentro del remolino que rodeaba a Granger.

—¿Cree que no corre ningún peligro? —preguntó Pyle, con ansiedad.

—Ha conseguido lo que quería..., un programa.

Fuera, la noche parecía muy tranquila; pasó un segundo escuadrón de tanques y se alejó por el camino como sabiendo perfectamente adónde iba. Dijo Pyle:

—Es terrible. Yo no lo hubiera creído nunca...

Agregó con triste asombro:

—Eran tan bonitas.

No envidiaba a Granger; se lamentaba pensando que algo bueno —y la belleza y la gracia son seguramente formas de bondad— pudiera ser maltratado o estropeado. Pyle era capaz de reconocer el dolor cuando lo tenía frente a los ojos. (No escribo estas palabras con sarcasmo; después de todo, muchos de nosotros no somos capaces ni de eso.)

—Volvamos al Chalet —le dije—. Fuong nos espera.

—Perdón —dijo—. Me había olvidado completamente. No debió dejarla sola.

—*Ella* no corría ningún peligro.

—Mi intención fue acompañar a Granger para estar seguro de que no le pasaba nada...

Volvió a sumergirse en sus pensamientos, pero cuando entrábamos en el Chalet dijo con oscura aflicción:

—Me había olvidado que hay tantos hombres...

2

Fuong nos había reservado una mesa al borde de la pista de baile; la orquesta tocaba una canción que había sido muy popular en París cinco años antes. Dos parejas de vietnamitas bailaban, bajos, pulcros, abstraídos, con un aire de civilización que nosotros no podíamos igualar. (Reconocí a una de las parejas, era un contador del Banco de Indochina y su esposa.) Uno tenía la sensación de que nunca se vestían con descuido, nunca decían la palabra incorrecta, nunca eran presa de una pasión desordenada. Si la guerra parecía medieval, ellos eran como el porvenir del siglo dieciocho. No me habría asombrado saber que el señor Fam Van Tu escribía poesía dieciochesca en sus ratos libres, pero por una casualidad sabía que era un perito en Wordsworth y escribía poemas románticos sobre la naturaleza. Pasaba las vacaciones en Dalat, lo más parecido que podía conseguir a la atmósfera de los lagos ingleses. Se inclinó levemente cuando pasó junto a nosotros. Yo me preguntaba cómo le habría ido a Granger, a cincuenta metros de distancia.

Pyle se disculpaba ante Fuong, en mal francés, por haberla hecho esperar.

—*C'est impardonable* —decía.

—¿Dónde estuvieron? —le preguntó Fuong.

—Fui a acompañar a Granger a su casa —contestó.

—¿A su casa? —dije yo, y me reí.

Pyle me miró como si yo fuera otro Granger. De pronto me vi como me veía él, un hombre maduro, con los ojos un poco inyectados en sangre, que empezaba a engordar, sin gracia para el amor, menos estrepitoso quizá que Granger, pero más cínico, menos inocente, y durante un instante vi a Fuong como la había visto por primera vez, cuando pasó bailando junto a mi mesa en el Grand Monde, con sus dieciocho años y su vestido blanco de fiesta, vigilada por una hermana que estaba decidida a conseguirle un buen casamiento con un europeo. Un norteamericano había comprado un boleto y la había invitado a bailar; estaba un poco borracho, nada peligroso, y supongo que siendo nuevo en el país creía que las señoritas que bailaban en el Grand Monde eran prostitutas. Cuando dieron la primera vuelta por la pista, la apretó demasiado, y de pronto ella se fue a sentar junto a su hermana y lo dejó solo y perdido entre los que bailaban, sin saber qué había pasado o por qué. Y la muchacha, cuyo nombre yo no conocía, seguía allí tranquilamente sentada, bebiendo de vez en cuando un sorbo de su naranjada, completamente dueña de sí misma.

—*Peut-on avoir l'honneur?* —decía en ese momento Pyle con su espantoso acento francés, y un momento después los veía bailando en silencio en el otro extremo del salón; Pyle la mantenía tan alejada de su cuerpo que uno esperaba verlos perder contacto en cualquier momento. El norteamericano bailaba muy mal, y ella era la mejor danzarina que yo había conocido en su época del Grand Monde.

El mío había sido un galanteo largo y desalentador. Si hubiera podido ofrecerle el matrimonio y una buena dote todo habría resultado fácil y la hermana mayor se habría alejado con tacto y en silencio cuando estábamos juntos. Pero, en cambia, pasaron tres meses antes de que pudiera verla un momentito a solas, en un balcón del Majestic, mientras su hermana, desde la habitación contigua, nos preguntaba continuamente cuándo pensábamos entrar. En el río de Saigón descargaban un barco de carga francés a la luz de los reflectores, las campanillas de los triciclos de alquiler repicaban como teléfonos y yo parecía un estúpido adolescente sin experiencia, porque no se me ocurría nada. Volví esa noche desesperado a mi cama en la rue Catinat, sin soñar siquiera que cuatro meses después ella estaría acostada a mi lado, un poco jadeante, riendo como sorprendida porque nada había sido exactamente como se lo esperaba.

—Señor Fauler.

Observándolos bailar, no había visto que la hermana de Fuong me hacía señas desde otra mesa. Se acercó, y sin gran alegría la invité a sentarse con nosotros. Nunca habíamos sido muy amigos, desde aquella noche en que se había enfermado en el Grand Monde y yo había acompañado a Fuong a su casa.

—Hace un año entero que no le veo —dijo.

—Voy muy a menudo a Hanoi.

—¿Quién es su amigo? —me preguntó.

—Un hombre que se llama Pyle.

—¿Qué hace?

—Pertenece a la Misión Económica norteamericana. Supongo que sabrá lo que es: máquinas eléctricas de coser para costureras muertas de hambre.

—¿Hay alguna que se muere de hambre?

—No sé.

—Pero no usan máquinas eléctricas. Seguramente no hay electricidad donde ellas viven.

Era una mujer que se tomaba todo al pie de la letra.

—Tendrá que preguntárselo a Pyle —le dije.

—¿Es casado?

Miré hacia la pista de baile.

—Supongo que nunca estuvo más cerca que eso de una mujer.

—Baila muy mal —dijo la hermana de Fuong.

—Sí.

—Pero parece un hombre simpático y digno de confianza.

—Sí.

—¿Puedo quedarme un rato con ustedes? Mis amigos son muy aburridos.

La música cesó y Pyle se inclinó con tiesura ante Fuong; luego la acompañó hasta la mesa y le colocó la silla cuando se sentó. Yo veía que esa formalidad le gustaba a Fuong. Pensé que por vivir conmigo se perdía tantas cosas.

—La señorita es la hermana de Fuong —le dije a Pyle—. La señorita Hei.

—Encantado de conocerla —dijo Pyle, ruborizándose.

—¿Viene de Nueva York? —preguntó la otra.

—No. De Boston.

—¿Es también en los Estados Unidos?

—¡Oh, sí! Sí.

—¿Su padre es un hombre de negocios?

—En realidad, no. Es profesor.

—¿Un maestro? —preguntó la mujer con un débil matiz de desilusión.

—Bueno, en cierto sentido es una autoridad. La gente le consulta.

—¿Por motivos de salud? ¿Es doctor?

—No justamente esa clase de doctor. Pero es doctor en ingeniería, sin embargo. Conoce todo lo que se refiere a la erosión submarina. ¿Sabe usted lo que es eso?

—No.

Pyle dijo, con una leve tantativa de humorismo:

—Bueno, le cedo a mi papá el trabajo de explicárselo.

—¿Está aquí?

—¡Oh, no!

—Pero ¿está por venir?

—No. Fue una broma, nada más —dijo Pyle, disculpándose.

—¿Tiene otra hermana? —le pregunté a la señorita Hei.

—No. ¿Por qué?

—Porque parece que estuviera examinando las aptitudes matrimoniales del señor Pyle.

—Tengo una sola hermana —dijo la señorita Hei.

Y apretó pesadamente la mano sobre la rodilla de Fuong, como el presidente de un congreso que baja el martillito para marcar un punto en la orden del día.

—Es una hermana muy bonita —dijo Pyle.
—Es la muchacha más bonita de Saigón —dijo la señorita Hei, como corrigiéndolo.
—No me cuesta nada creerlo.
—Ya es hora de pedir la cena —dije—. Hasta la muchacha más bonita de Saigón tiene que comer.
—No tengo hambre —dijo Fuong.
—Es muy delicada —prosiguió con firmeza la hermana, con un matiz de amenaza en la voz—. Necesita mucho cuidado. Merece mucho cuidado. Es muy, muy leal.
—Mi amigo es un hombre de suerte —dijo Pyle, gravemente.
—Le gustan mucho los niños —dijo la hermana.
Me reí, y de pronto encontré la mirada de Pyle: me observaba con sorpresa escandalizada; se me ocurrió en ese momento que tal vez estuviera verdaderamente interesado en lo que le decía la señorita Hei. Mientras daba las órdenes para la cena (aunque Fuong me había dicho que no tenía hambre, yo sabía que no vería mal un buen bife a la tártara con dos huevos fritos y etcéteras), le oía comentar con seriedad la cuestión niños.
—Siempre pensé que me gustaría tener un montón de hijos —decía—. Una gran familia constituye un centro de interés maravilloso. Contribuye a la estabilidad del matrimonio. Y también es muy bueno para los chicos. Yo fui hijo único. Es una gran desventaja ser hijo único.
Nunca le había oído hablar tanto.
—¿Cuántos años tiene su padre? —preguntó la señorita Hei, con glotonería.
—Sesenta y nueve.
—A los ancianos les gustan los nietos. Es muy lamentable que mi hermana no tenga padres que puedan alegrarse con sus hijos. Cuando llegue el día —agregó con una mirada ominosa hacia mí.

—Ni usted tampoco —dijo Pyle, un poco innecesariamente a mi entender.

—Nuestro padre era de muy buena familia. Era un mandarín de Hué.

—He pedido la cena para todos ustedes —dije.

—Para mí no —dijo la señorita Hei—. Tengo que regresar con mis amigos. Me gustaría volver a ver al señor Pyle. Tal vez usted pueda arreglar algo en ese sentido.

—Cuando vuelva del Norte —contesté.

—¿Se va al Norte?

—Creo que es hora de ver un poco cómo anda esta guerra.

—Pero los corresponsales han regresado todos —dijo Pyle.

—Tanto mejor para mí. No me encontraré con Granger.

—Entonces usted tiene que venir a comer conmigo y con mi hermana, cuando se vaya el señor Fawler —y agregó con lúgubre cortesía—: Para que no esté demasiado triste.

Cuando se fue, dijo Pyle:

—¡Qué mujer encantadora, tan culta! ¡Y habla inglés tan bien!

—Dile que mi hermana trabajó un tiempo en una casa de comercio de Singapur —dijo Fuong con orgullo.

—¿Ah, sí? ¿Y qué tipo de comercio?

Traduje la respuesta:

—Importación y exportación. También sabe taquigrafía.

—Ojalá tuviéramos unas cuantas empleadas como ella en la Misión Económica.

—Le hablaré —dijo Fuong—. Creo que le gustaría trabajar para los norteamericanos.

Después de comer volvieron a bailar. Yo también bailo mal, y me falta la inconsciencia de Pyle; ¿o tal vez la habré tenido, me preguntaba, en los primeros tiempos de mi amor por Fuong? Tantas veces, antes de la memorable noche de la enfermedad de la hermana, habré bailado con Fuong en el Grand Monde solamente para tener una oportunidad de hablar con ella. Pyle no aprovechaba del mismo modo la oportunidad, según pude observar cuando pasaron por segunda vez a mi lado por la pista; estaba un poco menos tieso, nada más, y la mantenía a un brazo de distancia de su cuerpo; pero ambos callaban. De pronto, contemplando sus pies, tan livianos y exactos y tan adaptados al mero arrastrarse de Pyle, volví a enamorarme. Apenas podía creer que una o dos horas después Fuong volvería conmigo a esa mísera habitación con un retrete común y las viejas en cuclillas en la escalera.

Deseé no haber oído nunca el rumor sobre Fat Diem, o que ese rumor se hubiera referido a cualquier otra ciudad, y no al único lugar del Norte donde mi amistad con un oficial naval francés podía permitirme entrar sin censura ni control. ¿Una primicia periodística? No en esos tiempos, cuando lo que todos querían eran noticias de Corea. ¿Una oportunidad de morir? ¿Y por qué podía desear la muerte, ahora que Fuong dormía a mi lado todas las noches? Pero sabía muy bien la respuesta a esa pregunta. Desde la infancia, jamás creí en la permanencia, y, sin embargo, la anhelaba. Siempre temí perder la felicidad. Un mes después, un año después, Fuong me dejaría. Si no era un año, sería dos o tres años después. La muerte es el único valor absoluto en el mundo. Basta perder la vida para no perder nunca más nada. Envidiaba a los que podían creer en Dios, y desconfiaba de ellos. Me parecía que trataban de mantener su valor con una fábula sobre lo inmutable y lo permanente. La muerte era mucho más cierta que Dios, y con la muerte ya no existiría la posibilidad diaria de que el amor muriera. Se disiparía la pesadilla de un porvenir de tedio e indiferencia. Nunca hubiera podido ser pacifista. Matar un hombre me parecía concederle con seguridad un beneficio inconmensurable. Oh, sí, la gente amaba siempre, en todas partes, a sus enemigos. Solamente preservaban a sus amigos, los preservaban para el dolor y la vaciedad.

—Perdone que lo prive de la compañía de la señorita Fuong —dijo la voz de Pyle.

—Oh, yo bailo muy mal, pero me gusta verla bailar.

Uno siempre hablaba de ella así, en tercera persona, como si no estuviera presente. A veces parecía invisible, como la paz.

Empezó el primer número de variedades de la noche: un cantante, prestidigitador, comediante; era muy obsceno, pero cuando miré a Pyle comprendí que evidentemente no comprendía el argot. Sonreía cuando Fuong sonreía y se reía con inquietud cuando yo me reía.

—Quién sabe dónde estará a estas horas Granger —dije, y Pyle me miró con reproche.

Luego apareció el gran entretenimiento de la noche: una *troupe* de hombres vestidos de mujer. Ya los había visto a muchos de ellos de día, paseándose por la rue Catinat, con sus viejas tricotas y pantalones de mujer, con las mejillas un poco azuladas, meneando las caderas. Ahora, con sus trajes de fiesta muy descotados, con alhajas falsas y senos falsos y voces veladas, parecían por lo menos tan deseables como la mayoría de las europeas de Saigón. Un grupo de jóvenes oficiales de la Fuerza Aérea los silbaron, y ellos les contestaron con sonrisas deslumbrantes. Me asombró la violencia repentina de la protesta de Pyle.

—Fowler —dijo—, salgamos de aquí. Ya hemos visto bastante, ¿no es cierto? Esto no me parece en lo más mínimo apropiado para *ella*.

Capítulo IV

1

Desde el campanario de la catedral, la batalla era solamente pintoresca, fija como un panorama de la guerra de los bóers en algún número antiguo del *Ilustrated London News*. Un avión lanzaba suministros en paracaídas sobre un destacamento aislado en una zona del calcáreo, esas extrañas montañas carcomidas por el tiempo, en la frontera de Anam, que parecen montones de piedra pómez; y como siempre volvía al mismo lugar para repetir la operación, era como si no se moviera, y el paracaídas estaba siempre en el mismo sitio, a mitad de camino hacia la tierra. De la llanura los estallidos de mortero se elevaban siempre iguales, con su humo sólido como piedra, y en el mercado las llamas ardían pálidamente al sol. Las diminutas siluetas de los paracaidistas se movían en hilera a lo largo de los canales, pero desde esta altura parecían estacionarios. Hasta el cura, sentado en un rincón de la torre, no cambiaba nunca de posición mientras leía su breviario. A esa distancia, la guerra era muy ordenada y limpia.

Yo había llegado de Nam Dinh, antes del alba, en una balsa. No pudimos desembarcar en la estación naval porque había sido cortada por el enemigo, que rodeaba completamente la ciudad a una distancia de seiscientos metros, de modo que la embarcación se detuvo junto al mercado en llamas. A luz del fuego éramos un blanco fácil, pero por algún motivo desconocido nadie disparó. Todo era silencio, salvo el crujido y el desmoronarse de los puestos incendiados. Hasta se oían los pasos del centinela senegalés a orillas del río.

Yo había llegado a conocer bien a Fat Diem en otras épocas, antes del ataque; la única callejuela larga y estrecha de tiendas de madera, cortada cada cien metros por un canal, una iglesia y un puente. De noche solamente la alumbraban velas o lamparitas de queroseno (en Fat Diem no había electricidad, salvo donde vivían los oficiales), y tanto de día como de noche la calle estaba llena de gente y de ruido. Dentro de su extraño estilo medieval, bajo la sombra y la protección del príncipe obispo, había sido la ciudad con más vida de toda la región; y ahora, cuando desembarqué y me dirigí hacia el cuartel de los oficiales, era la más muerta. Escombros y vidrios rotos y olor a pintura quemada y a yeso quemado, la larga calle estaba vacía hasta donde llegaba la mirada; me recordaba una calle de Londres al amanecer, después de un bombardeo; uno esperaba ver en cualquier momento, como en Londres, un cartel que decía: «Bomba sin estallar.»

La fachada de la casa de los oficiales se había derrumbado, y las casas de enfrente estaban en ruinas. Mientras veníamos de Nam Dinh, por el río, el teniente Péraud me había explicado lo sucedido. Era un joven serio, masón; para él todo esto era un castigo por la superstición de sus compañeros. El obispo de Fat Diem había visitado Europa una vez, y allí había adquirido gran devoción por Nuestra Señora de Fátima, esa imagen de la Virgen aparecida, según creen los católicos, ante un grupo de niños en Portugal. Cuando regresó a su país construyó una gruta en su honor en los terrenos de la catedral, y todos los años festejaba su día con una procesión. Las relaciones con el coronel a cargo de las tropas francesas y vietnamitas habían sido siempre difíciles desde el día en que las autoridades desbandaron el ejército privado del obispo. Ese año el coronel, que sentía cierta simpatía por el obispo, ya que ambos pensaban que su país era más importante que el catolicismo, quiso hacer un gesto de amistad y se puso con todos sus oficiales superiores al frente de la procesión. Nunca se había reunido en Fat Diem una multitud tan grande para honrar a Nuestra Señora de Fátima. Hasta muchos de los budistas, que constituían la mitad de la población, asistieron, porque no querían perderse la diversión, y los que no creían en ninguno de esos dioses pensaban que, de algún modo, tantos estandartes y turíbulos y custodias de oro alejarían la guerra de la región. Todo lo que quedaba del ejército del obispo (su banda militar) encabezaba la procesión, y los oficiales franceses, devotos por orden del coronel, seguían como niños de coro, entrando por el portal en el recinto de la catedral, pasando junto a la estatua blanca del Sagrado Corazón, que estaba en una isla en medio del laguito frente a la iglesia, bajo el campanario con sus alas abiertas al estilo oriental, y finalmente dentro de la catedral misma, de madera labrada, con sus gigantescas columnas hechas de un solo árbol y las lacas escarlatas del altar, más budistas que cristianas. De todas las aldeas perdidas entre los canales, desde toda esa región de aspecto tan holandés, donde los brotes jóvenes y verdes de arroz y las cosechas doradas reemplazan a los tulipanes, y las iglesias a los molinos, la gente afluía a la catedral.

Nadie advirtió a los agentes del Vietminh, que también se agregaban a la procesión; y esa noche, mientras el grueso del batallón comunista descendía por los pasos del calcáreo a la llanura de Tonkín, bajo la impotente vigilancia del destacamento francés en lo alto de la montaña, los agentes de la vanguardia atacaban Fat Diem.

Ahora, después de cuatro días, con la ayuda de los paracaidistas, el enemigo había sido obligado a retirarse a medio kilómetro en torno de la ciudad. Era una derrota; no se permitía la presencia de periodistas, no se podían mandar telegramas, porque los diarios sólo debían mostrar victorias. Las autoridades me habrían retenido en Hanoi si hubieran sabido mis intenciones, pero cuanto más lejos se encuentra uno del estado mayor, tanto menos estricto se vuelve el control, y, finalmente, cuando uno llega a la zona de alcance del fuego enemigo, se ha convertido en un huésped bienvenido; lo que ha sido una amenaza para el estado mayor de Hanoi, un fastidio para el coronel a cargo de Nam Dinh, es para el teniente en el frente una broma, una distracción, una prueba de interés del mundo exterior, que le permite durante unas cuantas horas felices dramatizarse un poco a sí mismo y ver bajo una falsa luz heroica hasta sus propios heridos y muertos.

El cura cerró el breviario y dijo:

—Bueno, ya hemos terminado con esto.

Era europeo, pero no francés, porque el obispo no habría tolerado un cura francés en su diócesis. Agregó, como disculpándose:

—Tengo que subir aquí arriba, usted comprenderá, para que toda esa pobre gente me deje un momento tranquilo.

El ruido de los morteros franceses parecía acercarse, o quizá sólo fuera el enemigo que por fin respondía. La extraña dificultad era encontrarlos: había una docena casi de frentes angostos, y entre los canales, entre las granjas y los arrozales, las oportunidades de emboscada eran innumerables.

Inmediatamente debajo de nosotros, de pie, sentada y acostada, estaba la entera población de Fat Diem. Católicos, budistas, paganos, todos habían embalado sus más valiosos enseres —una cocina, una lámpara, un espejo, un ropero, algunos felpudos, una imagen santa— y se habían refugiado en la catedral. Aquí, en el Norte, cuando caía la oscuridad, hacía un frío tremendo, y la catedral ya estaba llena; no había dónde refugiarse; hasta en la escalera del campanario los escalones estaban todos ocupados, y constantemente seguía amontonándose gente que entraba por los portones, con sus criaturas y sus enseres domésticos. Fuera cual fuera su religión, allí creían estar a salvo. Mientras los observábamos, un joven de uniforme vietnamita, con un rifle, se abría paso entre la muchedumbre; un cura le interceptó el paso y le quitó el rifle. El cura que estaba a mi lado me explicó:

—Aquí somos neutrales. Éste es territorio de Dios.

Pensé: «Qué extraño que la población que Dios tiene en su reino sea tan pobre, asustada, helada, muerta de hambre ("No sé cómo vamos a hacer para alimentar a toda esta gente", me decía el cura); uno esperaría algo mejor de tan gran Rey.» Pero luego recordé que es lo mismo en todas partes, que no son los gobernantes más poderosos los que rigen las poblaciones más felices.

Abajo ya habían instalado algunos puestitos de comercio. Dije:

—Es como una enorme feria, ¿no es verdad?; pero no hay una sola cara sonriente.

El cura dijo:

—La noche anterior pasaron un frío horrible. Tenemos que mantener cerradas las puertas del monasterio, si no lo invadirían también.

—¿Adentro hace menos frío? —le pregunté.

—No hace demasiado calor. Y no podríamos alojar ni la décima parte de esta gente. Ya sé lo que piensa. Pero es esencial que algunos de nosotros nos mantengamos en pie. Tenemos el único hospital de Fat Diem, y las monjas son nuestras únicas enfermeras.

—¿Y médicos?

—Hago lo que puedo.

Entonces vi que tenía la sotana manchada de sangre.

—¿Vino hasta aquí arriba para verme? —me preguntó.

—No. Quería hacerme una idea de la situación.

—Se lo pregunto porque anoche vino a verme un hombre. Quería confesarse. Se había asustado un poco, ¿comprende?, con lo que había visto en el canal. Pobre, no me asombra que se asustara.

—¿Tan mal andaban las cosas por allí?

—Los paracaidistas los encerraron en un fuego cruzado. Pobre gente. Pensé que tal vez le pasara lo mismo a usted.

—No soy católico. Ni siquiera creo que deba considerarme cristiano.

—Es muy raro el efecto que puede causar el miedo.

—A mí no podría causarme ese efecto. Si creyera en algún dios, lo que no creo, seguiría aborreciendo la idea de la confesión. Arrodillarse en una de esas cajas. Exhibir el alma ante otra persona. Tiene que disculparme, padre, pero a mí me parece una cosa morbosa, hasta inhumana.

—¡Oh! —dijo sin darle importancia—, seguramente usted es una buena persona. Supongo que no habrá hecho muchas cosas de las que deba arrepentirse.

Miré las iglesias, que se extendían hacia el mar a intervalos regulares entre los canales. Del segundo campanario surgió el destello de una luz.

—Veo que no todas las iglesias se han mantenido neutrales —dije.

—No sería posible —dijo—. Los franceses han concedido la neutralidad solamente a la zona de la catedral. No podemos pedir más. Eso que usted ve allí es un destacamento de la Legión Extranjera.

—Bueno, me voy. Adiós, padre.

—Adiós, y buena suerte. Tenga cuidado con los tiradores emboscados.

Tuve que abrirme paso entre la multitud, junto al lago, y la estatua blanca con sus azucarados brazos abiertos, para salir a la larga calle. De cada lado se podía ver hasta una distancia de un kilómetro, más o menos, y en toda esa extensión sólo había dos seres vivos, aparte de mí: dos soldados con cascos camuflados que se alejaban lentamente por un costado de la calle, con sus armas en la mano. Digo vivos, porque en un portal yacía un cadáver con la cabeza en la calle. El zumbido de las moscas que lo acosaban y el crujido de las botas de los soldados, cada vez más lejano, eran los únicos ruidos. Pasé rápidamente junto al cadáver, volviendo la cabeza hacia otro lado. Unos minutos después, cuando miré hacia atrás, estaba solo con mi sombra, y no se oía ningún ruido, salvo los que yo producía. Me sentí como un blanco en un campo de tiro. Pensé que si algo me ocurría en esa calle tardarían varias horas en recogerme; el tiempo suficiente para que se juntaran las moscas.

Después de cruzar dos canales, tomé una callejuela que conducía a una iglesia. Sentados en el suelo había unos diez o doce hombres con el camuflaje de paracaidista; dos oficiales observaban un mapa. Cuando me acerqué nadie me hizo caso. Uno que llevaba la larga antena de un teléfono portátil, dijo:

—Podemos seguir, ahora.

Y todos se levantaron. Les pregunté en mi mal francés si me permitían acompañarlos. Una ventaja en esta guerra era que la cara de europeo constituía de por sí un pasaporte en el frente; nadie podía sospechar que un europeo fuera agente del enemigo.

—¿Quién es usted? —preguntó el teniente.

—Escribo sobre la guerra —dije.

—¿Norteamericano?

—No, inglés.

—Es muy poca cosa —dijo—, pero si desea venir con nosotros...

Hizo el ademán de quitarse el casco de acero.

—No, no —dije—. Eso es para los que combaten.

—Como quiera.

Salimos por detrás de la iglesia, en fila india; el teniente nos dirigía; nos detuvimos un momento al borde de un canal para que el soldado del teléfono sin hilos se pusiera en contacto con las patrullas de ambos flancos. Los proyectiles de mortero pasaban por encima de nosotros y estallaban fuera de nuestro campo visual. Se nos habían agregado algunos hombres detrás de la iglesia, y ahora éramos unos treinta. El teniente me explicó en voz baja, apuntando hacia el mapa con un dedo:

—Nos han informado que en esta aldea hay unos trescientos. Quizá se estén reuniendo para atacar esta noche. No sabemos. Nadie los ha encontrado todavía.

—¿A qué distancia?

—Unos trescientos metros.

Las palabras llegaban por el teléfono sin hilos; avanzábamos en silencio, a la derecha el canal recto, a la izquierda matorrales bajos y cultivos y nuevamente matorrales.

—Todo en orden —susurró el teniente con un ademán, para infundir seguridad, cuando partíamos.

A unos cuarenta metros más adelante, un canal cruzaba nuestro camino con los restos de un puente, una simple tabla sin baranda. El teniente nos ordenó con señales que nos desplegáramos; nos acurrucamos, observando ese territorio desconocido frente a nosotros, a treinta metros de distancia, del otro lado del tablón. Los hombres miraron el agua, y en seguida, como ante una voz de mando, todos juntos desviaron la mirada. Durante un instante no comprendí qué habían visto, pero cuando pude ver, mi pensamiento volvió, no sé por qué, al Chalet y los hombres vestidos de mujer y los jóvenes soldados que los silbaban y Pyle que decía: «Esto no me parece en lo más mínimo apropiado.»

El canal estaba lleno de cadáveres: en el recuerdo lo veo como un guiso de carne, pero con demasiada carne. Los cuerpos se mezclaban unos sobre otros: una cabeza, de un gris de foca, anónima como un convicto de cráneo rapado, emergía erguida fuera del agua como una boya. No se veían rastros de sangre: supongo que ya hacía días que el agua se la había llevado toda. No sé cuántos podían ser; seguramente los habían encerrado en un fuego cruzado cuando trataban de volver, y supongo que cada uno de nosotros, junto al canal, pensaba: «Si lo hacen ellos, también podemos hacerlo nosotros.» También yo desvié la mirada; no queríamos recordar qué poco importábamos, qué rápida, sencilla y anónimamente llegaba la muerte. Aun cuando mi razón anhelaba el estado de la muerte, yo temía el acto en sí como una virgen. Me hubiera gustado verla llegar con un aviso previo, para poder prepararme. ¿Para qué? No sé, ni tampoco sé cómo, a menos que fuera mirando en torno para ver qué poca cosa era lo que abandonaba.

El teniente estaba sentado junto al hombre del teléfono, y observaba fijamente el suelo entre sus pies. El instrumento empezó a crepitar instrucciones; con un suspiro, como si lo despertaran de un sueño, el teniente se levantó. En todos sus movimientos había una extraña camaradería, como de compañeros abocados a una tarea que ya habían ejecutado juntos infinitas veces. Nadie esperaba que le dijeran lo que debía hacer. Dos hombres se dirigieron hacia el tablón y trataron de cruzarlo, pero el peso de las armas les hacía perder el equilibrio; tuvieron que sentarse a caballo sobre la tabla y avanzar poco a poco. Otro hombre había encontrado una balsa escondida entre unas matas, aguas abajo, y la había traído hasta donde estaba el teniente. Subimos seis a la balsa, y el teniente empezó a empujarla con un palo hacia la otra orilla, pero encallamos sobre un banco de cadáveres, y allí nos quedamos. El hombre hizo fuerza con el palo, hundiéndolo en esa arcilla humana; un cadáver se soltó y flotó tan largo como era junto a la embarcación, como un bañista que flota al sol. Nos liberamos, y una vez en la otra orilla saltamos fuera como pudimos, sin mirar hacia atrás. No habían disparado ningún tiro; estábamos vivos; la muerte se había retirado, tal vez, hasta el otro canal. Oí que alguien, detrás, decía con gran seriedad:

—*Gott sei dank* (1).

Exceptuando al teniente, casi todos ellos eran alemanes.

Del otro lado vimos un grupo de casitas que parecía una granja; el teniente entró primero, pegado contra la pared, y lo seguimos a intervalos de dos metros cada uno, en fila india. Luego los soldados, como siempre, sin esperar órdenes, se dispersaron por la granja. La vida la había abandonado; no había quedado ni siquiera una gallina, aunque en las paredes de lo que había sido la sala colgaban dos espantosas láminas del Sagrado Corazón y de la Virgen con el Niño, que daban un aire europeo a todo el grupo de endebles construcciones campesinas. Uno sabía en qué creía esa gente, aunque no compartiera su fe; eran seres humanos y no simplemente grises cadáveres lavados.

(1) Gracias a Dios. *(N. del T.)*

Una parte tan grande de las guerras consiste en quedarse sentado sin hacer nada, esperando que llegue alguien. Sin la menor garantía de la cantidad de tiempo que nos queda, no vale la pena iniciar ni siquiera una reflexión. Haciendo lo que ya habrían hecho tantas veces, los centinelas avanzaron. Cualquier cosa que se moviera delante de nosotros, ahora, era el enemigo. El teniente marcó el mapa y transmitió su posición por radio. Nos cubrió un silencio de mediodía; hasta los morteros callaban, y el aire estaba libre de aviones. Un soldado dibujaba algo con una ramita en la tierra del corral. Después de unos minutos, uno se sentía como si la guerra lo hubiera olvidado. Pensé: «Ojalá Fuong haya mandado mis trajes a la tintorería.» Una brisa fría agitó la paja del corral, y un soldado, púdicamente, fue a hacer sus necesidades detrás de un granero. Traté de recordar si le había pagado al cónsul británico de Hanoi la botella de whisky que me había proporcionado.

Delante de nosotros se oyeron dos tiros y pensé: «Ahora sí. Ahora empiezan.» Era justamente el aviso que necesitaba. Esperé, con una sensación de euforia, la cosa permanente.

Pero no ocurrió nada. Una vez más yo me había «preparado inútilmente para el acontecimiento». Largos minutos después entró uno de los centinelas y pasó un informe en voz baja al teniente. Pude oír que decía:

—*Deux civils.*

El teniente me dijo:

—Vayamos a ver.

Siguiendo al centinela nos abrimos paso por un sendero barroso y lleno de matas, entre dos campos. A unos veinte metros, más allá de las casas, en una zanja angosta, encontramos lo que buscábamos: una mujer y un niñito. Estaban evidentemente muertos; un coágulo pequeño y limpio en la frente de la mujer, y el niño parecía dormir. Tendría unos seis años de edad, y yacía como un embrión en el regazo de la mujer, con las piernecitas huesudas encogidas.

—*Malchance* —dijo el teniente.

Se agachó y dio vuelta al niño. Llevaba una medalla santa colgada del cuello, y yo pensé: «El amuleto no funciona.» Bajo su cuerpo había un pedazo roído de pan. «Odio la guerra», pensé.

—¿Ya vio bastante? —dijo el teniente con voz salvaje, casi como si yo hubiera sido responsable de esas muertes.

Quizá para el soldado el civil es el hombre que lo emplea para matar, que incluye la culpa del crimen en el sobre de la paga y elude toda responsabilidad. Volvimos a la granja y nos sentamos nuevamente en la paja, callados, al reparo del viento que parecía saber, como un animal, que se acercaba la noche. El hombre que antes hacía dibujos en el polvo estaba haciendo sus necesidades, y el hombre que había hecho sus necesidades estaba haciendo dibujos en el polvo. Traté de imaginarme a la mujer con la criatura; seguramente, en ese momento de quietud, después de haberse apostado los centinelas, creyeron que podían salir de la zanja sin peligro. Me pregunté si habrían estado mucho tiempo allí escondidos: el pan parecía muy seco. Probablemente vivían en esta granja.

El teléfono volvía a funcionar. El teniente dijo con fatiga:

—Van a bombardear la aldea. Llaman de regreso a todas las patrullas porque pronto oscurecerá.

Nos levantamos y empezamos el viaje de retorno, contorneando el banco de cadáveres con la balsa, desfilando uno tras otro junto a la iglesia. No habíamos ido muy lejos, y, sin embargo, había sido un viaje bastante largo, para dar como único resultado la muerte de esas dos personas. Los aviones habían aparecido; detrás de nosotros empezó el bombardeo.

Cuando llegué al cuartel de los oficiales había oscurecido; allí pasaría la noche. La temperatura era apenas de un grado sobre cero, y la única fuente de calor en toda la ciudad era el mercado en llamas. Una pared había sido destruida por un cañonazo y las puertas estaban desencajadas; las cortinas de lona no conseguían contener las corrientes de aire. La dinamo eléctrica no funcionaba, y para que las velas no se apagaran tuvimos que alzar barricadas de cajas y libros. Yo jugaba al *Quatre cent vingt-et-un*, por dinero comunista, con un tal capitán Sorel; no podíamos jugar por la bebida, puesto que yo era un huésped de la casa. La suerte, fatigosamente, iba y venía. Abrí mi botella de whisky para tratar de calentarnos un poco, y los demás se reunieron alrededor. El coronel dijo:

—Éste es el primer vaso de whisky que tomo desde que partí de París.

Entró un teniente que había hecho la ronda de los centinelas.

—Quizá tengamos una noche tranquila —dijo.

—No atacarán antes de las cuatro —repuso el coronel. Y volviéndose hacia mí me preguntó—: ¿No tiene pistola?

—No.

—Le buscaré una. Le conviene tenerla bajo la almohada —y agregó cortésmente—: Temo que el colchón le resulte un poco duro. Y a las tres y media los morteros abrirán fuego. Tratamos de disolver toda concentración.

—¿Hasta cuándo piensa que continuará esto?

—¿Quién sabe? No podemos retirar más tropas de Nam Dinj. Esto es sencillamente una diversión. Si conseguimos mantenernos sin más ayuda que la que recibimos hace dos días, podremos considerarlo una victoria.

El viento había vuelto a levantarse, serpenteando en busca de orificios de entrada. La cortina de lona se hinchaba (me recordaba la muerte de Polonio detrás de un tapiz) y la vela oscilaba. Las sombras eran teatrales. Parecíamos un grupo de excursionistas refugiados en un pajar.

—¿Los destacamentos han resistido?

—Hasta ahora parece que sí, no lo sabemos exactamente —agregó con un aire de gran cansancio—: Esto no es nada, ¿comprende?, es un asunto sin importancia comparado con lo que está sucediendo a cien kilómetros de aquí, en Joa Binj. Esa sí es una batalla.

—¿Más whisky, coronel?

—No, gracias. Su whisky inglés es formidable, pero es mejor guardar un poco para la noche, por si hace falta. Me parece, si usted me disculpa, que me voy a dormir un rato. Cuando empiezan los tiros no se puede dormir. Capitán Sorel, encárguese de que al señor Fowler no le falte nada, vela, fósforos, un revólver.

Entró en su cuarto.

Era la señal para todos nosotros. Me habían colocado un colchón en el suelo, en un pequeño depósito; el colchón estaba rodeado de cajones de madera. Me quedé muy poco tiempo despierto; la dureza del piso era como un descanso. Me pregunté, aunque parezca raro sin celos, si Fuong estaría en el apartamento. Esa noche la posesión de un cuerpo me parecía muy poca cosa; quizá durante el día había visto demasiados cuerpos que no pertenecían a nadie, ni siquiera a sí mismos. Todos éramos prescindibles. Cuando me dormí, soñé con Pyle. Bailaba solo en un escenario, tieso, con los brazos tendidos hacia una compañera invisible, y yo lo contemplaba sentado en una especie de taburete de piano, con un revólver en la mano para que nadie perturbara su baile. Un cartel colocado en el escenario, como los números del programa de un *music-hall* inglés decía: «La danza del Amor. No apto para menores.» Alguien se movió en el fondo del teatro, y apreté con más fuerza el arma. Luego me desperté.

Tenía la mano sobre el revólver que me habían prestado, y en la puerta había un hombre con una vela. Llevaba puesto un casco de acero que le dejaba los ojos en sombra; solamente cuando habló reconocí que era Pyle. Dijo con timidez:

—Siento muchísimo haberlo despertado. Me dijeron que viniera a dormir aquí.

Yo no estaba todavía totalmente despierto.

—¿Dónde consiguió ese casco? —pregunté.

—Alguien me lo prestó —dijo con vaguedad.

Arrastró hacia adentro una bolsa de lona, tipo militar, y comenzó a sacar de ella una bolsa de dormir forrada de lana.

—Está muy bien provisto —dije, tratando de recordar por qué estábamos en ese lugar.

—Es el equipo standard para viajes —contestó— de nuestros grupos de ayuda médica. Me prestaron uno en Hanoi.

Sacó un termo y un calentador pequeño de alcohol; un cepillo para el pelo, el equipo para afeitarse y una lata de raciones equilibradas. Miré el reloj. Eran casi las tres de la mañana.

2

Pyle siguió desempaquetando cosas. Con los cajones formó un pequeño estante, donde colocó su espejito y demás útiles para afeitarse.

—No sé si podrá conseguir agua —dije.

—¡Oh! —contestó—, tengo bastante en el termo para el desayuno.

Se sentó en su bolsa de dormir y empezó a quitarse las botas.

—¿Cómo demonios llegó aquí? —le pregunté.

—Me dejaron pasar hasta Nam Dinh, con la excusa de ir a visitar al grupo de ayuda médica contra la tracoma, y desde allí alquilé un barco.

—¿Un barco?

—Bueno, una especie de balsa..., no sé exactamente cómo se llaman. Para decir verdad, tuve que comprarlo. No costaba mucho.

—¿Y se vino río abajo, sólo?

—No era muy difícil, le diré. La corriente me ayudaba.

—Usted está loco.

—¡Oh, no! El único peligro real era encallar.

—O ser ametrallado por una patrulla naval o un avión francés. O que el Vietminh lo degollara.

Sonrió tímidamente.

—Bueno, de todos modos, aquí estoy —dijo.

—¿Por qué vino?

—Le diré, tengo dos motivos. Pero no quiero impedirle dormir.

—No tengo sueño. Y pronto empezarán los tiros.

—¿Le molesta si cambio la vela de lugar? Hay demasiada luz aquí.

Parecía nervioso.

—¿Cuál es el primer motivo?

—Bueno, el otro día usted me hizo pensar que este lugar debía de ser más bien interesante. ¿Recuerda, cuando estábamos con Granger... y Fuong?

—¿Sí?

—Pensé que debía venir a echar una ojeada. Para decirle la verdad, estaba un poco avergonzado por la actitud de Granger.

—Comprendo. Así que fue por eso.

—Bueno, en realidad las dificultades no eran muy notables, ¿no es cierto?

Se puso a jugar con los cordones de las botas, y siguió un largo silencio.

—La verdad es que no soy totalmente franco —dijo por fin.

—¿No?

—En realidad vine a verlo.

—¿Vino hasta aquí para verme?

—Sí.

—¿Por qué?

Alzó la mirada que tenía puesta en las botas, en una agonía de vergüenza.

—Tenía que decírselo: me he enamorado de Fuong.

Me reí. No pude contenerme. Era tan inesperado, lo decía con tanta seriedad. Le pregunté:

—¿Y no podía esperar hasta que yo volviera? La semana que viene estaré de regreso en Saigón.

—Podrían haberlo matado —dijo—. No habría sido muy honesto de mi parte. Y, además, no sé si hubiera podido mantenerme alejado de Fuong durante todo ese tiempo.

—Quiere decir, por lo menos, que hasta ahora se ha mantenido alejado.

—Naturalmente. Se imaginará que no pienso decírselo a *ella* sin que lo sepa usted antes.

—Algunos lo hacen —dije—. ¿Cuándo ocurrió?

—Supongo que fue esa noche en el Chalet, mientras bailaba con ella.

—No creo que se haya acercado lo suficiente en ningún momento.

Me miró con aire de incomprensión. Si su conducta me parecía decente, la mía era evidentemente inexplicable para él. Dijo:

—Vea, supongo que fue cuando vi a todas esas muchachas en ese establecimiento. Eran tan bonitas. Diablos, Fuong hubiera podido ser una de ellas. Deseé protegerla.

—No creo que necesite protección. ¿La señorita Hei lo ha invitado a salir con ella?

—Sí, pero no fui. Me mantuve alejado —dijo con lobreguez—. Ha sido espantoso. Me siento tan infame, pero por lo menos me creerá, ¿no?, cuando le aseguro que si estuvieran casados..., bueno, se imagina que yo nunca me metería entre un hombre y su esposa.

—Parece estar muy seguro de que *puede* meterse —le dije.

Por primera vez me había fastidiado.

—Fowler —dijo—, no conozco su nombre de pila...

—Thomas. ¿Por qué?

—Puedo llamarlo Tom, ¿no? En cierto modo siento como si esto nos hubiera acercado. El hecho de amar a la misma mujer, quiero decir.

—¿Y qué piensa hacer ahora?

Se sentó, apoyándose con entusiasmo contra los cajones:

—Todo parece tan distinto ahora que usted está enterado —dijo—. Le pediré que se case conmigo, Tom.

—Preferiría que me llamase Thomas.

—Tendrá que elegir entre nosotros, Thomas. Me parece bastante justo para todos.

Pero ¿era justo? Por primera vez sentí el escalofrío premonitor de la soledad. Todo era tan fantástico, y, sin embargo... Como amante Pyle podía ser muy poca cosa, pero el verdadero pobre era yo. Él tenía en su mano las riquezas infinitas de la respetabilidad.

Empezó a desvestirse, y pensé: «También tiene la juventud.» Qué triste envidiar a Pyle.

—No puedo casarme con ella —dije—. Tengo a mi mujer en Inglaterra. No se divorciaría nunca. Es anglicana..., si sabe lo que eso significa.

—Lo siento mucho, Thomas. De paso, yo me llamo Alden, si prefiere...

—Prefiero seguir llamándolo Pyle —dije—. Cuando pienso en usted lo pienso como Pyle.

Se metió en su saco de dormir y tendió la mano para apagar la vela.

—Uf —dijo—, me alegro de haber aclarado todo, Thomas. Le aseguro que este asunto me tenía muy inquieto.

Era demasiado evidente que ya no lo tenía más inquieto.

Cuando apagó la vela, apenas se distinguía el contorno de su pelo corto, al estilo militar, recortado contra el resplandor de las llamas de afuera.

—Buenas noches, Thomas. Que duerma bien.

E inmediatamente después de decir esas palabras, como en una mala comedia, los morteros abrieron el fuego, chirriando, chillando, estallando.

—Dios mío —dijo Pyle—, ¿es un ataque?

—Están tratando de impedir un ataque.

—Bueno, supongo que ya no podremos dormir, ¿no?

—Ya no.

—Thomas, quiero que sepa lo que me ha parecido su actitud ante todo esto..., pienso que se ha portado espléndidamente, espléndidamente, no hay otra palabra para designarlo.

—Gracias.

—Usted conoce mucho más mundo que yo. Le diré, en ciertos sentidos. Boston es un poco... estrecho de miras. Aun cuando uno no sea un Lowell o un Cabot. Quisiera que usted me aconsejara, Thomas.

—¿Sobre qué cosa?

—Sobre Fuong.

—Si yo fuera usted, no esperaría demasiado de mis consejos. Soy muy parcial. Quiero conservarla conmigo.

—¡Oh!, pero yo sé que usted es franco, absolutamente franco, y los dos deseamos el bienestar de Fuong, defender sus intereses.

De pronto no pude soportar más su puerilidad.

—No me importa nada su bienestar —dije—. Usted puede guardarse su bienestar. Yo sólo quiero su cuerpo. La quiero en la cama conmigo. Preferiría arruinarla y dormir con ella antes que... ocuparme de sus malditos intereses.

—¡Oh! —dijo con voz débil en la oscuridad.

—Si lo único que le importa a usted son sus intereses —proseguí—, por el amor de Dios, déjela en paz. Como cualquier mujer, prefiere una buena...

Y el estampido de un cañonazo impidió que a los oídos de Boston llegara la vieja palabra anglosajona.

Pero en Pyle había cierta implacabilidad. Había decidido que yo me estaba portando bien, y tenía que portarme bien.

—Comprendo perfectamente cómo estará sufriendo, Thomas —dijo.

—No estoy sufriendo.

—¡Oh, sí, estoy seguro! Sé lo que sufriría yo si tuviera que renunciar a Fuong.

—Pero no he renunciado a ella.

—Yo también soy muy materialista, Thomas, pero abandonaría toda esperanza de eso si pudiera ver a Fuong feliz.

—Es feliz.

—No puede ser... en esa situación. Necesita tener hijos.

—Realmente, ¿se ha creído usted todas las tonterías que le ha dicho la hermana?

—Una hermana a veces sabe más...

—Estaba sencillamente tratando de meterle esa idea en la cabeza, Pyle, porque piensa que usted tiene más dinero que yo. Y por Dios que se la ha metido bien.

—No tengo más que mi sueldo.

—Bueno, de todos modos cuenta con un cambio sumamente favorable.

—No se ponga tan amargo, Thomas. Son cosas que pasan. Quisiera que le hubiera pasado a cualquier otro, no a usted. ¿Esos morteros son los nuestros?

—Sí, son los «nuestros». Habla como si Fuong estuviera por abandonarme, Pyle.

—Naturalmente —dijo sin mayor convicción—, también podría elegir quedarse con usted.

—¿Y qué haría usted entonces?

—Solicitaría un traslado.

—¿Por qué no se va en seguida, Pyle, sin causarle molestias a nadie?

—No sería justo con ella, Thomas —dijo con toda seriedad.

No conocí jamás a un hombre que tuviera mejores intenciones en todos los desastres que causó. Agregó:

—No creo que usted comprenda bien a Fuong.

Y al despertarme esa mañana, meses después, al lado de Fuong, pensé: «¿Y tú la comprendías? ¿Habrías previsto esta situación? ¿Fuong felizmente dormida a mi lado, y tú muerto?» El tiempo tiene sus venganzas, pero las venganzas tantas veces resultan rancias. ¿No haríamos mucho mejor todos nosotros si no tratáramos de comprender, si aceptáramos el hecho de que ningún ser humano comprenderá jamás a otro, ni una mujer a su marido, ni un amante a su amante, ni un padre a su hijo? Quizá por eso los hombres inventaron a Dios: un ser capaz de comprender. Quizá, si quisiera ser comprendido o comprender, me atontaría hasta tener una religión; pero soy un reportero, y Dios sólo existe para los que escriben editoriales.

—¿Está seguro de que haya tanto que comprender? —le pregunté—. ¡Oh, por el amor de Dios, será mejor que tomemos un trago! Hay demasiado ruido para discutir.

—Es un poco temprano —dijo Pyle.
—Es bárbaramente tarde.

Serví dos vasos; Pyle alzó el suyo y se quedó mirando fijamente la luz de la vela a través del whisky. Su mano temblaba cada vez que estallaba un proyectil, y, sin embargo, había hecho ese viaje insensato desde Nam Dinh.

—Es muy extraño que ninguno de los dos pueda decir «buena suerte» —observó.

Por tanto, bebimos sin decir nada.

Capítulo V

1

Yo había proyectado estar solamente una semana fuera de Saigón, pero pasaron tres antes de mi regreso. En primer lugar, salir de la zona de Fat Diem resultó mucho más difícil que entrar. El camino entre Nam Dinh y Hanoi estaba cortado, y no podían malgastar el transporte aéreo en un reportero que de todos modos no tenía nada que hacer allí. Luego, cuando llegué a Hanoi, habían hecho venir a los corresponsales para que se enteraran de la última victoria, y en el avión que se los llevó de vuelta no había lugar para mí. Pyle se había ido a Fat Diem la mañana misma de su llegada; había cumplido su misión, que era hablar de Fuong conmigo, y nada más lo retenía en ese lugar. Cuando el fuego cesó, a las cinco y media, lo dejé dormido, y cuando volví de tomar una taza de café con algunos bizcochos en la cantina, ya se había ido. Pensé que habría salido a dar unos pasos; pensé que después de recorrer en una balsa todo el río desde Nam Dinh, no podían molestarlo unos cuantos tiradores emboscados; era tan incapaz de imaginarse el dolor o el peligro que corría, como de imaginarse el dolor que podía causar a los demás. En cierta ocasión —pero eso fue meses más tarde— perdí la compostura y le obligué a meter el pie directamente en el dolor; recuerdo que volvió la mirada, y mirándose perplejo el zapato manchado, dijo: «Tengo que hacerme limpiar los zapatos antes de ver al ministro.» Había advertido que ya empezaba a formar sus frases en el estilo de York Harding. Pero era sincero a su manera: fue pura coincidencia que los sacrificios los pagasen los demás, hasta esa última noche, bajo el puente de Dakau.

Solamente cuando volví a Saigón supe que Pyle, mientras yo bebía mi café, había persuadido a un joven oficial de marina para que se lo llevara en una balsa, que después de un recorrido de rutina lo dejó subrepticiamente en Nam Dinh. La suerte lo acompañaba, y volvió a Hanoi con su grupo médico contra el tracoma, veinticuatro horas antes de que declararan oficialmente cortado el camino. Cuando llegué a Hanoi ya se había ido hacia el Sur, dejándome una nota en manos del barman del campamento de prensa.

«Querido Thomas —escribió—, no sé cómo explicarte lo espléndido que estuviste la otra noche. Te diré que cuando entré en esa pieza a buscarte tenía el corazón en la boca.» (¿Dónde lo había tenido durante ese largo viaje que había hecho por el río?) «No existen muchos hombres que pudieran tomar la cosa con tanta calma. Estuviste grande, y ahora que te lo he dicho, me siento mucho menos infame.» (¿Acaso era él el único que importaba?, me pregunté con rabia; y, sin embargo, sabía que no era ésa la intención de sus palabras. Para él, todo se volvería mucho más feliz, Fuong sería más feliz, el mundo entero sería más feliz, hasta el agregado económico y el ministro. La primavera había llegado a Indochina, ahora que Pyle se sentía menos infame.) «Te esperé aquí veinticuatro horas, pero si no me voy hoy, no llegaré a Saigón antes de una semana, y mi verdadero trabajo está en el Sur. He dicho a los muchachos del equipo contra el tracoma que se encarguen de atenderte; te gustarán. Son grandes muchachos y están cumpliendo una labor de gigantes. No te preocupes en absoluto porque yo vuelva a Saigón antes que tú. Te prometo que no veré a Fuong hasta tu regreso. No quiero que más tarde pienses que no te he jugado limpio en todo. Cordialmente tuyo, Alden.»

Nuevamente esa tranquila suposición de que «más tarde» sería yo el que se quedaría sin Fuong. ¿Acaso la confianza en sí mismo se basará en el cambio de la moneda? En Inglaterra solíamos hablar de virtudes sólidas como la esterlina. ¿Tendremos que hablar ahora de un amor sólido como el dólar? Un amor como el dólar, por supuesto, incluía el matrimonio y los hijos y el día de la madre, aunque más tarde también pudiera incluir a la ciudad de Reno o las Islas Vírgenes, o como se llame el lugar donde se va hoy día a obtener el divorcio. Un amor como el dólar tendrá buenas intenciones, la conciencia clara, y al diablo con todos. Pero mi amor no tenía ninguna intención: conocía el futuro. Todo lo que podía hacerse era conseguir que el futuro resultara menos duro, o darlo a conocer poco a poco, con delicadeza, cuando llegara; y hasta el opio tiene su valor en esos casos. Pero nunca preví que el primer futuro que debería proponer a Fuong sería la muerte de Pyle.

Como no tenía nada mejor que hacer, asistí a la conferencia de prensa. También asistía Granger, por supuesto. La presidía un coronel francés, joven y demasiado buen mozo. Hablaba en francés, y un oficial subalterno traducía. Los corresponsales franceses estaban sentados juntos, como un equipo rival de fútbol. Me resultaba muy difícil mantener la atención fija en lo que decía el coronel, porque todo el tiempo mi mente volvía a Fuong y a este único pensamiento: suponiendo que Pyle tenga razón y que la pierda, ¿qué será de mí?

El intérprete traducía:

—El coronel dice que el enemigo ha sufrido una severa derrota e importantes pérdidas, el equivalente de un batallón completo. Los últimos destacamentos se encuentran ahora cruzando otra vez el río Rojo en balsas improvisadas, bajo el bombardeo continuo de la fuerza aérea.

El coronel se pasó la mano por el elegante pelo amarillo, y blandiendo un puntero recorrió los largos mapas murales con pasos casi de baile. Un corresponsal norteamericano preguntó:

—¿Cuántas son las bajas francesas?

El coronel conocía perfectamente el sentido de esta pregunta; de costumbre se la formulaban a esta altura de la conferencia. Pero se detuvo, con el puntero en alto y una sonrisa amable, como un maestro simpático, hasta que se la tradujeron. Luego contestó con paciente ambigüedad.

—El coronel dice que nuestras pérdidas no han sido considerables. Todavía no se conoce el número exacto.

Ésta era siempre la señal de comienzo de las escaramuzas. Parecía, sin embargo, lógico pensar que el coronel encontraría alguna fórmula para aplacar a esa clase rebelde, o que el director del colegio nombraría a otro miembro de su personal más eficaz en la conservación del orden.

—¿El coronel pretende seriamente —preguntó Granger— decirnos que ha tenido tiempo de contar las bajas del enemigo y no las propias?

Pacientemente el coronel tejió su telaraña de excusas, sabiendo perfectamente que una nueva pregunta la destruiría. Los corresponsales franceses seguían en lúgubre silencio. Si los norteamericanos acicateaban al coronel hasta obligarlo a reconocer la verdad, no dejarían de aprovecharla rápidamente; pero no querían colaborar en esa tarea de apretar las clavijas a sus compatriotas.

—El coronel dice que las fuerzas del enemigo han sido rodeadas. Es posible contar los muertos del otro lado de la línea de fuego, pero que mientras la batalla continúe ustedes no pueden esperar que las fuerzas francesas en pleno avance manden la cifra exacta de sus bajas.

—No se trata de lo que *nosotros* esperamos —dijo Granger—, se trata de lo que sabe o no *sabe el État-major*. Seriamente, ¿pretende decirnos que los pelotones no informan sobre el número de bajas, por teléfono, a medida que éstas se producen?

La calma del coronel empezaba a dar muestras de ajarse. Pensé: si por lo menos nos hubiera visto el juego de entrada y nos hubiera dicho con firmeza que sabía el número de bajas, pero que no lo diría. Después de todo era su guerra, no la nuestra. No poseíamos un derecho divino a la información. No teníamos que luchar con los diputados de la izquierda en París, además de las tropas de Ho Chi Minh entre el río Rojo y el río Negro. No éramos nosotros los que nos moríamos.

De pronto el coronel espetó la información de que las bajas francesas representaban un tercio de las bajas del enemigo, y luego nos volvió las espaldas, para contemplar furiosamente su mapa. Esos muertos eran sus soldados, sus oficiales y sus compañeros de Saint Cyr; no eran simples números como para Granger. Éste dijo:

—Ahora por lo menos pisamos sobre seguro.

Y miró en torno, con un aire imbécil de triunfo, a sus colegas. Los franceses, con las cabezas gachas, apuntaban sus sombrías notas.

—Ojalá supiéramos otro tanto sobre Corea —dije, con deliberada confusión.

Pero así sólo daba una nueva línea de ataque a Granger.

—Pregúntele al coronel —insistió— qué piensan

hacer ahora los franceses. Ha dicho que el enemigo huye cruzando el río Negro...

—El río Rojo —lo corrigió el intérprete.

—No me importa nada el color del río. Lo que queremos saber es qué piensan hacer ahora los franceses.

—El enemigo se encuentra en retirada.

—¿Qué ocurrirá cuando lleguen del otro lado? ¿Qué piensan hacer cuando hayan pasado todos? ¿Sentarse en la otra orilla y decir: bueno, ya está?

Los oficiales franceses escuchaban con sombría paciencia la voz grosera de Granger. Hasta humildad se requiere hoy día a los soldados.

—¿Piensan tirarles tarjetas de Navidad desde los aviones?

El capitán traducía con cuidado, hasta tradujo la expresión *cartes de Noël*. El coronel contestó con una sonrisa helada:

—No justamente tarjetas de Navidad.

Supongo que lo que más irritaba a Granger era la juventud y la apostura del coronel. Éste no era, por lo menos para la mentalidad de Granger, un hombre macho. El norteamericano dijo:

—No porque hasta ahora les hayan tirado gran cosa.

El coronel habló repentinamente en inglés, en excelente inglés.

—Si los suministros prometidos por los norteamericanos hubieran llegado, tendríamos algo más para tirarles.

A pesar de su elegancia, era en realidad un hombre sencillo. Creía que un corresponsal de periódico se interesa más por el honor de su país que por una noticia. Granger preguntó secamente (era eficiente y conservaba las fechas en la memoria):

—¿Quiere decir que ninguno de los suministros prometidos para comienzos de setiembre ha llegado todavía?

—No han llegado.

Granger había conseguido una noticia: empezó a escribir.

—Lo siento —dijo el coronel—, eso no es para los diarios; es una información entre nosotros.

—Pero coronel —protestó Granger—, es una noticia. Podemos tal vez conseguir que se los manden más rápido.

—No, eso es cosa de diplomáticos.

—¿Qué mal puede hacer a nadie?

Los corresponsales franceses no sabían de qué se trataba; entendían muy poco el inglés. El coronel había infringido las reglas del juego. Murmuraban airadamente entre sí.

—Yo no soy juez de la cuestión —dijo el coronel—. Tal vez los diarios norteamericanos dirían: «¡Oh!, los franceses siempre se están quejando, siempre pidiendo.» Y en París los comunistas acusarían: «Los franceses están derramando su sangre por los Estados Unidos, y los Estados Unidos ni siquiera les mandan un helicóptero de segunda mano.» No conviene a nadie. Al final seguiríamos sin los helicópteros y el enemigo seguiría donde está, a ochenta kilómetros de Hanoi.

—¿Por lo menos puedo mandar eso, que necesitan urgentemente helicópteros?

—Puede decir —contestó el coronel— que hace seis meses teníamos tres helicópteros y que ahora tenemos uno. Uno.

Y repetía la cifra con asombrada amargura. Prosiguió:

—Pueden decir que si en esta guerra un hombre resulta herido, no seriamente herido, sino apenas herido, sabe que muy probablemente morirá. Doce horas, veinticuatro horas a veces, tendido en una camilla hasta llegar a la ambulancia; después las carreteras desastrosas, la ambulancia sufre seguramente algún desperfecto por el viaje, quizá una emboscada, y, finalmente, la gangrena. Es mucho mejor que lo maten directamente.

Los corresponsales franceses se inclinaban hacia adelante, tratando de comprender.

—Pueden escribir eso si quieren —repitió el coronel, tanto más venenoso cuanto más hermoso físicamente.

Ordenó al intérprete: *Interpretez*, y salió de la habitación, dejando al capitán la tarea poco habitual de traducir sus palabras del inglés al francés.

—Le di justo en el ojo —dijo Granger con satisfacción.

Y se fue a un rincón a escribir su telegrama. El mío no me llevó mucho tiempo; no podía escribir nada sobre Fat Diem que los censores me dejaran pasar. Si el relato me hubiera parecido bastante interesante habría podido volar hasta Hong Kong y mandarlo desde allí, pero ¿qué noticia era tan interesante, como para arriesgarme a ser expulsado del país? Ninguna. La expulsión representaba el fin de toda una vida; representaba la victoria de Pyle, y, en efecto, cuando volví al hotel, esperándome en el casillero, allí estaba su victoria, el fin de todo: el telegrama que me felicitaba por mi ascenso. Dante no imaginó nunca esa tortura para sus amantes condenados. Paolo no fue nunca ascendido al purgatorio.

Subí a mi cuarto pelado, con su grifo de agua fría que goteaba constantemente (en Hanoi no había agua caliente), y me senté en el borde de la cama, debajo del mosquitero recogido como una nube hinchada sobre mi cabeza. Pasaría a ser el nuevo editorialista de asuntos extranjeros; todas las tardes, a las tres y media, llegaría a ese lóbrego edificio victoriano cerca de la estación de Blackfriars, con la placa de lord Salisbury junto al ascensor. Me habían mandado la buena noticia de Saigón; ¿habría llegado a oídos de

Fuong? Ya no sería más un reportero; ahora podría tener opiniones, y a cambio de ese vacuo privilegio me privaban de mi última esperanza en la lucha contra Pyle. Poseía experiencia suficiente para hacer frente a su virginidad, en el juego sexual la edad era una carta tan buena como la juventud, pero ahora no contaba ni siquiera con ese limitado porvenir de doce meses para ofrecer como triunfo, y el único triunfo era un porvenir. Envidié al funcionario más enfermo de nostalgia de su patria, más condenado al azar de la muerte. Me hubiera gustado llorar, pero mis conductos lacrimales estaban tan secos como los caños de agua caliente. ¡Oh!, podían quedarse todos con Inglaterra, yo sólo quería mi cuarto de la rue Catinat.

Después de la puesta del sol hacía frío en Hanoi, y las luces, no tan fuertes como las de Saigón, parecían más adecuadas a las ropas oscuras de las mujeres y a la guerra. Subí por la rue Gambetta hasta el Pax Bar; no quería ir al Metropole, adonde iban los oficiales superiores franceses con sus mujeres y sus hijas; cuando llegaba al bar percibí el distante tamborileo de los cañones del lado de Hoa Binh. De día el ruido del tránsito los apagaba, pero ahora todo era silencio, salvo el tintineo de campanillas donde los conductores de triciclos de alquiler esperaban a sus clientes. Pietri estaba sentado en el lugar de siempre. Tenía un cráneo extraño y alargado, apoyado sobre los hombros como una pera en un plato; era oficial de la Sûreté y estaba casado con una bonita tonkinesa, propietaria del Pax Bar. Otro de los que no tenían ningún deseo de volver a su patria. Era corso, pero prefería Marsella, y más que Marsella prefería mil veces su asiento en la acera de rue Gambetta. Me pregunté si ya conocería el contenido de mi telegrama.

—*Quatre cent vingt-et-un?* —me preguntó.
—¿Por qué no?

Empezamos a jugar: me pareció imposible reiniciar otra vida, lejos de la rue Gambetta y de la rue Catinat, del gusto chato del vermut con *cassis*, el ruido familiar de los dados y el fuego de los cañones que giraba como la aguja de un reloj por el horizonte.

—Me vuelvo —dije.

—¿A su país? —preguntó Pietri, tirando un cuatro-dos-uno.

—No. A Inglaterra.

Segunda parte

Capítulo primero

Pyle se había invitado por su cuenta, según él para tomar una copa; pero yo sabía muy bien que él en realidad no bebía. Con el correr de algunas semanas, aquel fantástico encuentro en Fat Diem parecía casi increíble; hasta los detalles de la conversación se habían vuelto confusos. Eran como las letras que faltan en una tumba romana, y yo como el arqueólogo que trata de llenar los vacíos siguiendo las tendencias de sus maestros preferidos. Hasta que se me ocurrió que tal vez me hubiera querido tomar el pelo, que la conversación había sido un disfraz complicado y humorístico de sus verdaderos propósitos, porque ya se hablaba por todo Saigón que desempeñaba uno de esos servicios tan inapropiadamente llamados secretos. Quizá estuviera disponiendo el envío de armas norteamericanas para alguna Tercera Fuerza local; la banda militar del obispo, por ejemplo, lo único que le quedaba de sus jóvenes levas impagas. El telegrama que me había esperado en Hanoi seguía en mi bolsillo. No hacía falta decírselo a Fuong; habría sido envenenar con lágrimas y disputas los pocos meses que nos quedaban. Ni siquiera pensaba sacar mi permiso de salida del país hasta el último momento, porque podía tener algún pariente en la oficina de inmigración.

—Pyle viene a las seis —le dije.
—Iré a visitar a mi hermana —dijo ella.

—Supongo que a Pyle le gustaría verte.
—Yo no le gusto, ni mi familia tampoco. Cuando estabas en el Norte, no fue a visitar ni una vez a mi hermana, aunque ella lo invitó. Mi hermana se ofendió mucho.
—No hace falta que te vayas.
—Si quisiera verme nos habría invitado al Majestic. Seguramente quiere hablarte en privado por asuntos de negocios.
—¿Cuáles son sus negocios?
—La gente dice que hace venir muchas cosas de Norteamérica.
—¿Qué cosas?
—Drogas, medicinas...
—Eso es para el equipo contra el tracoma en el Norte.
—Tal vez. La aduana no puede abrir los paquetes. Son envíos diplomáticos. Pero una vez alguien se equivocó y lo echaron. El primer secretario amenazó con suspender todas las importaciones.
—¿Qué había en la caja?
—Material plástico.
—¿Para qué quería material plástico? —pregunté ociosamente.

Cuando Fuong se fue escribí a Inglaterra. Uno de los muchachos de Reuter partía para Hong Kong dentro de unos días, y podía mandar mi carta desde allí. Yo ya sabía que mi pedido no tenía mayores esperanzas de ser escuchado, pero no quería reprocharme más tarde de no haber dado todos los pasos posibles. Escribí al gerente que ése era el peor momento para cambiar de corresponsal. El general De Lattre agonizaba en París; los franceses estaban por retirarse definitivamente de Hoa Binh; nunca había estado el Norte en mayor peligro. Yo no era la persona apropiada, decía en mi carta, para el cargo de editorialista de asuntos extranjeros; yo era un reportero, no tenía opiniones propias sobre nada. En la última página hasta descendía a suplicarle que considerara la cuestión como un favor personal, aunque era poco probable que ningún resto de simpatía humana pudiera sobrevivir bajo la luz de neón, entre las viseras verdes y las frases estereotipadas: «Por el bien del periódico.» «La situación exige.»

Escribí así:

«Por razones personales me desagrada mucho que me alejen del Vietnam. No creo que en Inglaterra pueda dar lo mejor de mí mismo, ya que allí me esperan problemas no solamente de dinero, sino también familiares. Es más, si pudiera permitírmelo, preferiría renunciar antes que volver al Reino Unido. Solamente le mencionó esta circunstancia para demostrarle la fuerza de mis objeciones. No creo que le haya resultado yo un mal corresponsal, y éste es el primer favor que le he pedido jamás.» Luego repasé mi artículo sobre la batalla de Fat Diem, para mandárselo también desde Hong Kong. Los franceses no pondrían ahora objeciones muy serias; el sitio había terminado, y la derrota podía ser explicada como una victoria. Después destruí la última parte de mi carta al gerente; era inútil, porque las «razones personales» se convertirían sencillamente en motivo de bromas picarescas. Se suponía que todo corresponsal convivía con una muchacha del lugar. El gerente cambiaría bromas con el editorialista de la noche, y éste regresaría con esta idea y con la envidia en la mente a su casita suburbana de Streatham, y se metería con ella en la cama, al lado de la fiel esposa que años atrás se había traído consigo de Glasgow. Podía imaginarme perfectamente su casa, ese tipo de casa sin merced: un triciclo roto en el vestíbulo, y alguien le había roto su pipa favorita; en la sala, una camisa de niño que esperaba que alguien le cosiera un botón. «Razones personales»; no quería que me recordaran, entre una copa y otra en el Club de la Prensa, sus bromas sobre Fuong.

Llamaron a la puerta. La abrí y entró Pyle, precedido por su perro negro. Pyle miró por encima de mi hombro y vio que la habitación estaba vacía.

—Estoy solo —dije—. Fuong se fue a casa de su hermana.

Pyle se ruborizó. Advertí que se había puesto una camisa hawaiana, aunque relativamente discreta en color y motivo. Me sorprendió; ¿lo habrían acusado de desarrollar actividades antinorteamericanas?

—Espero no interrumpir... —dijo.

—Claro que no. ¿Quieres tomar algo?

—Gracias. ¿Una cerveza?

—Lo siento; no tenemos nevera; cuando queremos hielo lo compramos en el bar. ¿Qué te parece un whisky?

—Medio dedo apenas, por favor. No soy muy aficionado a las bebidas fuertes.

—¿Puro?

—Con mucha soda, si tienes.

—No nos hemos visto desde aquella noche en Fat Diem.

—¿Recibiste mi carta, Thomas?

Al llamarme por el nombre de pila era como declararme que no había sido broma, que no había simulado nada, que había venido a llevarse a Fuong. Advertí que se había hecho cortar el pelo recientemente; ¿quizá la camisa hawaiana desempeñaba también la función de plumaje masculino?

—Recibí tu nota —dije—. Supongo que tendría que romperte la cara.

—Naturalmente —dijo—, tienes todo el derecho, Thomas. Pero yo estudié boxeo en el colegio; y soy mucho más joven que tú.

—No, no sería una buena idea de mi parte, ¿no es cierto?

—Te diré, Thomas, y estoy seguro de que también tú piensas así, no me gusta hablar de Fuong cuando no está presente. Pensé que estaría en casa.

—Bueno, ¿entonces de qué hablaremos? ¿De material plástico?

—No había sido mi intención sorprenderlo.

—¿Ya sabes eso? —me preguntó.

—Fuong me lo dijo.

—¿Y cómo pudo saberlo...?

—Puedes estar seguro de que ya lo sabe toda la ciudad. ¿Por qué le das tanta importancia? ¿Piensas dedicarte a la industria del juguete?

—No nos gusta que conozcan los detalles de nuestra ayuda. Ya sabes cómo es el Congreso, y, además, siempre hay visitas de senadores. Ya tuvimos bastantes complicaciones con el equipo contra el tracoma, porque usaban un remedio en vez de otro.

—Sigo sin comprender el material plástico.

Su perro negro se había echado en el suelo, jadeando, ocupando demasiado lugar; su lengua parecía un panqueque quemado. Pyle dijo con vaguedad:

—Oh, te diré, queremos poner en pie algunas de estas industrias locales, y tenemos que tener cuidado con los franceses. Ellos quieren que compren todo en Francia.

—No se les puede reprochar. Una guerra requiere dinero.

—¿Te gustan los perros?

—No.

—Yo creía que los ingleses adoraban los perros.

—Nosotros creemos que los norteamericanos adoran los dólares, pero supongo que habrá excepciones.

—Yo no sé qué haría sin *Duke*. Te diré, a veces me siento tan solo...

—Tienes muchos compañeros en la Misión.

—El primer perro que tuve se llamaba *Príncipe*.

Lo llamé así en honor del Príncipe Negro. ¿Recuerdas?, ese que...
—Mató a todas las mujeres y niños de Limoges.
—No recuerdo ese detalle.
—Los libros de historia lo pasan por alto.

Muchas veces volvería a ver ese gesto de dolor y desilusión que pasaba por sus ojos y por su boca cuando la realidad no coincidía con las ideas románticas que tanto le gustaban, o cuando alguien a quien él admiraba o quería descendía por debajo de las normas imposibles que él mismo establecía. Una vez, recuerdo, advertí en York Harding un grosero error de hecho, y tuve que consolarlo:
—Errar es humano.

Se había reído nerviosamente, diciendo:
—Pensarás que soy un estúpido, pero..., bueno, lo consideraba casi infalible. A mi padre le gustó mucho la única vez que se encontraron, y mi padre es sumamente difícil de contentar.

El vasto perro negro llamado *Duke*, después de jadear lo suficiente como para establecer una especie de derecho de propiedad sobre el aire, empezó a curiosear por el cuarto.

—¿No podrías pedirle a tu perro que se quede un poco quieto? —le dije.

—¡Oh, perdón! *Duke. ¡Duke!* Acuéstate, *Duke.*

Duke se acostó y empezó a lamerse ruidosamente los órganos genitales. Me levanté para llenar los vasos y conseguí al pasar interrumpir la *toilette* de *Duke*. La calma duró muy poco; empezó a rascarse.

—*Duke* es terriblemente inteligente —dijo Pyle.
—¿Qué fue de *Príncipe*?
—Estábamos en la chacra de Connecticut y lo pisó un camión.
—¿Lo sentiste mucho?
—¡Oh, sí, mucho! Yo lo quería enormemente,

pero hay que ser razonable. Una vez que se fue, nada ni nadie podía devolvérmelo.

—¿Y si pierdes a Fuong serás también razonable?

—¡Oh, sí, así lo espero! ¿Y tú?

—Lo dudo. Hasta podría enloquecerme y matar. ¿Has pensado en esa posibilidad, Pyle?

—Preferiría que me llamaras Alden, Thomas.

—Yo no. Pyle me trae... asociaciones de ideas. ¿Has pensado en esa posibilidad que te mencioné?

—Naturalmente que no. Eres la persona más franca que conocí en mi vida. Cuando pienso lo bien que te portaste cuando me entrometí...

—Recuerdo que pensé antes de dormirme qué conveniente habría sido un ataque, y que en él te hubieran matado. Una muerte de héroe. Por la democracia.

—No te rías de mí, Thomas.

Cambió, inquieto, la posición de sus largas piernas.

—Debo parecerte un poco tonto —prosiguió—, pero me doy cuenta cuando estás tomándome el pelo.

—Yo, no.

—Yo sé que si ponemos todas las cartas sobre la mesa, lo que quieres en el fondo es la felicidad de Fuong.

En ese momento oí el paso de mi amiga. Sin esperanza, había esperado hasta ese momento que no regresara antes de la partida de Pyle. También él lo oyó y lo reconoció. Dijo:

—Ahí llega.

Sin embargo, sólo había tenido una noche para aprender a reconocer sus pasos. Hasta el perro se levantó y se quedó junto a la puerta, que yo había dejado abierta para que entrara el aire, como aceptándola en calidad de miembro de la familia Pyle. Yo era el intruso.

Fuong dijo:

—Mi hermana no estaba.

Y miró rápidamente a Pyle. Yo me pregunté si decía la verdad o si su hermana le había ordenado que volviera de prisa.

—¿Recuerdas al señor Pyle? —pregunté.

—*Enchantée.*

Se estaba portando lo mejor que podía.

—Me alegro tanto de verla nuevamente —dijo Pyle, ruborizándose.

—*Comment?*

—No entiende bien el inglés —dije.

—Y yo en cambio hablo bastante mal el francés. Pero ahora estoy tomando unas lecciones. Y puedo comprenderlo..., si la señorita Fuong me hace el favor de hablar despacio.

—Yo haré de intérprete —dije—. No es fácil acostumbrarse en seguida al acento local. Bueno, ¿qué quieres decirle? Siéntate, Fuong. El señor Pyle ha venido a verte, especialmente. ¿Quizá —agregué para Pyle— prefieres que os deje solos?

—Quiero que oigas todo lo que quiero decir. De otro modo no sería jugar limpio.

—Bueno, empieza.

Solemnemente, como si se hubiera estudiado el papel de memoria, dijo que sentía gran amor y respeto por Fuong. Lo había sentido desde la noche en que había bailado con ella. En cierto modo me recordaba a esos mayordomos que ofician de guías ante un grupo de turistas que visitan un palacio. El palacio era su corazón, y de los departamentos privados, donde vivía la familia, apenas se nos permitía una rápida ojeada, desde lejos, subrepticiamente. Yo traducía con cuidado minucioso; de ese modo parecía peor todavía, y Fuong seguía sentada, tranquila, con las manos en el regazo, como viendo una película.

—¿Habrá comprendido esto último? —preguntaba él.

—No puedo decirlo con seguridad, pero creo que sí. No querrás que le agregue un poco de pasión, ¿no es cierto?

—¡Oh, no! —contestó—, solamente traducir. No quiero impresionarla por el lado de las emociones.

—Comprendo.

—Dile que quiero casarme con ella.

—Se lo dije.

—¿Qué contestó?

—Me preguntó si eras serio. Le dije que sí.

—Supongo que es una situación algo insólita —observó—. Esta de obligarte a traducir.

—Un poco insólita.

—Y, sin embargo, parece tan natural. Después de todo eres mi mejor amigo.

—Eres muy amable conmigo.

—Si estuviera en dificultades acudiría a ti antes que a otro —insistió.

—¿Y supongo que estar enamorado de mi amiga es lo que tú llamas estar en dificultades?

—Naturalmente. Quisiera que fuera cualquier otro menos tú, Thomas.

—Bueno; ¿y qué le digo ahora? ¿Que no puedes vivir sin ella?

—No, eso es demasiado emotivo. Además, no es totalmente cierto. Tendría que irme, por supuesto, pero uno se acostumbra a todo.

—Mientras estás pensando lo que le dirás, ¿te molesta si le digo una palabra por mi cuenta?

—No, por supuesto; es justo, Thomas.

—Bueno, Fuong —dije—, ¿piensas dejarme por él? Se casaría contigo. Yo no puedo. Ya sabes por qué.

—¿Piensas irte? —me preguntó.

Recordé la carta al gerente que tenía en el bolsillo.

—No.

—¿Nunca?

—¿Cómo podría prometerte eso? Tampoco él puede prometerlo. Hasta los matrimonios se deshacen. A menudo se deshacen más pronto que una relación como la nuestra.

—No quiero irme —dijo Fuong.

Pero la frase no era suficientemente consoladora: contenía un «pero» tácito.

—Creo que debería poner todas mis cartas sobre la mesa —dijo Pyle—. No soy rico. Pero cuando mi padre se muera tendré unos cincuenta mil dólares. Poseo buena salud; saqué el certificado médico correspondiente hace apenas dos meses, y puedo hacerle ver mi análisis de sangre.

—No sé cómo traducirle eso. ¿Para qué sirve?

—Bueno, para estar seguros de que podemos tener hijos.

—¿Así hacen el amor en los Estados Unidos: con las cifras de la renta y con un análisis de sangre?

—No sé, es la primera vez que hago esto. Quizá si estuviéramos allá mi madre hablaría con la madre de ella.

—¿Sobre el análisis de sangre?

—No te rías de mí, Thomas. Supongo que soy un poco a la antigua. En una situación como ésta me siento bastante perdido.

—Yo también. ¿No te parece que sería mejor terminar con esto y jugárnosla a los dados?

—Ahora estás tratando de parecer brutal, Thomas. Yo sé que la quieres, a tu modo, tanto como yo.

—Bueno, prosigue entonces, Pyle.

—Dile que no espero que me quiera en seguida. Eso vendrá con el tiempo, pero dile que desde ahora le ofrezco seguridad y respeto. Eso no parece demasiado apasionado, pero quizá valga más que la pasión.

—Siempre podrá obtener la pasión que necesite —dije— con tu chófer mientras tú estás en la oficina.

Pyle se ruborizó. Se levantó torpemente de su asiento y dijo:

—Ésa es una broma puerca. No permitiré que la insultes. No tienes derecho...

—Todavía no es tu mujer.

—¿Qué puedes ofrecerle tú? —preguntó airado—. Apenas doscientos o trescientos dólares cuando te vayas de vuelta a Inglaterra; ¿o tal vez se la venderás a algún conocido con los muebles?

—Los muebles no son míos.

—Ella tampoco. Fuong, ¿quieres casarte conmigo?

—¿Y en qué queda el análisis de sangre? —dije—. ¿Y el certificado de salud? Porque sin duda necesitarás el de ella, ¿no es verdad? Quizá también necesites el mío. Y el horóscopo de la novia... ¡ah no, ésa es una costumbre hindú!

—¿Te casarás conmigo?

—Pregúntaselo en francés —dije—. Que me parta un rayo si te traduzco una palabra más.

Me levanté y el perro gruñó. Eso ya me puso furioso.

—Dile a tu maldito *Duke* que se quede quieto. Estamos en mi casa, no en la suya.

—¿Quieres casarte conmigo? —seguía repitiendo Pyle.

Di un paso hacia Foung y el perro volvió a gruñir.

—Dile que se vaya —le dije a Fuong— y que se lleve a su perro con él.

—Vente conmigo ahora mismo —decía Pyle—. *Avec moi.*

—No —dijo Fuong—, no.

Repentinamente toda la ira que había en nosotros se disipó; el problema era tan sencillo, podía resolverse con una palabra de dos letras. Sentí un enorme alivio: Pyle se quedó donde estaba, con la boca levemente abierta y una expresión de asombro en la cara. Dijo:

—Ha dicho que no.
—Sí, es todo lo que sabe de inglés, porque se dice igual.

Ahora yo sentía deseos de reír; ¡cómo nos habíamos puesto mutuamente en ridículo! Dije:

—Siéntate y tómate otro whisky, Pyle.
—Creo que tendría que irme.
—Uno como despedida.
—No debo beberme todo tu whisky —musitó.
—Consigo todo el whisky que quiero por intermedio de la Legación.

Me acerqué a la mesa, y el perro me mostró los dientes.

Pyle dijo con furia:

—Quieto, *Duke*. Pórtate bien —se limpió el sudor de la frente y agregó—: Siento muchísimo, Thomas, si tal vez dije algo que no debí decir. No sé qué me pasó —aceptó el vaso y siguió con melancolía—: Ganó el mejor. Pero por favor, no la dejes, Thomas.

—Por supuesto que no la dejaré —contesté.

—¿Le gustaría al señor fumar una pipa? —me preguntó Fuong.

—¿Te gustaría fumar una pipa?

—No, gracias. No toco el opio, y en nuestro servicio tenemos reglas muy estrictas. Me beberé esto y me iré en seguida. Siento que *Duke* se haya portado así. En general, se queda muy quieto.

—Quédate a comer con nosotros.

—Me parece, si no lo toman a mal, que preferiría estar a solas —y agregó con una sonrisa indecisa—: Supongo que la gente diría que hemos procedido de una manera bastante rara. Quisiera que te casaras con ella, Thomas.

—¿Realmente?

—Sí. Desde que vi aquel lugar, ¿recuerdas?, esa casa cerca del Chalet..., siento siempre tanto temor.

Bebió con rapidez su whisky, tan poco habitual

en él, sin mirar a Fuong, y cuando se despidió no le tocó la mano; en cambio le hizo una pequeña reverencia torpe. Advertí que los ojos de Fuong lo seguían hasta la puerta, y al pasar frente al espejo me vi con el botón superior del pantalón desabrochado, el comienzo de una barriga. Afuera me dijo:

—Prometo no verla, Thomas. Espero que esto no se interponga entre nosotros, ¿no es así? Cuando termine esta gira pediré que me trasladen.

—¿Y cuándo será eso?

—Dentro de unos dos años.

Volví a la habitación, pensando: «¡Qué gano con todo esto! Hubiera podido decirles directamente que me voy.» Le bastaba con exhibir durante unos días, como una condecoración, su corazón sangrante... Hasta tendría la conciencia más tranquila cuando se enterara de mi mentira.

—¿Quieres que te prepare la pipa? —me preguntó Fuong.

—Sí, dentro de un minuto. Quisiera escribir antes una carta.

Era la segunda carta del día, pero de ésta no rompí ninguna hoja, aunque las esperanzas de respuesta eran tan pocas como en el otro caso. Escribí: «Querida Helen, vuelvo a Inglaterra en abril, porque me han nombrado editorialista de asuntos extranjeros en el diario. Puedes imaginarte que eso no me hace muy feliz. Inglaterra es para mí el escenario de mi fracaso. Mi intención había sido que nuestro matrimonio durara tanto como si yo compartiera tu religión cristiana. Hasta hoy no he conseguido comprender qué pasó entre nosotros (sé que ambos hicimos todo lo que pudimos), pero supongo que fue mi mal carácter. Sé hasta qué punto puedo ser cruel y malvado. Ahora, me parece, he mejorado un poco; se lo debo al Oriente; no soy más dulce, pero sí más tranquilo. Quizá sea sencillamente que tengo cinco años más; y estoy ya en esa época de la vida en que cinco años llegan a ser una proporción considerable del lapso de vida que nos queda. Has sido muy generosa conmigo, y no me has hecho ningún reproche desde que nos separamos. ¿Podrías ser más generosa aún? Sé que antes de casarnos me advertiste que jamás te divorciarías. Acepté el riesgo y no debo quejarme en ese sentido. Y, sin embargo, ahora te pido que permitas el divorcio.»

Fuong me llamó desde la cama; ya había preparado la bandeja.

—Un momento —le dije.

«Podría disimular este pedido —escribí— y darle un aire más honorable y más digno, dando a entender que lo hago por el bien de otra persona. Pero no es así, y tú sabes que nunca nos mentimos. Es por mi bien, y solamente por el mío. Amo mucho a una persona, hemos vivido juntos desde hace más de dos años; ha sido muy leal conmigo, pero sé que para ella no soy esencial. Si la abandono supongo que se sentirá un poco desdichada, pero no será una tragedia. Se casará con otro y formará una familia. Es estúpido de mi parte que te cuente todo esto, porque te pongo la respuesta en los labios. Pero como he sido hasta ahora siempre franco, quizá me creerás cuando te diga que perderla sería para mí el comienzo de la muerte. No te pido que seas "razonable" (la razón está toda de tu lado) ni que tengas piedad. Es una palabra demasiado importante para esta situación, y de todos modos no creo que yo merezca especialmente la piedad de nadie. Supongo que lo que te pido en realidad es que de pronto, irracionalmente, hagas lo que nadie esperaría de ti. Quiero que sientas... (titubeo buscando la palabra, y la que se me ocurre no es la exacta) afecto, y que obres antes de tener tiempo de pensar. Sé que se puede hacer más fácilmente por teléfono que a trece mil kilómetros de distancia. ¡Si solamente me cablegrafiaras: "Acepto"!»

Cuando terminé la carta me sentía como si hubiera corrido un largo trecho, esforzando músculos que no estaban acostumbrados a ese trabajo. Me acosté en la cama, y Fuong me preparó la pipa.

—Es joven —dije.
—¿Quién?
—Pyle.
—Eso no tiene tanta importancia.
—Me casaría contigo si pudiera, Fuong.
—Así lo creo yo, pero mi hermana no.
—Acabo de escribirle a mi mujer pidiéndole que se divorcie de mí. No lo había intentado nunca. Siempre existe una posibilidad.
—¿Una posibilidad grande?
—No, pero sí una pequeña.
—No te preocupes. Fuma.

Aspiré el humo, y Fuong se dispuso a prepararme la segunda pipa. Volví a preguntarle:

—¿Había salido realmente tu hermana, Fuong?
—Ya te lo dije..., había salido.

Era absurdo someterla a esa pasión por la verdad, una pasión occidental, como la pasión por el alcohol. A causa del whisky que había bebido con Pyle, el efecto del opio era menor. Dije:

—Te mentí, Fuong. Me han ordenado que regrese a Inglaterra.

Dejó la pipa.

—Pero ¿no irás?
—Si me niego, ¿de qué viviríamos?
—Podría ir contigo. Me gustaría ver Londres.
—Sería muy incómodo para ti si no estamos casados.
—Pero quizá tu mujer se divorcie.
—Quizá.

No mentía, pero yo ya veía en sus ojos iniciarse la larga cadena de reflexiones, mientras recogía la pipa y calentaba la pastilla de opio. Dijo:

—¿Hay rascacielos en Londres?

Me pareció adorable la inocencia de su pregunta. Podía mentir por cortesía, por temor, hasta por codicia, pero nunca tendría la astucia necesaria para mantener oculta su mentira.

—No —le contesté—, hay que ir a Norteamérica para eso.

Me dirigió una rápida mirada reconociendo su error. Luego, mientras amasaba el opio, empezó a hablar al azar de los vestidos que se pondría en Londres, dónde viviríamos, de los trenes subterráneos que había conocido a través de una novela, y de los ómnibus de dos pisos: ¿iríamos en avión o por mar?

—Y la Estatua de la Libertad... —agregó.

—No, Fuong, también ésa es norteamericana.

Capítulo II

1

Por lo menos una vez por año los caodaístas celebran un festival en la Santa Sede de Tanyin, que queda a unos ochenta kilómetros al noroeste de Saigón, para festejar tal año de liberación o de conquista, o también algún festival budista, cristiano o de Confucio. El caodaísmo era siempre el capítulo favorito de mis explicaciones a los visitantes. El caodaísmo, invención de un empleado del gobierno cochinchino, era una síntesis de estas tres religiones. La Santa Sede se encontraba en Tanyin. Un papa y mujeres cardenales. Profecías mediante planchuelas. San Víctor Hugo. Cristo y Buda, que desde el techo de la catedral contemplaban una fantasía disneyana de Oriente, dragones y serpientes en tecnicolor. Los recién llegados siempre se quedaban encantados con la descripción. ¿Cómo explicarles la misera de toda esta religión: el ejército privado de veinticinco mil soldados, armado de cañoncitos hechos con los caños de escape de automóviles viejos, aliados de los franceses que ante el menor momento de peligro se volvían neutrales? Para dichos festejos, que contribuían a mantener tranquilos a los campesinos, el papa invitaba a los miembros del Gobierno (que asistían si los caodaístas tenían alguna influencia en ese momento), al cuerpo diplomático (que mandaba algunos subsecretarios con sus esposas o hijas) y al comandante en jefe francés, que delegaba en algún general relegado a las oficinas el honor de representarlo.

Por la carretera a Tanyir fluía un rápido río de coches del estado mayor y del cuerpo diplomático, y en las secciones más expuestas del camino los legionarios montaban guardia junto a los arrozales. Era siempre un día de ansiedad para el Alto Mando francés, y quizá de esperanza para los caodaístas, porque ¿qué podía dar más énfasis con menos dolor a su lealtad que la matanza de unos cuantos huéspedes importantes fuera de su propio territorio?

Cada mil metros se alzaba sobre los arrozales sin ondulaciones una torrecita de vigilancia, de barro, como un signo de admiración, y cada diez kilómetros había un fuerte más grande, defendido por un pelotón de legionarios, marroquíes y senegaleses. Como los vehículos al llegar a Nueva York, los coches mantenían todos la misma velocidad y como al llegar a Nueva York, uno tenía una sensación de impaciencia contenida de tanto observar el coche de delante y el de atrás en el espejito. Todos querían llegar a Tanyir, ver el espectáculo y volver lo más rápido posible; el toque de queda era a las siete.

Uno pasaba de los arrozales controlados por los franceses a los arrozales de los Hao Haos, y de allí a los arrozales de los caodaístas, que generalmente estaban en guerra con los Hao Haos; solamente cambiaban las banderas en las torres de vigilancia. Niñitos desnudos pasaban sentados sobre los búfalos que vadeaban los campos inundados con el agua a la altura de los genitales; donde la cosecha dorada ya había sido recogida, los campesinos, con sus sombreros como mejillones, aventaban el arroz contra pequeños graneros curvos de bambú trenzado. Los coches pasaban rápidamente junto a ellos, como pertenecientes a otro mundo.

Ya comenzaban a verse en todas las aldeas las iglesias de los caodaístas, llamando la atención de los forasteros, con sus fachadas de estuco rosado y celeste, y un vasto ojo de Dios sobre la puerta. Las banderas se multiplicaban; grupos numerosos de campesinos avanzaban por la carretera; ya nos acercábamos a la Santa Sede. A lo lejos, la montaña sagrada se alzaba como una galera verde sobre Tanyin; allí vivía fortificado el general Thé, el jefe de estado mayor disidente que recientemente había hecho saber su decisión de luchar tanto contra los franceses como contra el Vietminh. Los caodaístas no hacían ninguna tentativa de capturarlo, aunque había secuestrado a un cardenal; pero corría el rumor de que lo había hecho con la aprobación tácita del papa.

Siempre parecía hacer más calor en Tanyin que en cualquier otro lugar del sur del delta; quizá fuera la ausencia de agua, quizá fuera la sensación de ceremonias interminables que hacían sudar por lo demás, sudar con las tropas en posición de firme durante los largos discursos en una lengua que no comprendían, sudar por el papa en sus pesadas vestiduras chinescas. Solamente las mujeres cardenales, con sus pantalones de seda blanca al lado de los sacerdotes con casco de corcho, daban una impresión de frescura en medio de ese resplandor; la hora del *cocktail* en la azotea del Majestic, bajo el viento del río de Saigón, parecía un sueño imposible y lejano.

Después del desfile entrevisté al delegado del papa. No esperaba enterarme de nada nuevo por su intermedio; en efecto, no me enteré de nada; ya era una convención de ambas partes. Le pregunté por el general Thé.

—Un hombre precipitado —dijo, cambiando de tema.

Comenzó con su discursito de siempre, sin recordar que ya se lo había oído dos años antes; se asemejaba al disco que yo mismo hacía oír a los recién llegados: el caodaísmo era una síntesis de religiones..., la mejor de todas las religiones..., habían mandado misioneros a Los Ángeles..., los secretos de la Gran Pirámide. Llevaba puesta una larga sotana blanca y fumaba en cadena. Había en él algo astuto y corrompido; la palabra «amor» aparecía a menudo en sus labios. Yo estaba seguro de que él sabía que todos nosotros estábamos allí para reírnos de su movimiento; nuestro aire de respeto era tan corrompido como su falsa jerarquía, pero nosotros éramos menos astutos. Nuestra hipocresía no nos daba ningún provecho, ni siquiera un aliado digno de confianza, y, en cambio, la de ellos les conseguía armas, provisiones, hasta dinero constante.

—Muchas gracias, su eminencia.

Me levanté para irme. Me acompañó hasta la puerta, esparciendo cenizas de cigarrillo.

—Que Dios bendiga vuestro trabajo —dijo untuosamente—. Recordad que Dios ama la verdad.

—¿Cuál verdad? —le pregunté.

—En la religión caodaísta todas las verdades se reconcilian, y la verdad es el amor.

Llevaba en un dedo un gran anillo, y me tendió la mano; supongo que esperaba que yo se la besara, pero no soy un diplomático.

Bajo el tremendo sol vertical vi a Pyle: trataba en vano de hacer arrancar su Buick. Sin saber cómo, durante las dos últimas semanas me había topado en todas partes con Pyle; en el bar del Continental, en la única librería buena, en la rue Catinat. La amistad que él me había impuesto desde el primer momento adquiriría así un énfasis cada vez mayor. Sus ojos tristes preguntaban mudamente por Fuong, mientras sus labios expresaban con mayor fervor todavía el vigor del afecto y de la admiración que sentía —Dios me perdone— por mí.

Al lado del coche un comandante caodaísta le hablaba con rapidez. Cuando me acerqué, el caodaísta se calló. Le reconocí: había sido uno de los ayudantes de Thé antes de su huida a las montañas.

—¿Qué tal, comandante? —le dije—, ¿cómo está el general?

—¿Qué general? —me preguntó con una sonrisa astuta.

—Seguramente en la religión caodaísta todos los generales se reconcilian.

—No consigo hacer arrancar el coche, Thomas —dijo Pyle.

—Le mandaré un mecánico —prometió el comandante, y se fue.

—Los interrumpí.

—¡Oh, no era nada! —dijo Pyle—. Quería saber cuánto cuesta un Buick. Esta gente es tan simpática cuando uno sabe tratarlos como corresponde. Me parece que los franceses no saben cómo hay que tratarlos.

—Los franceses desconfían de ellos.

Pyle dijo con solemnidad:

—Una persona se vuelve digna de confianza cuando uno confía en ella.

Parecía una máxima caodaísta. Sentí de pronto que el aire de Tanyin era demasiado ético, demasiado irrespirable para mí.

—Bebamos algo —dijo Pyle.

—Con el mayor placer.

—Traje un termo con jugo de limas.

Se inclinó y buscó algo en una canasta, en la parte trasera del automóvil.

—¿Y nada de gin?

—No, lo siento mucho. Sabrás —dijo para alentarme— que el jugo de limas es muy bueno para este clima. Contiene... no recuerdo qué vitaminas.

Me tendió un vaso y bebí.

—Por lo menos es un líquido —dije.
—¿Te gustaría un *sandwich*? Son realmente excelentes. Puse una nueva pasta para *sandwichs* que se llama *vita-salud*. Mi madre me la manda de los Estados Unidos.
—No, gracias; no tengo hambre.
—Tiene gusto a mayonesa, pero un poco más seca.
—No, te lo agradezco.
—¿No te importa si yo como uno?
—No, no, por supuesto que no.

Mordió un gran bocado; el *sandwich* crujía y crepitaba en su boca. A lo lejos, un Buda de piedra blanca y rosada salía de su casa ancestral, y su valet —otra estatua— lo perseguía corriendo. Las mujeres cardenales regresaban sin prisa a su casa, y el ojo de Dios nos observaba desde lo alto del pórtico de la catedral.

—¿No sabías que nos sirven el almuerzo? —le pregunté.
—Pensé que era mejor no arriesgarme. La carne..., hay que tener mucho cuidado con este calor.
—No hay peligro. Son vegetarianos.
—Lo sé, pero me gusta saber qué como.

Volvió a morder su *vita-salud*. Agregó:
—¿Crees que tendrán buenos mecánicos?
—Saben lo necesario para transformar el caño de escape en un cañoncito. Creo que de los Buick se sacan los mejores morteros.

El comandante regresó, y saludándonos con elegancia dijo que había mandado pedir un mecánico al cuartel. Pyle le ofreció un *sandwich* de *vita-salud*, pero lo rechazó cortésmente. Con un aire de hombre de mundo, dijo:
—Tenemos tantas reglamentaciones aquí para la comida.

Hablaba muy bien en inglés. Prosiguió:
—Es absurdo. Pero ustedes saben cómo son las

cosas en las grandes capitales de la religión. Supongo que será igual en Roma... —y con una pequeña inclinación cortés y pulcra, agregó para mí—: O en Canterbury.

Luego se quedó callado. Los dos se quedaron callados. Tuve la impresión bien clara de que mi compañía no era muy apreciada. No pude resistir la tentación de molestar a Pyle; después de todo, ésa es el arma de los débiles, y yo era débil. No poseía ni juventud, ni seriedad, ni integridad, ni porvenir. Dije:

—Bueno, pensándolo bien, tal vez te acepte un *sandwich*.

—¡Oh, sí!, con mucho gusto —dijo Pyle—, naturalmente.

Se detuvo un instante antes de ir a buscar la canasta en el automóvil.

—No, no, fue una broma —dije—. Ustedes dos querrán hablar a solas.

—Pero no, en absoluto —protestó Pyle.

Era uno de los mentirosos más malos que he conocido en mi vida; evidentemente se trataba de un arte que no había practicado jamás. Explicó al comandante:

—Thomas es el mejor amigo que tengo.

—Conozco al señor Fowler —dijo el comandante.

—Te veré antes de regresar a Saigón, Pyle.

Y me fui hacia la catedral. Allí por lo menos haría relativamente fresco.

San Víctor Hugo, con el uniforme de la Academia Francesa y una aureola alrededor del tricornio, señalaba algún noble pensamiento que Sun Yat Sen escribía en una tableta; entré en la nave. No había donde sentarse, salvo el sillón papal, alrededor del cual se enroscaba una cobra de bronce; el piso de mármol brillaba como agua, y no había vidrio en las ventanas; hacemos jaulas para el aire, con agujeros, pensé, y del mismo modo el hombre hace jaulas para su religión... con dudas abiertas a la intemperie y credos que dan a numerosas interpretaciones. Mi mujer había encontrado su jaula con agujeros, y a veces yo la envidiaba. Existe un conflicto entre el sol y el aire: yo vivía demasiado al sol.

Recorrí la larga nave vacía; no era ésta la Indochina que yo amaba. Los dragones con cabezas de león se trepaban al púlpito; en el techo, Cristo exhibía su corazón sangrante. Buda estaba sentado, como siempre está sentado, con el regazo vacío; la barba de Confucio pendía magramente, como una cascada en época de sequía. Todo esto era representación teatral; el gran globo terráqueo sobre el altar era ambición; la canasta con la tapa móvil, de donde el papa extraía sus profecías, era una trampa. Si esta catedral hubiera existido durante cinco siglos en vez de dos décadas, ¿habría llegado a acumular alguna especie de convicción con el desgaste de los pies humanos y la erosión de la intemperie? Una persona capaz de convicción, como mi mujer, ¿habría podido encontrar aquí una fe que no podía encontrar en los seres humanos? Y si yo deseara realmente hallar la fe, ¿podría hallarla en su iglesia de estilo normando? Pero yo nunca había deseado la fe. El trabajo de un reportero consiste en exponer y registrar. Nunca, en toda mi carrera, había descubierto lo inexplicable. El papa preparaba sus profecías con un lápiz sobre una tapa móvil, y la gente creía. En toda visión siempre se puede encontrar la artimaña oculta en alguna parte. En mi repertorio de recuerdos no figuraban ni visiones ni milagros.

Recorrí la memoria al azar, como las figuras de un álbum: un zorro que había visto la luz de un cohete enemigo lanzado sobre Orpington, un zorro que se arrastraba subrepticiamente junto a un corral de aves, lejos de su cueva rojiza en los matorrales marginales del bosque; el cuerpo de un malayo muerto a bayonetazos, traído sobre un camión por una patrulla de gurkhas en un campamento minero de Pahang, y los obreros chinos que lo contemplaban y lanzaban risitas histéricas, mientras un compatriota, un malayo, colocaba un almohadón bajo la cabeza muerta; una paloma sobre una chimenea, a punto de volar, en un dormitorio del hotel; la cara de mi mujer en la ventana, cuando volví a casa para despedirme de ella por última vez. Mis pensamientos empezaban y terminaban con ella. Ya haría una semana que había recibido mi carta, y el telegrama que esperaba no llegaba. Pero dicen que si el jurado permanece demasiado tiempo deliberando, siempre hay esperanzas para el preso. Si dentro de una semana no llegaba ninguna carta, ¿podría empezar a tener esperanzas? Por todas partes se oían los automóviles de los oficiales y de los diplomáticos que arrancaban; la fiesta había terminado, hasta dentro de un año. Empezaba el gran retorno tumultuoso a Saigón, y el toque de queda nos llamaba. Salí en busca de Pyle.

Estaba de pie en la sombra, con el comandante, y no se veía que nadie se ocupara de su automóvil. La conversación parecía haber terminado, de todos modos; se miraban en silencio, constreñidos por la mutua cortesía. Me acerqué.

—Bueno —dije—, supongo que me voy. También a ti te conviene irte, si quieres llegar antes del toque de queda.

—El mecánico no vino.

—Llegará en seguida —dijo el comandante—. Tomó parte en el desfile; por eso no podía venir.

—Podrías quedarte a dormir aquí —dije—. Hay una misa especial, todo un espectáculo. Dura tres horas.

—Debo regresar.

—No regresarás si no te vas ahora mismo —y sin querer casi, agregué—: Yo te llevo en mi coche, si quieres, y el comandante puede hacerte mandar el coche mañana a Saigón.

—No tienen que preocuparse por el toque de queda mientras estén en territorio caodaísta —dijo el comandante, con cierta satisfacción—. Pero una vez fuera... Por supuesto que le haré mandar el coche mañana.

—Con el escape intacto —dije yo, y me sonrió brillante, pulcra, eficazmente, con una abreviatura militar de sonrisa.

2

La procesión de automóviles nos llevaba ya mucha ventaja cuando partimos. Aceleré, tratando de alcanzarlos, pero ya habíamos salido de la zona caodaísta, estábamos en territorio de los Hoa Haos, y no se veía todavía ni siquiera una nube de polvo en la lejanía. El mundo parecía chato y vacío bajo el atardecer.

No era el tipo de terreno que uno asocia con emboscadas, pero en esos arrozales inundados, un hombre podía esconderse, con el agua hasta el cuello, a pocos metros de la carretera.

Pyle carraspeó, y era un anuncio de próximas intimidades.

—Espero que Fuong esté bien —dijo.

—No la he visto nunca enferma.

Una torre vigía se hundía detrás de nosotros, y otra emergía delante, como pesos en una balanza.

—Ayer vi a su hermana, de compras.

—Y supongo que te habrá invitado a su casa —dije.

—Para decir verdad, así fue.

—No pierdes fácilmente las esperanzas.

—¿Esperanzas?

—De casarte con Fuong.
—Me dijo que te vas de Indochina.
—Sí, esos rumores corren.
—Thomas, tú no me jugarías sucio, ¿no?
—¿Jugarte sucio?
—He pedido que me trasladen —dijo—. No quisiera que se quedara sola, sin ninguno de los dos.
—Yo creía que te quedabas hasta que terminara tu contrato.
Sin condolerse demasiado, dijo:
—Descubrí que no podía soportarlo.
—¿Cuándo te vas?
—No sé. Dijeron que pensaban poder arreglarme algo dentro de unos seis meses.
—¿Puedes soportar seis meses?
—No hay más remedio.
—¿Qué motivos alegaste?
—Le conté al agregado económico..., lo conoces, es Joe..., le conté más o menos lo que ocurría.
—Supongo que pensará que soy un sinvergüenza porque no te cedo la muchacha.
—¡Oh, no!, más bien estaba de tu parte.
El coche hacía un ruido raro y jadeaba; creo que ya hacía un minuto que se oía ese ruido, pero no lo advertía porque estaba reflexionando sobre la inocente pregunta de Pyle: «¿No me jugarías sucio?» La pregunta correspondía a un mundo psicológico de gran sencillez, donde uno hablaba de democracia y de Honor con mayúscula y daba a estas palabras el mismo sentido que le habían dado nuestros padres. Dije:
—No podemos seguir.
—¿No hay gasolina?
—Había en abundancia. Lo llené bien antes de salir esta mañana. Pero esos desgraciados de Tanyin se la habrán robado con un sifón. No sé cómo no me di cuenta. Es tan de ellos dejarnos justo lo necesario para salir de su zona.

—¿Qué haremos?
—Tenemos justo para llegar hasta la próxima torre vigía. Espero que puedan prestarnos un poco de gasolina.

Pero no teníamos suerte esa noche. El coche se detuvo unos treinta metros antes de la torre, y no quiso seguir. Nos acercamos al pie de la torre; grité en francés a los centinelas que éramos amigos, y que subíamos. Yo no tenía ningún deseo de hacerme matar por un centinela vietnamita. Nadie respondió; nadie se asomó.

—¿Tienes algún arma? —le pregunté a Pyle.
—Nunca llevo armas.
—Yo tampoco.

Los últimos matices del ocaso, verde y dorado como el arroz, se diluían sobre el horizonte de ese mundo chato; contra el cielo gris neutral, la torre vigía parecía negra como la tinta. Ya debía de ser casi la hora del toque de queda. Volví a gritar, y nadie respondió.

—¿Recuerdas cuántas torres hemos pasado desde el último fuerte?
—No presté atención.
—Yo tampoco.

Probablemente el fuerte siguiente distaba por lo menos seis kilómetros; una hora a pie. Llamé por tercera vez, y el silencio volvió a repetirse como una respuesta.

—Parece vacía —dije—; será mejor que suba y mire.

La bandera amarilla, con sus barras rojas descoloridas hasta el anaranjado, nos demostraba que ya estábamos fuera del territorio de los Hoa Haos y en la zona del ejército vietnamita.

—¿No crees —preguntó Pyle— que si esperamos aquí tal vez pase un automóvil?

—Podría pasar, pero *ellos* podrían llegar antes.

—¿Quieres que vuelva al coche y encienda las luces? Como señal de auxilio.

—¡Dios santo, ni se te ocurra!

Ya estaba suficientemente oscuro, y buscando la escalerita tropecé. Algo crujió bajo mis pies; no me costaba imaginarme cómo se expandiría el ruido por los arrozales, ¿y quién lo escucharía? Pyle había perdido todo contorno; era solamente una mancha a un costado del camino. La oscuridad, cuando caía, caía como una piedra.

—¡Quédate allí hasta que te llame! —dije.

Yo me preguntaba si el centinela habría recogido la escalerilla, pero no: allí estaba; aunque por ella podía trepar un enemigo, era su única vía de escape. Comencé a subir.

He leído tantas veces descripciones de lo que piensa la gente en el momento del miedo: en Dios, en la familia, en una mujer. Admiro el dominio que tendrán de sí mismos. Yo no pensaba en nada, ni siquiera en la puerta de escotilla sobre mi cabeza; durante esos segundos dejé de existir: era puro miedo. Al llegar al extremo de la escalerita me golpeé la cabeza, porque el miedo no puede contar escalones, ni oír ni ver. Luego, mi cabeza emergió por sobre el piso de tierra, y nadie disparó un tiro, y el miedo se disipó poco a poco.

3

En el suelo ardía una lamparita de queroseno; dos hombres me contemplaban acurrucados contra una pared. Uno tenía una ametralladora y el otro un rifle, aunque estaban tan asustados como yo momentos antes. Parecían colegiales, pero entre los vietnamitas la edad cae de pronto, como el sol; de pronto son muchachos, y un día después son viejos. Agradecí que el color de mi piel y la forma de mis ojos fuera un pasaporte; ya no me matarían, ni siquiera de miedo.

Emergí totalmente del agujero, hablándoles para tranquilizarlos, diciéndoles que afuera estaba mi automóvil, que me había quedado sin gasolina. Tal vez ellos tuvieran un poco para venderme, pero cuando miré la habitación vi que no era muy probable. En ese pequeño recinto redondo no había nada, salvo una caja de municiones para la ametralladora, una camita de madera y dos mochilas colgadas de un clavo. Un par de cacerolas con restos de arroz y algunos palitos de madera me demostraban que habían estado comiendo, sin demasiado apetito.

—¿Ni siquiera lo necesario para llegar hasta el próximo fuerte? —pregunté.

Uno de los soldados, el del rifle, meneó la cabeza.

—Si no conseguimos gasolina tendremos que pasar la noche aquí.

—*C'est défendu.*

—¿Por quién?

—Usted es un civil.

—Nadie puede obligarme a quedarme sentado a un costado del camino, esperando a que me degüellen.

—¿Usted es francés?

Sólo uno de ellos hablaba. El otro seguía con la cabeza vuelta hacia un costado, contemplando la abertura de la pared. No podía ver nada, salvo la tarjeta postal de la noche; parecía escuchar; yo también escuché. El silencio empezó a poblarse de sonidos; ruidos que no se podían denominar, un crac-crac, un crujido, un roce, algo como una tos, un susurro. Por fin oí que era Pyle; seguramente se había acercado al pie de la escalerilla.

—¿Estás bien, Thomas?

—¡Sube! —le contesté.

Empezó a trepar por la escalera, y el soldado silencioso cambió su arma de posición; no creo que hubiera oído una palabra de lo que habíamos dicho con el otro; fue un movimiento torpe, convulsivo. Comprendí que el miedo lo había paralizado. Le espeté como un sargento:

—¡Deje esa arma!

Y agregué el tipo de obscenidad francesa que sin duda podía entender mejor. En efecto, me obedeció automáticamente. Pyle entró en la habitación. Le dije:

—Nos han ofrecido el refugio de esta torre hasta mañana.

—Excelente —contestó.

Su voz parecía un poco intrigada. Dijo:

—¿Uno de esos tipos no tendría que estar abajo, de guardia?

—Prefieren no hacerse matar. Ojalá hubieras traído algo más fuerte que el jugo de limas.

—Supongo que la próxima vez lo haré —dijo Pyle.

—Nos espera una larga noche.

Ahora que Pyle estaba conmigo, ya no oía los ruidos. Hasta los dos soldados parecían sentir menos la tensión.

—¿Qué pasa si los viet los atacan? —preguntó Pyle.

—Disparan uno que otro tiro y se escapan. Puedes leerlo todas las mañanas en el *Extrême Orient*. «Una avanzada al sudoeste de Saigón fue momentáneamente ocupada anoche por el Vietminh.»

—Qué fea perspectiva.

—Hay cuarenta torres como ésta entre nosotros y Saigón. La probabilidad es que le toque a algún otro.

—No nos vendrían mal esos *sandwichs* que dejamos en mi coche —dijo Pyle—. Insisto en que uno de éstos tendría que estar de guardia.

—Teme que ya esté de guardia el que le disparará el tiro.

También nosotros nos habíamos sentado en el

piso, y los vietnameses parecían un poco más tranquilos. Sentía cierta simpatía por ellos; no era fácil, para un par de soldados mal adiestrados, quedarse allí noche tras noche, sin saber jamás cuándo podían aparecer los vietmineses, arrastrándose por el camino, entre los arrozales. Le dije a Pyle:

—¿Te parece que saben que luchan por la democracia? Tendría que venir York Harding a explicárselo.

—¡Siempre te burlas de York! —dijo Pyle.

—Me río de cualquier persona que pierde tanto tiempo escribiendo sobre algo que no existe: un concepto mental.

—Para él existen. ¿Tú no tienes ningún concepto en la mente, por ejemplo, Dios?

—No tengo ningún motivo para creer en Dios. ¿Y tú?

—Yo sí. Yo soy unitario.

—¿En cuántos cientos de millones de dioses cree la gente? Vamos, si hasta un católico cree en un dios totalmente distinto cuando está asustado o feliz o tiene hambre.

—Tal vez, si Dios existe, sea tan amplio que pueda parecerle distinto a cada uno.

—Como el gran Buda de Bangkok —dije—. No se le puede ver entero porque es tan grande. De todos modos, *él* se quedá quieto, por lo menos.

—Supongo que estás esforzándote por parecer peor de lo que eres. En algo debes de creer —insistió Pyle—. Nadie puede seguir viviendo sin creer en nada.

—Oh, no soy un discípulo de Berkeley. Creo que tengo la espalda apoyada contra esta pared. Creo que hay una ametralladora en manos de ese hombre.

—No me refería a eso.

—Hasta creo en las noticias que transmito, y no podría decir lo mismo de la mayoría de tus corresponsales.

—Un cigarrillo.
—No fumo, si no es opio. Dale uno a los centinelas. Nos conviene tenerlos de nuestro lado.
Pyle se levantó, les encendió un cigarrillo a cada uno y volvió. Le dije:
—Ojalá los cigarrillos tuvieran un sentido simbólico, como la sal.
—¿No confías en ellos?
—Ningún oficial francés —contesté— se animaría a pasar la noche solo, con dos centinelas asustados, en una de estas torres. Si hasta se ha visto a un pelotón entero entregar a sus oficiales. A veces los vietmineses tienen más éxito con un megáfono que con un bazuka. No es culpa de ellos. Tampoco ellos creen en nada. Tú, y los que son como tú, están tratando de hacer la guerra con la ayuda de gente que sencillamente no está interesada en esta guerra.
—No quieren saber nada del comunismo.
—Quieren arroz —confesé—. No quieren que los maten. Quieren que todos los días se parezcan. No quieren ver nuestras caras blancas por todas partes, para hacerles creer que sean esto y aquello.
—Si cae la Indochina...
—Ya conozco ese disco. Cae Siam. Cae Malaca. Cae la Indonesia. ¿Qué quiere decir «cae»? Si yo creyera en Dios y en otra vida, te apostaría mi futura arpa contra tu coronita de oro que dentro de quinientos años tal vez no existan ni Nueva York ni Londres, pero éstos seguirán plantando arroz en estos campos, seguirán llevando sus productos al mercado sobre esos palos largos, con esos sombreros puntiagudos en la cabeza. Los niñitos se sentarán sobre los búfalos. Me gustan los búfalos; a ellos no les gusta nuestro olor, el olor de europeo. Y recuerda que desde el punto de vista de un búfalo, también tú eres un europeo.
—Les obligarán a creer lo que les dicen, no les permitirán pensar por su cuenta.

—Pensar es un lujo. ¿Te crees que el campesino se sienta a pensar en Dios y en la democracia cuando regresa a su choza de barro por la noche?

—Hablas como si todo el país estuviera hecho de campesinos. ¿Y qué me dices de los que han estudiado? ¿Crees que podrán ser felices?

—¡Oh, no! —contesté—, a ésos los hemos educado con nuestras ideas. Les hemos enseñado juegos peligrosos, y por eso estamos esperando aquí nosotros con la esperanza de que no nos degüellen. Lo merecemos. Ojalá estuviera también tu amigo York. Me pregunto si le gustaría.

—York Harding es un hombre muy valiente. Qué, si en Corea...

—¿No estaba bajo las armas, no es cierto? Tenía un pasaje de regreso. Con un pasaje de regreso el coraje se vuelve un ejercicio intelectual, como la flagelación del monje. ¿Hasta dónde puedo soportar? Esos pobres diablos no pueden tomarse un avión y volverse a sus casas. Eh —les grité—, ¿cómo se llaman ustedes?

Pensaba que de algún modo el hecho de conocerlos podía acercarlos al círculo de nuestra conversación. No contestaron; se redujeron a mirarnos con intensidad, detrás de los cigarrillos.

—Se creen que somos franceses —dije.

—Ahí está la cuestión —dijo Pyle—. No tendrías que atacar a York, tendrías que atacar a los franceses. Su colonialismo.

—Ismos y cracias. Yo quiero hechos. Un cauchero azota a un peón; muy bien, estoy contra él. No es el ministro de Colonias quien se lo ha aconsejado. En Francia supongo que azotará a su mujer. He visto a un cura tan pobre que no puede cambiarse los pantalones, trabajar quince horas por día durante una epidemia de cólera, de choza en choza, comiendo solamente arroz y pescado salado, diciendo su misa con una taza vieja y un plato de madera. No creo en Dios y, sin embargo, estoy de parte de ese cura. ¿Por qué no llamas a eso colonialismo?

—*Es* colonialismo. York dice que a menudo son los buenos administradores los que nos impiden cambiar un mal sistema.

—De todos modos, todos los días mueren franceses aquí; eso no es un concepto mental. No tratan de empujar a esta gente con medias mentiras, como tus políticos... y los nuestros. Yo estuve en la India, Pyle, y sé el mal que pueden hacer los liberales. Ya no tenemos un partido liberal, porque el liberalismo ha infectado todos los demás partidos. Todos somos o conservadores liberales o socialistas liberales; todos tenemos la conciencia tranquila. Preferiría ser un explotador que lucha por lo que está explotando, y muere por ello. Fíjate en la historia de Birmania. Llegamos e invadimos el país; las tribus locales nos apoyan; vencemos; pero como ustedes, los norteamericanos, en esos días no éramos colonialistas. ¡Oh, no!, hicimos la paz con el rey y le entregamos otra vez su provincia y dejamos que nuestros aliados fueran crucificados y aserrados en dos partes. Eran inocentes. Creyeron que nos quedaríamos. Pero éramos liberales y no queríamos tener la conciencia intranquila.

—Eso fue hace mucho tiempo.

—Haremos lo mismo aquí. Alentarlos, y dejarlos con un poco de equipo y la industria del juguete.

—¿La industria del juguete?

—Tus materiales plásticos.

—¡Oh, sí, comprendo!

—No sé por qué hablo de política. No me interesa, y soy un reportero. No estoy *engagé*.

—¿No estás? —preguntó Pyle.

—Puedo estarlo por el gusto de discutir, para pasar de algún modo esta inmunda noche, nada más. No tomo partido. Seguiré transmitiendo noticias gane quien gane.

—Si ganan ellos transmitirás mentiras.

—Generalmente hay algún modo de no hacerlo, y por otra parte no he advertido tampoco en nuestros periódicos un interés muy intenso por la verdad. Creo que el hecho de que estuviéramos, allí hablando animó un poco a los soldados; quizá pensaban que el sonido de nuestras voces blancas (porque las voces también tienen un color, las voces amarillas cantan y las negras gargarizan, y, en cambio, las nuestras hablan, sencillamente) podía dar una impresión de cantidad y mantener a raya a los vietmineses. Recogieron sus cacerolas y se pusieron a comer otra vez, observándonos por encima del borde de la cacerola.

—¿De modo que crees que estamos perdidos?

—Ésa no es la cuestión —contesté—. No siento mayor deseo de verlos ganar. Me gustaría que esos dos pobres gatos fueran felices, nada más. Quisiera que no tuvieran que pasarse la noche sentados en la oscuridad, muertos de miedo.

—Hay que luchar por la libertad.

—No he visto a ningún norteamericano luchando por aquí. Y en cuanto a la libertad, no sé qué quiere decir. Pregúntaselo.

—*La liberté, qu'est ce que c'est la liberté?*

Siguieron chupando su arroz, mirándonos fijamente, sin decir nada.

—¿Quieres que todos estemos hechos con el mismo molde? —dijo Pyle—. Discutes por el gusto de discutir. Eres un intelectual. Defiendes la importancia del individuo tanto como yo o como York.

—¿Por qué será que acabamos de descubrirla ahora? —dije—. Hace cuarenta años nadie hablaba de ella.

—Porque entonces no había sido amenazada.

—La nuestra no, no había sido amenazada, ¡oh, no!; pero ¿a quién le importaba la individualidad del campesino de los arrozales..., y a quién le importa ahora? La única persona que lo trata como si fuera un hombre es el comisario comunista. Los atiende en su choza y les pregunta cómo se llaman y escucha sus quejas; dedica por lo menos una hora por día a enseñarle, no importa qué; lo que importa es que lo trata como a un hombre, como a un ser valioso. Por favor, no vengas aquí, en Asia, con ese grito de loro sobre la amenaza al alma individual. Aquí te encontrarías del lado equivocado; son ellos los que defienden el individuo, nosotros solamente queremos el soldado 23.987, una unidad cualquiera dentro de la estrategia global.

—Sé que no crees ni la mitad de lo que dices —objetó Pyle, intranquilo.

—Probablemente creo los tres cuartos. He estado aquí mucho tiempo. Te diré, es una suerte que no esté *engagé*, hay ciertas cosas que uno se siente tentado a hacer..., porque aquí, en Asia, bueno, Ike no me gusta nada. Me gustan, en cambio..., bueno, esos dos de allí. Este es su país. ¿Qué hora es? Se me paró el reloj.

—Ya son las ocho y media.

—Diez horas más y podemos irnos.

—Empieza a hacer frío —dijo Pyle, estremeciéndose—. No me lo hubiera imaginado.

—Estamos rodeados de agua. En el coche tengo una manta. Con eso nos arreglaremos.

—¿No hay peligro?

—Todavía es temprano para que lleguen los vietmineses.

—Déjame ir a mí.

—Yo estoy más acostumbrado a la oscuridad.

Cuando me levanté, los soldados cesaron de comer. Les dije:

—*Je reviens tout de suite.*

Dejé colgar las piernas por la escotilla, encontré la escalera y bajé. Es raro cómo tranquiliza la conversación, especialmente sobre temas abstractos; parece normalizar los más extraños ambientes. Yo ya no estaba asustado; era como si hubiera salido de un cuarto y tuviera que volver a él para reanudar la discusión; la torre vigía era la rue Catinat, el bar del Majestic, hasta podía ser una habitación de Gordon Square.

Esperé un minuto al salir de la torre para recobrar la visión. Se veían las estrellas, pero no la luna. La luz de la luna me recuerda la morgue y el resplandor frío de una lamparita desnuda sobre la tabla de mármol, pero la luz de las estrellas está viva y nunca inmóvil, es casi como si alguien, en esos vastos espacios, tratara de comunicarnos un mensaje de buena voluntad, porque hasta los nombres de las estrellas son amigos. Venus es cualquier mujer que amamos, las Osas son los ositos de la infancia, y supongo que la Cruz del Sur, para aquellos que como mi mujer tienen fe, puede ser un himno favorito o una plegaria junto a la cama. En cierto momento me estremecí, como se había estremecido Pyle. Pero la noche era bastante cálida, sólo que esa extensión de aguas poco profundas a cada lado daba una especie de matiz helado al calor. Me dirigí hacia el coche, y durante un instante, en medio del camino, creía que ya no estaba. Eso me intranquilizó, hasta que recordé que se había quedado a unos treinta metros de distancia. Sin querer, caminaba con los hombros encogidos; de ese modo me sentía tal vez menos visible.

Tuve que abrir el maletero para sacar la frazada; el clic y el chillido de las bisagras me sobresaltaron en medio de ese silencio. No me gustaba nada ser el único ruido en medio de lo que podía ser una noche llena de gente. Con la manta sobre el hombro, bajé la tapa con más cuidado, y en ese momento, cuando se cerraba el resorte, el cielo del lado de Saigón se iluminó, y el ruido de una explosión llegó atronando. Un cañón *bren* escupió y escupió, y volvió a callarse, antes de que cesara el estruendo. Pensé: «Alguno ha quedado fuera de juego», y muy lejos se oyeron voces que gritaban de dolor o de miedo o quizá hasta de triunfo. No sé por qué, todo el tiempo había imaginado que el ataque vendría de atrás, del lado por donde habíamos venido, y durante un instante me pareció injusto que los vietmineses se nos hubieran adelantado, que estuvieran entre nosotros y Saigón. Era como si inconscientemente nos hubiéramos dirigido hacia el peligro, en vez de eludirlo, así como ahora me acercaba a él para regresar a la torre. Fui caminando porque era menos ruidoso que correr, pero todo mi cuerpo anhelaba correr.

Al pie de la escalerilla llamé a Pyle:

—Soy yo, Fowler.

Ni siquiera en ese momento podía decidirme a usar mi nombre de pila cuando hablaba con él. Dentro de la torre la escena había cambiado. Las cacerolas de arroz estaban nuevamente en el suelo; uno de los soldados tenía el rifle sobre la cadera y se había sentado contra la pared, mirando fijamente a Pyle; éste estaba arrodillado a cierta distancia de la pared opuesta, con los ojos fijos en la ametralladora que yacía entre él y el segundo centinela. Como si hubiera comenzado a arrastrarse hacia el arma y se lo hubieran impedido. El brazo del segundo centinela estaba extendido hacia el arma; nadie había luchado, ni siquiera amenazado, era como un juego de niños, donde uno no debe ser visto ni moverse, porque si no lo mandan nuevamente a la salida para empezar de nuevo.

—¿Qué pasa? —pregunté.

Los dos centinelas me miraron, y Pyle se abalanzó, llevándose la ametralladora hacia su lado de la habitación.

—¿Es un juego? —pregunté.

—No le tengo confianza; no me gusta que tenga él el arma si vienen los otros.

—¿Alguna vez usaste ese tipo de arma?

—No.

—Espléndido. Yo tampoco. Espero que esté cargada..., porque no sabríamos cómo volver a cargarla.

Los centinelas se habían resignado tranquilamente a la pérdida. El otro bajó el rifle y se lo colocó transversalmente sobre los muslos; el primer soldado se dejó caer contra la pared y cerró los ojos, como un niño que se cree invisible en la oscuridad. Quizá estuviera contento de no tener más responsabilidades. En alguna parte, muy lejos, volvió a disparar el *bren*; tres tiros, y luego silencio. El segundo centinela apretó los párpados para cerrar mejor los ojos.

—No saben que no sabemos usarla —dijo Pyle.

—Se supone que están de nuestro lado.

—No sabía que hubieras elegido un lado.

—*Touché* —dije—. Ojalá lo supieran los vietmineses.

—¿Qué pasa ahí afuera?

Volví a citar el *Extrême Orient* del día siguiente: «Una avanzada a cincuenta kilómetros de Saigón fue atacada y momentáneamente ocupada anoche por combatientes irregulares vietmineses.»

—¿No crees que se estaría más a salvo en los arrozales?

—Se estaría terriblemente mojado.

—No pareces preocupado —dijo Pyle.

—Estoy muerto de miedo, pero las cosas no van tan mal como podrían. De costumbre no atacan más de tres torres por noche. Las probabilidades de salvarnos aumentan.

—¿Qué es eso?

Era el ruido de un vehículo pesado que se acercaba por el camino hacia Saigón. Me acerqué a la ventanita de defensa, y miré hacia abajo justamente cuando pasaba un tanque.

—Es la patrulla —dije.

El cañoncito de la torrecilla apuntaba hacia un lado y hacia el otro, alternativamente. Quise gritarles, pero ¿para qué? No tenían lugar, adentro, para dos civiles inútiles. El piso de tierra tembló un poco cuando pasaron; luego, nada. Miré el reloj; eran las ocho y cincuenta y uno; me quedé esperando, esforzándome por divisar el destello de los primeros tiros. Era como calcular la distancia del relámpago por la demora del trueno. Pasaron casi cuatro minutos antes de que abrieran fuego. Una vez me pareció oír la respuesta de un bazuka, luego volvió a imperar el silencio.

—Cuando regresen —dijo Pyle—, podemos hacerles señales para que nos lleven hasta el campamento.

Una explosión hizo temblar el piso.

—Si regresan —dije—. Eso parecía una mina.

Cuando volví a mirar el reloj habían pasado nueve minutos, y el tanque no había regresado. No se habían oído más tiros.

Me senté al lado de Pyle y estiré las piernas.

—Será mejor que tratemos de dormir —dije—. No podemos hacer otra cosa.

—No me gustan nada esos centinelas —dijo Pyle.

—Se portarán bien mientras no aparezcan los vietmineses. Ponte la ametralladora bajo la pierna, para estar más seguro.

Cerré los ojos y traté de imaginarme en otra parte; sentado en uno de esos compartimientos de cuarta clase que había en los ferrocarriles alemanes, antes de la subida al poder de Hitler, en esos días en que uno era joven y podía estar toda la noche sentado en un tren, sin melancolía, cuando los sueños de la vigilia estaban llenos de esperanza y no de temor. A esta hora, Fuong se disponía, de costumbre, a prepararme mis pipas de la noche. Me pregunté si me esperaría una carta; era mejor que no, porque sabía lo que la carta contendría, y mientras no llegara ninguna podía seguir soñando con lo imposible.

—¿Duermes? —preguntó Pyle.
—No.
—¿No te parece que deberíamos levantar la escalerilla?
—Empiezo a comprender por qué no la levantan. Es la única vía de salida.
—Me gustaría que volviera ese tanque.
—Ya no volverá.

Traté de no mirar el reloj sino con largos intervalos, y los intervalos nunca eran tan largos como me había parecido. Las nueve y cuarenta, las diez y cinco, las diez y veinte, las diez y treinta y dos, las diez y cuarenta y uno.

—¿Estás despierto? —le pregunté a Pyle.
—Sí.
—¿En qué piensas?
Titubeó.
—En Fuong —dijo.
—¿Sí?
—Justamente me preguntaba qué estaría haciendo ahora.
—Eso puedo decírtelo. Habrá decidido que me quedé a pasar la noche en Tanyin; no sería la primera vez. Estará acostada en la cama, con un palito de incienso encendido para alejar los mosquitos, mirando las figuras de algún *Paris Match* viejo. Como los franceses, está loca por la familia real británica.

Dijo melancólicamente:
—Debe de ser maravilloso saber tan exactamente.

Yo me imaginaba sus ojos suaves de perro, en la oscuridad. Debería llamarse Fido, no Alden.

—En realidad no sé, pero probablemente es así como te digo. Es inútil sentir celos cuando no se puede hacer nada. «No hay barricadas para un vientre.»

—A veces me enfurecen las cosas que dices, Thomas. ¿Sabes cómo la veo yo? La veo fresca como una flor.

—Pobre flor —dije—. Rodeada de hierbas malas.

—¿Dónde la conociste?

—Bailaba en el Grand Monde.

—¡Bailaba! —exclamó, como si la idea le resultara dolorosa.

—Es una profesión perfectamente respetable —le dije—. No te preocupes.

—Tienes tanta, tanta experiencia, Thomas.

—Tengo tantos, tantos años. Cuando llegues a mi edad...

—Nunca gocé de una muchacha —dijo—, por lo menos no como se debe. No lo que uno llamaría una verdadera experiencia.

—Parecería que ustedes se gastan una buena parte de la energía silbando.

—No se lo dije nunca a nadie.

—Eres joven. No tienes por qué avergonzarte.

—¿Has poseído a muchas mujeres, Fowler?

—No sé qué quiere decir muchas, en ese sentido. Solamente unas cuatro mujeres han tenido para mí cierta importancia, o yo para ellas. Las otras cuarenta o cincuenta, uno se pregunta a veces por qué lo hace. Será nuestra idea de la higiene, de las obligaciones sociales, y en ambos casos un error.

—¿Crees realmente que *son* un error?

—Ojalá pudiera recuperar esas noches. Todavía estoy enamorado, Pyle; y como hombre, estoy en decadencia. ¡Oh!, me olvidaba del orgullo, naturalmente; es otro motivo. Uno tarda mucho en aprender a no sentir cierto orgullo cuando lo desean. Aunque Dios sabe por qué sentimos orgullo cuando miramos lo que nos rodea y vemos a los otros que también inspiran deseo.

—¿Te parece que habrá algo raro en mí?

—No, Pyle.

—No quiere decir que no lo *necesite*, Thomas, como todo el mundo. No soy.... anormal.

—Ninguno de nosotros lo necesita tanto como pretende. En general, hay mucho de eso que llaman autohipnotismo. Ahora sé muy bien que no necesito a nadie, salvo a Fuong. Pero es algo que uno llega a saber con el tiempo. Podría pasarme un año entero sin sentir ninguna inquietud en ese sentido, si no estuviera ella a mi lado.

—Pero *está* a tu lado —dijo con una voz que apenas pude oír.

—Uno empieza en plena promiscuidad y termina como su abuelo, fiel a una sola mujer.

—Supongo que nos parecerá muy inocente empezar así...

—No.

—Por lo menos el informe Kinsey no lo menciona.

—Justamente por eso no es inocente.

—Te diré una cosa, Thomas: me gusta mucho estar aquí, así, hablando contigo de estas cosas. No sé por qué, ya no me parece peligroso.

—Solíamos sentir lo mismo en Londres durante los ataques aéreos —dije—, cuando nos daban un respiro. Pero siempre volvían.

—Si alguien te preguntara cuál fue tu experiencia sexual más intensa, ¿qué contestarías?

Sabía muy bien la respuesta a esa pregunta:

—Una vez que estaba en cama, por la mañana, y contemplaba a una mujer vestida con una bata colorada, que se cepillaba el cabello.

—Joe dice que para él fue acostarse con una china y una negra al mismo tiempo.

—Yo también habría pensado en eso cuando tenía veinte años.

—Joe tiene cincuenta.

—Me pregunto qué edad mental le habrán asignado durante la guerra.

—¿Era Fuong la muchacha de la bata colorada?

Ojalá no me hubiera hecho esa pregunta.

—No —dije—, una mujer que conocí antes. Cuando dejé a mi mujer.

—¿Qué paso después?

—La dejé también a ella.

—¿Por qué?

¿Por qué, realmente?

—Porque cuando amamos somos imbéciles —dije—. Me aterraba la idea de perderla. Me parecía verla cambiar; no sé si realmente cambiaba, pero yo no podía seguir soportando la incertidumbre. Me precipité hacia el final, exactamente como un cobarde se precipita hacia el enemigo y se gana una medalla. Quería terminar de una vez con la muerte.

—¿La muerte?

—Era una especie de muerte. Luego, me vine a Asia.

—¿Y encontraste a Fuong?

—Sí.

—Pero con Fuong no sientes lo mismo, ¿no es cierto?

—Lo mismo, no. Te diré, la otra me amaba. Yo temía perder el amor. Ahora solamente temo perder a Fuong.

¿Por qué se lo habré dicho, realmente? No hacía falta alentarlo también yo.

—Pero ella te ama, ¿no?

—No de ese modo. No está en su naturaleza; las mujeres de aquí no son así. Ya lo descubrirás por tu cuenta. Es un lugar común llamarlas criaturas..., pero en algo sí son pueriles. Te aman a cambio de la amabilidad, de la seguridad, de los regalos que les das; te odian por un golpe o por una injusticia. No saben lo que es entrar, sencillamente, en una habitación y enamorarse de un desconocido. Para un hombre que envejece, Pyle, es una gran seguridad...; no se irá nunca de la casa, mientras se sienta feliz en ella.

No fue mi intención herirlo. Solamente comprendí que le había dolido cuando me dijo con ira sofocada:

—Podría preferir una mayor seguridad o más ternura.

—Quizá.

—¿No tienes miedo de eso?

—No tanto como tenía miedo de lo otro.

—¿La amas, realmente?

—¡Oh, sí, Pyle, sí! Pero de ese otro modo sólo amé una vez.

—A pesar de las cuarenta o cincuenta mujeres —me espetó.

—Sin duda la cantidad está por debajo del promedio de Kinsey. Debes comprender, Pyle, que a las mujeres no les interesa la virginidad del hombre. Ni siquiera estoy seguro de que a nosotros nos interese la virginidad de la mujer, a menos que se trate de un tipo patológico.

—No quise decir que yo fuera virgen —aclaró.

Todas mis conversaciones con Pyle parecían tomar direcciones grotescas. ¿Sería por culpa de su sinceridad, que se nos apartaban tanto de los caminos habituales? Su conversación nunca se desviaba para donde debía.

—Puedes poseer a cien mujeres y seguir siendo virgen, Pyle. La mayoría de los soldados norteamericanos que fueron ejecutados por violar mujeres durante la guerra eran vírgenes. En Europa no tenemos tantos. Me alegro. Hacen mucho mal.

—No consigo comprenderte, Thomas.

—No vale la pena explicarlo. De todos modos el tema me aburre. He llegado a una edad en que el sexo no resulta un problema tan importante como la vejez y la muerte. Me despierto pensando en ellas, y no en un cuerpo de mujer. No quisiera estar solo durante mi última década de vida, nada más. No sabría en qué pensar durante todo el día. Prefiero tener a una mujer en mi cuarto, aun una mujer a quien no amo. Pero si Fuong me dejara, ¿tendría la energía de buscarme otra...?

—Si eso es todo lo que significa para ti...

—¿Todo, Pyle? Espera un poco, hasta que sientas el temor de vivir diez años solo, sin compañera, con la perspectiva de un hospital o un asilo al final. Entonces sí que echarás a correr en cualquier dirección, aunque eso signifique alejarte de la muchacha de la bata colorada, hasta encontrar a alguien, cualquiera, que te dure hasta el fin.

—¿Por qué no vuelves con tu mujer entonces?

—No es fácil vivir con una persona a quien has herido.

Se oyó un largo estampido; no podía distar más de un kilómetro. Quizá fuera un centinela nervioso que disparaba sobre una sombra; quizá hubiera comenzado otro ataque. Deseé que fuera un ataque..., así aumentaban nuestras perspectivas.

—¿Tienes miedo, Thomas?

—Naturalmente. Con todos mis instintos. Pero con la razón sé que es mejor morir así. Por eso me vine a Asia. La muerte se queda con uno.

Miré el reloj; eran las once pasadas. Una noche de ocho horas, y después podríamos descansar. Dije:

—Al parecer hemos hablado de todo, menos de Dios. Será mejor que lo dejemos para la madrugada.

—Tú no crees en Él, ¿no?
—No.
—Para mí nada tendría explicación sin Él.
—Tampoco tienen explicación con Él, para mí.
—Una vez leí un libro...
Nunca llegué a saber qué libro había leído Pyle. Probablemente no era uno de York Harding, ni Shakespeare, ni la antología de poesía contemporánea, ni *La fisiología del matrimonio*...; quizá fuera *El triunfo de la vida*. Una voz penetró directamente dentro de la torre, a nuestro lado, parecía hablar desde las sombras contiguas a la escotilla; una voz hueca de altoparlante, que decía algo en vietnamita.
—Ahora sí —dije.
Los dos centinelas escuchaban con la cara vuelta hacia la ventanita, con la boca abierta.
—¿Qué es eso? —preguntó Pyle.
Acercarse a la ventanita era como moverse a través de la voz. Miré rápidamente hacia afuera; no se veía nada; ni siquiera podía distinguir el camino, y cuando volví a mirar hacia el interior de la habitación el rifle me apuntaba o quizás apuntaba hacia la ventana. Pero al desplazarme contra la pared el rifle se movió; titubeó, siguió apuntándome; la voz seguía diciendo lo mismo una y otra vez. Me senté, y el rifle dejó de apuntarme.
—¿Qué dice? —preguntó Pyle.
—No sé. Supongo que habrán encontrado el coche y estarán diciéndole a éstos que nos entreguen o algo semejante. Será mejor que recojas la ametralladora antes de que se decidan.
—Si lo hago, dispara.
—Todavía no está decidido. Cuando se decida, disparará de cualquier modo.
Pyle movió la pierna y el rifle se alzó.
—Yo me cambiaré de lugar —dije—. Cuando veas que su mirada vacila, apúntale.

Justamente cuando me levanté, la voz cesó; el silencio me sobresaltó. Pyle dijo secamente:
—Suelte ese rifle.

Apenas tuve tiempo de preguntarme si el arma no estaría descargada —no me había tomado el trabajo de comprobarlo—, cuando el soldado ya había arrojado el rifle.

Crucé la habitación y lo recogí. Luego empezó nuevamente la voz; tuve la impresión de que no había cambiado una sola sílaba. Quizá usaran un disco. ¿Cuándo expiraría el ultimátum?

—¿Y ahora qué pasa? —preguntó Pyle, como un colegial que contempla un experimento en un laboratorio; no parecía concernirle personalmente.

—Quizá un bazuka, quizá un vietminés.

Pyle examinó su ametralladora.

—No parece demasiado misterioso —dijo—. ¿Te parece que dispare para probar?

—No, déjalos en la duda. Preferirán capturar la torre sin disparar tiros, y eso nos da tiempo. Nos conviene volar de aquí, rápido.

—Podrían estar esperándonos abajo.

—Sí.

Los dos hombres nos vigilaban; escribo hombres, pero dudo que entre los dos sumaran cuarenta años.

—¿Y éstos? —preguntó Pyle. Y con escalofriante tranquilidad agregó—: ¿Los mato?

Quizá quería probar la ametralladora.

—No han hecho nada.

—Estaban por entregarnos.

—¿Por qué no? —dije—. No tenemos nada que hacer aquí. Éste es su país.

Descargué el rifle y lo dejé en el suelo.

—Me imagino que no dejarás eso —dijo Pyle.

—Soy demasiado viejo para correr con un rifle. Y esta guerra no es la mía. Vamos.

No era mi guerra, pero me habría gustado que

esos otros en la oscuridad lo supieran como lo sabía yo. Apagué la lámpara y dejé colgar las piernas por la escotilla, buscando la escalerilla. Oía a los centinelas que susurraban entre ellos, como cantantes de radio, en su lengua, que es como un canto.

—Escápate inmediatamente —le dije a Pyle— hacia los arrozales. Recuerda que hay agua; no sé qué profundidad tendrá. ¿Listo?

—Sí.

—Gracias por la compañía.

—Ha sido un placer —dijo Pyle.

Oí que los centinelas se movían detrás de nosotros; ¿tendrían cuchillos? La voz del megáfono hablaba perentoriamente, como ofreciéndoles una última oportunidad. Algo se movió suavemente en la oscuridad debajo de nosotros, pero podía ser una rata. Vacilé.

—Daría cualquier cosa por un trago —susurré.

—Vamos.

Algo subía por la escalerilla; yo no oía nada, pero la escalera temblaba bajo mis pies.

—¿Qué esperas? —dijo Pyle.

No sé por qué me imaginé que era una cosa eso que se acercaba silenciosa y subrepticiamente. Sólo un hombre podía trepar por esa escalerilla, y, sin embargo, no podía imaginármelo un hombre como yo; era más bien como si un animal se acercara para matarnos, tranquila y certeramente despiadado como puede serlo un ser de otra creación. La escalerilla temblaba y temblaba; me parecía ver dos ojos luminosos que me miraban. De pronto no pude seguir soportándolo, y salté, y abajo no había absolutamente nada, salvo el piso esponjoso que me aferró del tobillo y me lo torció como si hubiera sido una mano. Oí que Pyle bajaba por la escalera; comprendí que era un cobarde imbécil, incapaz de reconocer mis propios temblores. Y hasta ese momento me había creído corajudo e incapaz de alucinaciones, como debe serlo un observador veraz y un reportero. Me levanté, y casi volví a caerme de dolor. Me lancé hacia los campos, arrastrando un pie, seguido por Pyle. Luego el proyectil del bazuka estalló contra la torre, y volví a encontrarme de cara al suelo.

4

—¿Estás herido? —preguntó Pyle.
—Algo me dio en la pierna. Nada serio.
—Sigamos —incitó.

Podía vislumbrar su silueta, aunque con dificultad, porque parecía estar cubierto por un fino polvo blanco. Luego desapareció, sencillamente, como la imagen desaparece de la pantalla cuando falla el proyector; sólo continuaba la voz. Me levanté trabajosamente sobre la rodilla buena y traté de proseguir sin apoyarme sobre mi tobillo izquierdo recalcado; de pronto volví a caer, jadeante de dolor. No era el tobillo; algo le había ocurrido a la pierna izquierda. No podía ni siquiera preocuparme; el dolor me impedía la preocupación. Me quedé muy inmóvil en el suelo, esperando que el dolor no me encontrara otra vez: hasta contenía la respiración, como hace uno con el dolor de muelas. No pensaba en los vietmineses que pronto acudirían a registrar las ruinas de la torre; sobre ella acababa de caer otro proyectil; querían estar bien seguros antes de entrar. «Cuánto dinero cuesta —pensé mientras el dolor disminuía— matar a unas pocas personas; cuesta mucho menos matar caballos.» Seguramente no gozaba de plena conciencia, porque empecé a creer que me había perdido en un corral donde mataban caballos, que había sido el terror de mi infancia en mi pueblo natal. Siempre creíamos oír los caballos que relinchaban de miedo, y la explosión del tiro de gracia indoloro.

El dolor tardó un rato en volver, porque estaba perfectamente inmóvil, y contenía la respiración, lo que me parecía igualmente importante. Con toda lucidez me preguntaba si no me convenía arrastrarme hasta los arrozales. Tal vez los vietmineses no tuvieran tiempo de registrar demasiado los alrededores. Ya habría salido otra patrulla, para tratar de ponerse en contacto con los del primer tanque. Pero temía más el dolor que a los guerrilleros, y seguía inmóvil. No se oía a Pyle por ningún lado; seguramente ya había llegado a los arrozales. De pronto oí que alguien sollozaba. El ruido venía de la torre, o de lo que había sido la torre. No era el sollozo de un hombre; era más bien un niño asustado de la oscuridad, que al mismo tiempo no se atreve a gritar. Supuse que era uno de los muchachos; quizá le habían matado al compañero. Deseé que los vietmineses no lo degollaran. No hay que mandar los chicos a la guerra; recordé un cuerpecito acurrucado en una zanja. Cerré los ojos; también eso contribuía a mantener alejado el dolor, y esperé. Una voz gritó algo que no comprendí. Me parecía casi que podía dormirme en esa oscuridad, esa soledad, esa carencia de dolor.

Luego oí que Pyle susurraba:

—Thomas, Thomas.

Había aprendido pronto a no hacer ruido; yo no lo había oído acercarse.

—Vete —le susurré.

Me encontró y se echó de bruces a mi lado.

—¿Por qué no viniste? ¿Estás herido?

—La pierna. Creo que se me ha roto.

—¿Un tiro?

—No, no. Algún madero. Una piedra. Algo que cayó de la torre. No sangra.

—Tienes que hacer un esfuerzo.

—Vete, Pyle. No quiero; me duele demasiado.
—¿Cuál pierna?
—La izquierda.
Se arrastró del otro lado, y tomándome el brazo se lo colocó sobre los hombros. Yo deseaba sollozar, como el muchacho de la torre; luego me enfadé; pero era difícil expresar la ira en un susurro.
—Maldito seas, Pyle; déjame en paz. Quiero quedarme.
—No puedes.
Me había colgado a medias de sus hombros, y el dolor me resultaba intolerable.
—No te hagas el héroe, desgraciado. No quiero irme.
—Tienes que ayudarme —dijo—, o nos pescan a los dos.
—Te...
—Cállate o te oirán.
Yo lloraba de humillación; no podía usar una palabra más fuerte. Me colgué de él y dejé que mi pierna izquierda arrastrara por el suelo; parecíamos los torpes contendientes de una carrera en tres patas, y nada en el mundo nos habría salvado si en el mismo momento en que partíamos no hubiera empezado a disparar un cañoncito *bren*, con breves estallidos sucesivos, en algún otro lugar del camino, seguramente contra la otra torre; quizá se acercaba una patrulla, quizá trataba de completar la cuota de tres torres destruidas por noche. Esto cubrió el ruido de nuestra lenta y torpe huida.

No podría decir que me mantuve consciente todo el tiempo; creo que durante los últimos veinte metros Pyle tuvo que arrastrar todo mi peso, sin ayuda de mi parte. Dijo:
—Cuidado aquí. Ahora entramos.
El arroz seco crujía alrededor, el barro eructaba y subía. Cuando Pyle se detuvo, el agua nos llegaba a

la cintura. Pyle jadeaba, y algo que tenía en la garganta le hacía emitir un ruido semejante al de un sapo gigante.

—Discúlpame —le dije.

—No podía dejarte —repuso él.

La primera sensación fue de alivio; el agua y el barro me sostenían la pierna tierna y firmemente, como un vendaje; pero pronto el frío nos hizo castañetear los dientes. Yo me preguntaba si ya sería medianoche; quizá debiéramos quedarnos seis horas en el agua, si los vietmineses no nos encontraban antes.

—¿No puedes sostenerte solo un momento? —preguntó Pyle—. Apenas un momentito.

Volví a sentir la absurda irritación de antes; no tenía excusa, salvo el dolor. No le había pedido que me salvara ni que me postergaran tan dolorosamente la muerte. Pensé con nostalgia en el placer de estar extendido en el suelo duro y seco. Me mantenía como un flamenco sobre un pie, tratando de no pesar sobre Pyle; cuando me movía, los tallos del arroz me hacían cosquillas, me tajeaban y crujían.

—Me has salvado la vida —dije.

Pyle ya carraspeaba para pronunciar la respuesta convencional, cuando agregué:

—Para que me muera aquí. Prefiero la tierra seca.

—Mejor que no hables —dijo Pyle, como se dice a un inválido—. Tienes que ahorrar fuerzas.

—¿Quién demonios te pidió que me salvaras la vida? Vine a Asia para que me maten. Pero esa maldita impertinencia tuya...

Vacilé en el barro, a punto de caerme; Pyle me tomó el brazo y se lo pasó sobre los hombros, para sostenerme:

—Apóyate —dijo.

—Has visto demasiadas películas de guerra. No somos un par de infantes de Marina, y no te darán una medalla por eso.

—Sh..., sh...

Se oían pasos que se acercaban al arrozal; el *bren* lejano cesó de disparar, y no se oyeron otros ruidos, salvo los pasos y el leve crujido del arroz cuando respirábamos. Luego, los pasos se detuvieron; parecían estar a pocos metros de distancia. Sentí la mano de Pyle del lado que no me dolía; me impelía a bajar, lentamente; nos hundimos ambos en el barro, muy despacio, para perturbar lo menos posible las plantas de arroz. Sobre una rodilla, esforzando la cabeza hacia atrás, podía apenas mantener la boca fuera del agua. Volvió a dolerme la pierna y pensé: «Si me desmayo aquí, me ahogo.» Siempre había odiado y temido la idea de morir ahogado. ¿Por qué no podremos elegir nuestra muerte? No se oía ahora ningún ruido; quizá a seis metros de distancia estaban esperando algún crujido, una tos, un estornudo. «Dios santo —pensé—, voy a estornudar.» Si por lo menos me hubiera dejado tranquilo; me habría sentido responsable solamente de mi vida, no de la suya; y él quería vivir. Me apreté los dedos contra el labio superior, como hacen los chicos cuando juegan al escondite, pero el estornudo no se alejaba: esperaba el momento de estallar, y silenciosamente, en la oscuridad, también lo esperaban los otros. Llegaba, llegaba, llegó... Pero en el segundo mismo en que estornudé, los vietmineses abrieron el fuego con sus ametralladoras, trazando una línea ígnea por el arrozal; el ruido se tragó mi estornudo, con su repiqueteo seco como el de una máquina que perfora agujeros en una chapa de acero. Respiré y me sumergí; tan instintivamente elude uno la cosa amada y anhelada, coquetea con la muerte, como una mujer que exige que la viole su amante. El arroz se inclinó sobre nuestras cabezas, y la tormenta pasó. Emergimos para respirar, los dos en el mismo momento, y oímos que los pasos se alejaban hacia la torre.

—Nos salvamos —dijo Pyle.

Aun en medio del dolor, me pregunté para qué nos habíamos salvado, yo, para la vejez, el sillón de la oficina, la soledad; y en cuanto a él, ya sabemos que habló antes de tiempo. Luego, ateridos de frío, nos dispusimos a esperar. En alguna parte del camino, del lado de Tanyin, se encendió una hoguera; ardía alegremente, como festejando algo.

—Ése es mi coche —dije.

—¡Qué lástima, Thomas! No puedo ver que destruyan una cosa valiosa —dijo Pyle.

—Supongo que habrá quedado gasolina suficiente en el depósito para iniciar el fuego. ¿Sientes tanto frío como yo, Pyle?

—No creo que se pueda sentir más frío.

—¿Qué te parece si salimos y nos echamos junto al camino?

—Démosles una media hora más.

—Cargas con todo mi peso.

—Puedo soportarlo; soy joven.

Su intención había sido jocosa, pero la frase me resultó tan helada como el barro. Quería pedirle disculpas por lo que el dolor me había obligado a decir antes, pero nuevamente se oyó la voz del dolor:

—Eres joven; sabido. Puedes darte el lujo de esperar, ¿no?

—No entiendo, Thomas.

Habíamos pasado juntos lo que parecía una decena de noches, pero seguía entendiéndome menos que si le hablara en francés. Dije:

—Habrías hecho mejor dejándome donde estaba.

—Después de eso no hubiera podido presentarme delante de Fuong —dijo.

El nombre de Fuong siguió resonando, como la oferta de un rematador. Lo recogí.

—Así que fue por ella —dije.

Lo que volvía más absurdo y humillantes mis

celos era tener que expresarlos en el susurro más bajo posible; no tenían matices, y los celos exigen cierta teatralidad.

—Te crees que con estos heroísmos te ganarás su corazón. ¡Cómo te equivocas! Si yo me hubiera muerto, habrías podido llevártela contigo.

—No quise decir eso —dijo Pyle—. Cuando uno está enamorado, quiere jugar limpio, nada más.

Es verdad, pensé; pero no como él se cree, con tanta inocencia. Estar enamorado es vernos como alguien nos ve, es estar enamorado de la imagen falsa y exaltada que alguien se ha formado de nosotros. En el amor, somos incapaces de honor; el acto de coraje no es más que un papel que representamos ante un auditorio de dos personas. Quizá ya no estuviera enamorado, pero, de todos modos, así lo recordaba.

—Yo, en tu lugar, te habría dejado donde estabas —dije.

—¡Oh, no, no lo habrías hecho, Thomas! —y con insoportable satisfacción, agregó—: Te conozco mejor que tú.

Furioso, traté de alejarme de él y de sostenerme solo, pero el dolor volvió rugiendo, como un tren en un túnel, y tuve que apoyarme una vez más sobre Pyle, más pesadamente todavía, antes de hundirme poco a poco en el agua. Me rodeó con sus dos brazos y me sostuvo sobre el agua; luego, centímetro a centímetro, comenzó a arrastrarme hacia la orilla, hacia el camino. Cuando llegamos, me acostó en el barro poco profundo, al borde del arrozal, junto al terraplén; cuando el dolor se disipó un poco y pude abrir los ojos y cesé de contener la respiración, sólo vi el complicado jeroglífico de las constelaciones, un mensaje cifrado en otra lengua, que yo no podía leer; no eran las estrellas de Inglaterra. Apareció su cara sobre mí, ocultándolas:

—Voy a recorrer un poco la carretera, Thomas, a ver si encuentro una patrulla.

—No seas imbécil —le dije—. Te matarán antes de averiguar quién eres. Eso, si no te encuentran antes los vietmineses.

—Es la única esperanza. No puedes quedarte seis horas en el agua.

—Entonces, déjame sobre el camino.

—¿No te sirve de nada que te deje la ametralladora? —preguntó dubitativamente.

—Por supuesto que no. Si estás decidido a ser un héroe, por lo menos no salgas del arrozal.

—Pero entonces la patrulla pasaría antes de que yo pudiera hacerle ninguna señal.

—No sabes hablar francés.

—Les gritaré: *Je suis frongçais*. No te preocupes, Thomas. Tendré mucho cuidado.

Antes de que pudiera responderle estaba fuera del alcance del susurro; se alejaba lo más silenciosamente que podía, con pausas frecuentes. Podía verlo a la luz del coche incendiado, pero no se oyó ningún tiro del otro lado de las llamas, e inmediatamente el silencio cubrió sus pasos. ¡Oh, sí!, tenía cuidado, como había tenido cuidado en la balsa cuando fue a Fat Diem, tanto cuidado como uno de esos héroes de historietas en colores para niños, orgulloso de su cautela como de un distintivo de *boy scout*, y sin darse cuenta en lo más mínimo de lo absurdo y lo improbable de su aventura.

Yo seguía acostado, esperando los tiros de la patrulla vietminesa o de la Legión, pero no se oyó nada; probablemente le llevaría una hora o más llegar hasta una de las torres, si conseguía llegar. Volví la cabeza lo suficiente para ver lo que quedaba de nuestra torre, un escombro de barro y bambú y vigas que parecían hundirse a medida que bajaban las llamas del automóvil. Cuando se alejó el dolor, llegó la paz; una especie de día del armisticio de los nervios; hubiera querido cantar. Pensé que era extraño que los hombres de mi profesión sólo mencionarían esta noche en una noticia de dos líneas; era una noche cualquiera, y yo era lo único raro en ella. Luego volví a oír un llanto apagado, que provenía de las ruinas de la torre. Uno de los centinelas debía de estar vivo todavía.

Pensé: «Pobre diablo, si no se nos hubiera quedado el coche al lado de *su* avanzada se habría entregado, como se entregaban casi todos, o habría huido al primer llamado del altoparlante. Pero estábamos nosotros, dos hombres blancos, y teníamos la ametralladora; por eso no se atrevieron a moverse. Cuando nos fuimos, ya era demasiado tarde.» Me sentía responsable de esa voz que lloraba en la oscuridad; me había enorgullecido de no pertenecer a ningún bando, de no tener relación con esta guerra, pero esas heridas habían sido infligidas por mí, tan exactamente como si hubiera disparado contra él la ametralladora, como quería Pyle.

Hice un esfuerzo para subir el terraplén hasta el camino. Quería reunirme con él. Era lo único que podía hacer, compartir su dolor. Pero mi dolor personal me retenía. Ya no podía oírlo. Me quedé inmóvil, sin oír nada, salvo mi propio dolor que latía como un corazón monstruoso; contenía la respiración, rezando a un Dios en quien no creía: «Hazme morir o desmayarme. Hazme morir o desmayarme»; y supongo que luego me desmayé, y no tuve conciencia de nada, hasta que soñé que se me habían helado los párpados uno sobre el otro y que alguien insertaba un cincel para abrirlos, y yo quería advertirles que no me lastimaran los globos de los ojos, pero no podía hablar, y el cincel penetraba más y más y una linterna eléctrica me alumbraba la cara.

—Nos salvamos, Thomas —dijo Pyle.

Recuerdo eso, pero no recuerdo lo que después Pyle describió a otras personas: que señalé con la mano en la dirección equivocada y les dije que había un hombre en la torre y que tenían que ir a atenderlo. De todos modos, no pude ser responsable de la suposición sentimental que Pyle agregó a este episodio. Me conozco, y conozco la profundidad de mi egoísmo. No sé estar en paz (y estar en paz es mi mayor deseo) si otra persona sufre, si lo oigo o lo veo o lo toco. A veces los inocentes confunden esto con falta de egoísmo, cuando en realidad lo que hago es sacrificar una pequeña ventaja —en este caso la de que atendieran antes mis heridas— para conseguir una ventaja mucho más grande, la paz de la mente, que me permite pensar únicamente en mí mismo.

Volvieron para decirme que el muchacho había muerto, y me alegré; ni siquiera tuve que soportar mucho tiempo el dolor después de la inyección de morfina que me dieron en la pierna.

Capítulo III

1

Subí lentamente la escalera hasta el apartamento de la rue Catinat, deteniéndome y reposando en el primer descanso. Las viejas se contaban chismes, como siempre, en cuclillas junto al mingitorio, con el destino marcado en las líneas de la cara, como otros lo llevan en las de la mano. Se callaron cuando pasé; me pregunté qué me habrían dicho, de saber yo su idioma; qué había pasado mientras me encontraba en el hospital de la Legión, junto a la carretera, del lado de Tanyin. En alguna parte, en la torre o en el arrozal, había perdido las llaves, pero antes de volver mandé un mensaje a Fuong; seguramente lo habría recibido, si todavía estaba en casa. Ese «si» daba la medida de mi incertidumbre. En el hospital no había sabido nada de ella, pero Fuong escribía con mucha dificultad en francés, y yo no entendía el vietnamita. Golpeé la puerta, y se abrió en seguida, y todo pareció ser como era antes. La observé atentamente; me preguntaba cómo estaba y me tocaba la pierna quebrada y me ofrecía el hombro para que me apoyara, como si uno pudiera apoyarse sin peligro en una planta tan joven. Le dije:

—Me alegro de estar de regreso.

Dijo que me había echado de menos; por supuesto, era lo que deseaba oírle decir: siempre me decía

lo que yo quería oír, como un peón chino cuando contesta un interrogatorio, equivocándose solamente por un accidente. Y ahora yo esperaba el accidente.
—¿Qué has hecho de divertido? —le pregunté.
—¡Oh, he visto a menudo a mi hermana! Ha conseguido un empleo con los norteamericanos.
—¿Ah, sí? Qué bien. ¿Y Pyle la ayudó a conseguirlo?
—Pyle, no. Joe.
—¿Quién es Joe?
—Lo conoces. El agregado económico.
—¡Ah, sí! Naturalmente, Joe.
Era un hombre de quien uno siempre se olvidaba. Ni siquiera hoy podría describirlo, salvo su gordura y sus mejillas lustrosas y empolvadas y su enorme risa; toda su identidad me elude, salvo el hecho de llamarse Joe. Hay hombres cuyos nombres siempre se dicen abreviados.
Con la ayuda de Fuong me tendí en la cama.
—¿Has visto alguna película nueva? —le pregunté.
—Dan una muy graciosa en el Catinat.
Inmediatamente empezó a contarme el argumento, con muchos detalles, mientras yo miraba por toda la habitación, esperando ver el sobre blanco que podía contener un telegrama. Mientras no se lo preguntara, podía seguir creyendo que se había olvidado de hablarme de él, que tal vez estaba allí sobre la mesa, al lado de la máquina, o en el ropero, quizá metido para mayor seguridad en el cajón donde guardaba sus pañuelos de seda.
—El jefe del correo (creo que era el jefe del correo, pero tal vez fuera el comandante) los siguió hasta la casa, y pidió una escalera prestada al panadero, y entró por la ventana de Corine; pero resulta que ella se había ido a la otra habitación con François y él no oyó que llegaba la señora Bompierre, y ella entró y lo vio en lo alto de la escalera, y pensó...

—¿Quién era la señora Bompierre? —le pregunté, girando la cabeza para ver el lavatorio, donde a veces guardaba los papeles entre sus frascos de lociones.

—Ya te dije. Era la madre de Corine y estaba buscando marido porque era viuda.

Se sentó sobre la cama y me puso la mano dentro de la camisa.

—Era tan cómico —dijo.

—Bésame, Fuong.

No conocía la coquetería. Hizo inmediatamente lo que le pedía, y siguió contando el argumento de la película. Del mismo modo habría hecho el amor, si se lo hubiera pedido, quitándose los pantalones de seda sin preguntas inútiles, y después habría seguido con el hilo interrumpido de la historia de la señora Bompierre y la incómoda situación del jefe de correos.

—¿No ha llegado ningún telegrama para mí?

—Sí.

—¿Por qué no me lo diste?

—Porque no tienes que volver tan pronto al trabajo. Tienes que acostarte y descansar.

—Podría no ser trabajo.

Me lo dio, y vi que ya había sido abierto. Decía así: «Cuatrocientas palabras efecto partida general De Lattre sobre situación militar y política.»

—Sí —dije—. *Es* trabajo. ¿Cómo sabías? ¿Por qué lo abriste?

—Pensé que era de tu mujer. Esperaba que fueran buenas noticias.

—¿Quién te lo tradujo?

—Se lo llevé a mi hermana.

—Si hubieran sido malas noticias, ¿me habrías dejado, Fuong?

Me frotó el pelo con la mano para tranquilizarme, sin comprender que lo que esta vez necesitaba eran palabras, por falsas que fueran.

—¿Te gustaría una pipa? *Hay* una carta para ti. Pienso que tal vez es de ella.

—¿La abriste también?

—No te abro las cartas. Los telegramas son públicos. Los empleados los leen.

El sobre estaba entre los pañuelos. Lo sacó rápidamente y me lo dejó sobre la cama. Reconocí la letra.

—Si son malas noticias, ¿qué...?

Sabía muy bien que solamente podían ser malas noticias. Un telegrama podía significar un gesto repentino de generosidad; una carta sólo podía significar explicaciones, justificaciones..., de modo que no terminé la pregunta, porque no era honesto exigir ese tipo de promesas que nadie puede mantener.

—¿De qué tienes miedo? —preguntó Fuong.

Pensé: «Tengo miedo de la soledad, del Club de la Prensa y del cuarto de soltero; tengo miedo de Pyle.»

—Prepárame un coñac con soda —le dije.

Miré el comienzo de la carta: «Querido Thomas», y el final: «Afectuosamente, Helen», y me quedé esperando el coñac.

—¿Es de *ella*?

—Sí.

Antes de leerla ya empecé a preguntarme si una vez terminada diría la verdad o mentiría. Decía así:

Querido Thomas:

No me sorprendió recibir tu carta y saber que no estabas solo. No eres hombre, ¿no es verdad?, capaz de quedarte solo mucho tiempo. Juntas mujeres como tu sobretodo junta tierra. Quizá sentiría más simpatía por tu problema si no supiera que encontrarás rápidamente con qué consolarte cuando regreses a Londres. Supongo que no me creerás, pero lo que me detiene y me impide telegrafiarte un simple no *es la idea de la pobre muchacha. Nosotras las mujeres podemos comprometernos mucho más que tú.*

Bebí un sorbo de coñac. No me había imaginado hasta qué punto podían quedar abiertas, a lo largo de los años, las heridas del sexo. Descuidadamente, al no elegir con pericia mis palabras, había vuelto a abrir sus heridas. ¿Quién podía reprocharle que en pago tratara de herirme donde más me dolía? Cuando somos desdichados herimos.
—¿Es muy terrible? —preguntó Fuong.
—Un poco dura —dije—. Pero está en su derecho...
Seguí leyendo:

Siempre creí que amabas a Anne más que a todas las demás, hasta que hiciste tus maletas y te fuiste. Ahora, al parecer, estás proyectando abandonar a otra mujer, porque de tu carta deduzco que no esperas una respuesta «favorable». Estarás pensando: «Hice todo lo que podía.» ¿Qué harías si te cablegrafiara: Sí? ¿Llegarías realmente a casarte con ella? (Tengo que llamarla ella *porque no me dices cómo se llama.) Quizá sí. Supongo que, como todos nosotros, te sientes más viejo y no te gusta vivir solo. Yo también me siento muy sola a veces. Tengo entendido que Anne ha encontrado otro compañero. Pero la dejaste a tiempo.*

Había encontrado con precisión la herida seca. Volví a beber. «Una pérdida de sangre», recordé la expresión convencional.
—Déjame prepararte una pipa —dijo Fuong.
—Lo que quieras, lo que quieras —contesté.

Es un motivo para decirte que no. *(No hace falta hablar de los motivos religiosos, porque nunca los comprendiste ni creíste en ellos.) El matrimonio no te impide abandonar a una mujer, ¿no es verdad? Sólo sirve para demorar el proceso, y sería aún más injusto con la muchacha en cuestión si vivieras con ella tanto tiempo como viviste conmigo. La traerías contigo a Inglaterra, donde se encontraría perdida y sería una forastera, y cuando la dejaras, ¿te imaginas cómo se sentiría terriblemente abandonada? Supongo que ni siquiera sabrá usar el cuchillo y el tenedor, ¿no es así? Pero soy cruel porque pienso más en su bien que en el tuyo. Sin embargo, mi Thomas querido, también pienso en el tuyo.*

Me sentía físicamente mal. Hacía mucho tiempo que no recibía una carta de mi mujer. La había obligado a escribir, y ahora sentía en cada línea su sufrimiento. Su dolor chocaba contra mi dolor; reiniciábamos la vieja rutina de herirnos mutuamente. Si fuera posible amar sin herir...; la fidelidad no basta: yo había sido fiel a Anne y, sin embargo, la había herido. La herida ya está en el acto de la posesión; somos demasiado mezquinos de mente y de cuerpo para poseer a otra persona sin orgullo, o para ser poseídos sin humillación. En cierto modo me alegraba que mi mujer volviera a lanzarme sus dardos; demasiado tiempo había olvidado su dolor, y ésta era la única clase de recompensa que yo podía ofrecerle. Desdichadamente, los inocentes siempre están implicados en todo conflicto. Siempre, en todas partes, hay una voz que llora en una torre.

Fuong encendió la lámpara de opio.

—¿Te dejará casarte conmigo?

—Todavía no lo sé.

—¿No te lo dice?

—Si lo dice, lo dice muy lentamente.

Pensé: «Tanto te enorgulleces de ser *dégagé*, de ser un reportero y no un editorialista, y qué desastres provocas detrás de los bastidores. El otro tipo de guerra es más inocente que éste. Un mortero causa menos daño.»

Si yendo contra mis más profundas convicciones te dijera que sí, ¿sería después de todo conveniente para ti? Dices que te llaman de vuelta a Inglaterra; comprendo cómo te desagradará y cómo harás todo lo posible para que no te sea tan desagradable. Supongo que eres capaz de casarte solamente porque tomaste unas copas de más. La primera vez hicimos lo posible para que resultara, tanto tú como yo, y fracasó. Uno no se esfuerza tanto la segunda vez. Dices que para ti perder a esta muchacha sería el fin de todo. Una vez usaste la misma frase conmigo, podría mostrarte la carta, porque todavía la conservo; y supongo que le habrás escrito a Anne cosas del mismo tenor. Dices que siempre hemos tratado de decirnos la verdad, pero, Thomas, tu verdad es siempre tan momentánea. ¿De qué sirve discutir contigo, o tratar de hacerte comprender? Es más fácil proceder como me dice que proceda mi fe —según tu parecer, sin razón— y escribirte sencillamente: no creo en el divorcio; mi religión me lo prohíbe, y, por tanto, la respuesta es, Thomas, no..., no.

Seguía otra media página, que no leí, antes del «Afectuosamente, Helen». Creo que contenía noticias sobre el tiempo y sobre una vieja tía que me era muy querida.

No tenía motivo para quejarme, y por otra parte era la respuesta que esperaba. En ella había mucho de cierto. Pero era lamentable que se hubiera decidido a pensar en voz alta con tanta prolijidad, cuando el pensamiento la hería tanto a ella como a mí.

—¿Dice que no?

Casi sin titubear, contesté:

—Todavía no se ha decidido. Aún quedan esperanzas.

Fuong se rió:

—Dices «esperanzas» con una cara tan larga.

Estaba echada a mis pies como un perro en la

tumba de un cruzado, preparando el opio; yo me preguntaba qué le diría a Pyle. Después de fumar cuatro pipas me sentí más dispuesto a encarar el futuro, y le dije que las esperanzas eran bastante prometedoras: mi mujer había decidido consultar a un abogado. En cualquier momento podía llegar el telegrama que me daba la libertad.

—No tiene tanta importancia. Puedes hacerme un depósito en el Banco — dijo.

Me parecía oír la voz de su hermana en sus labios.

—No tengo ahorros. No puedo ofrecer más que Pyle.

—No te preocupes. Siempre puede ocurrir algo. Siempre hay formas de arreglo. Mi hermana dice que podrías sacar un seguro de vida.

Pensé que su actitud era tan realista; no intentaba disminuir la importancia del dinero, no trataba de hacer declaraciones de amor exagerado que pudieran comprometerla. Me pregunté cómo haría Pyle, a lo largo de los años, para soportar ese núcleo tan duro, porque Pyle era un romántico; pero, naturalmente, en su caso habría un buen depósito en el Banco, y la dureza tal vez se ablandara, como un músculo que no se usa, cuando ya no tuviera razón de existir. Los ricos siempre la ganan, de un modo o de otro.

Esa noche, antes del cierre de los negocios de la rue Catinat, Fuong se compró tres pañuelos más de seda. Se sentó en la cama y me los exhibió, exclamando de placer ante sus colores brillantes, llenando el vacío con su voz cantarina; luego, después de doblarlos cuidadosamente, los guardó con los diez o doce que ya tenía en el cajón; como si estuviera colocando los cimientos de una modesta dote. Y yo coloqué los absurdos cimientos de la mía, escribiendo esa misma noche una carta a Pyle, bajo la lucidez y la previsión, tan poco dignas de confianza, del opio.

Ésta es la carta que le escribí: la encontré el otro día, doblada, dentro de *El papel de Occidente*, de York Harding. Seguramente estaría leyendo ese libro cuando recibió la carta. Quizá la usó como señalador, y luego no siguió leyendo.

«Querido Pyle», empecé, y por una vez sentí la tentación de escribirle «Querido Alden», porque, después de todo, ésta era una carta hipócrita de cierta importancia, y poco difería de otras cartas hipócritas porque contuviera una mentira:

«Querido Pyle, ya en el hospital tuve la intención de escribirte para darte las gracias por lo de la otra noche. Es evidente que me salvaste de una incómoda muerte. Ya puedo andar con la ayuda de un bastón; al parecer me rompí la pierna en el lugar más conveniente, y la vejez no ha llegado todavía a mis huesos, que no son tan frágiles como creía. Tenemos que reunirnos un día de éstos para celebrarlo.» (En esta palabra se me plantó la lapicera, y luego, como una hormiga que enfrenta un obstáculo, pude rodearla y seguir en otra dirección.) «Tengo además otro motivo de festejo, y sé que también te alegrará saberlo, porque siempre has dicho que el interés de Fuong era lo que más nos importaba. Encontré al llegar aquí una carta de mi mujer, parece que acepta el divorcio. De modo que ya no tendrás que preocuparte más por Fuong.» Era una frase cruel, pero no comprendí su crueldad hasta que releí la carta, y ya era demasiado tarde para cambiarla. Si empezaba a tachar eso, daba lo mismo romper toda la carta.

—¿Cuál de los pañuelos te gusta más? —me preguntó Fuong—. Yo prefiero el amarillo.

—Sí. El amarillo. Por favor, te vas hasta el hotel y me echas esta carta al buzón.

Miró la dirección.

—Podría llevarla directamente a la Legación. Nos ahorraríamos un sello.

—Preferiría que la echaras en el buzón.

Luego me recosté nuevamente, y bajo la paz del opio pensé: «Ahora por lo menos no me abandonará antes de mi partida, y quizá mañana, de algún modo, después de fumar unas cuantas pipas más se me ocurra alguna manera de quedarme.»

2

La vida ordinaria siempre prosigue; esto ha salvado la cordura de muchos, cuando más peligraba. Así como durante los ataques aéreos quedó demostrado que era imposible estar todo el tiempo aterrado, del mismo modo bajo el bombardeo de los trabajos rutinarios, de los encuentros casuales, de las preocupaciones impersonales, uno pierde por horas y horas todo temor personal. La proximidad de abril, de mi partida de Indochina, las dudas sobre el futuro en lo que a Fuong se refería eran continuamente afectadas por los telegramas del día, los boletines de la prensa vietnamita y por la enfermedad de mi ayudante, un hindú llamado Domínguez (su familia provenía de Goa, vía Bombay) que solía asistir en mi lugar a las conferencias de prensa menos importantes; este hombre tenía los oídos finamente abiertos a todos los matices del rumor y de las habladurías, y se encargaba de llevar mis mensajes a las oficinas telegráficas y a la censura. Con la ayuda de algunos comerciantes hindúes, especialmente en el Norte, en Haifong, Nam Dinh y Hanoi, mantenía para mí su propio servicio secreto, y creo que sabía con más precisión que el mismo Alto Mando francés la ubicación de los batallones vietmineses dentro del delta tonkinés.

Y como no usábamos nunca nuestras informaciones, salvo cuando se convertían en noticias, y nunca transmitíamos informes al servicio secreto francés, contaba además con la confianza y la amistad de varios agentes vietmineses ocultos en Saigón y Cholón. El hecho de ser asiático, a pesar de su nombre, era indudablemente una gran ayuda.

Yo estimaba mucho a Domínguez; así como otros llevan el orgullo como una enfermedad de la piel, en la superficie, sensible al menor toque, el suyo se mantenía profundamente oculto y reducido a la mínima expresión, a mi entender, que puede alcanzar en un ser humano. Lo único que uno encontraba, en el contacto diario con él, era amabilidad y humildad y un amor absoluto por la verdad; hubiera sido necesario casarse con él para descubrirle el orgullo. Quizá la veracidad y la humildad vayan juntas; tantas mentiras provienen de nuestro orgullo: en mi profesión, el orgullo del reportero, el deseo de presentar una noticia más interesante que la de los demás. Domínguez me ayudaba a no preocuparme por esas cosas, a resistir esos telegramas de Inglaterra donde me preguntaban por qué no había mandado el relato de Fulano o la noticia de Zutano, que yo sabía falsos.

Ahora que Domínguez estaba enfermo, comprendí hasta qué punto dependía de él; hasta se ocupaba de verificar la cantidad de nafta que me quedaba en el tanque del automóvil; y, sin embargo, ni una sola vez, con una frase o con una mirada, se había entrometido en mi vida privada. Creo que era católico, pero no hubiera podido demostrarlo; la suposición se basaba solamente en su nombre y en su lugar de origen; de su conversación no habría podido deducir si adoraba a Krishna o si efectuaba una peregrinación anual, envuelto en una armazón de alambres pinchudos, a las cuevas de Batú. Pero su enfermedad resultó ser una suerte para mí, al privarme de la rutina de mis preocupaciones domésticas. Era yo ahora el que debía asistir a las fatigosas conferencias de prensa y acercarme cojeando a mi mesa del Continental para charlar un rato con los colegas; pero era mucho menos diestro que él para distinguir la verdad de la mentira, de modo que poco a poco me acostumbré a visitarlo al anochecer para discutir las últimas novedades que había oído esa tarde. A veces lo encontraba con uno de sus amigos hindúes, sentado junto a su camita de hierro, en su cuarto de pensión, situado en una de las cortadas más míseras del bulevar Galliéni. De costumbre, Domínguez estaba sentado en la cama, erecto, con los pies metidos debajo del cuerpo, y uno tenía la impresión no de visitar a un enfermo, sino más bien de ser recibido por un rajá o por un sacerdote. A veces, cuando tenía mucha fiebre, el sudor le corría por la cara, pero no perdía nunca la lucidez del pensamiento. Era como si su enfermedad siguiera su curso en el cuerpo de otra persona. La dueña de la pensión le dejaba siempre una jarra de jugo de limas junto a la cama, pero nunca lo vi beber; quizá le pareciera que beber implicaba reconocer que la sed era suya, que era su propio cuerpo el que sufría.

Recuerdo especialmente un día; en esa época lo visitaba frecuentemente. Había resuelto no preguntarle más cómo estaba, temiendo que esa pregunta pudiera parecerle un reproche, y era siempre él quien me preguntaba, con gran interés, por mi salud, y se disculpaba por la molestia de las escaleras. Ese día, después de las preguntas de cortesía, me dijo:

—Quisiera que hablara con un amigo mío. Tiene algo que contarle que tal vez pueda interesarle.

—¿Sí?

—He escrito su nombre, porque sé que para usted es difícil recordar un nombre chino. Por supuesto, no debe decírselo a nadie. Es dueño de un depósito de hierro viejo junto al Quai Mytho.

—¿Es importante?
—Podría ser.
—¿No puede adelantarme una idea?
—Prefiero que lo oiga directamente de él. Hay algo raro, pero no lo comprendo.

El sudor le corría por la cara, y él lo dejaba correr como si las gotas estuvieran vivas, como si fueran sagradas; había en él mucho de hindú, y no habría sido capaz de hacer peligrar la vida de una mosca. Dijo:

—¿Qué sabe de su amigo Pyle?
—No mucho. Nuestros caminos se cruzan a veces, nada más. No le he visto desde la noche de Tanyin.
—¿De qué se ocupa?
—Trabaja en la Misión Económica, pero eso encubre una multitud de pecados. Creo que se interesa por la industria local; supongo que tendrá conexiones con industriales norteamericanos. No me agrada nada ver cómo alientan a los franceses a proseguir la lucha y al mismo tiempo les quitan los clientes.

—Lo oí hablar el otro día, en una fiesta que ofrecía la Legación a un grupo de diputados norteamericanos en jira. Lo habían encargado de explicarles la situación general.

—Que Dios ayude a los pobres diputados —dije—; no hace seis meses que llegó al país.

—Hablaba de las antiguas potencias coloniales, Inglaterra y Francia, y de cómo esos dos países no podían de ningún modo ganarse la confianza de los asiáticos. Por eso era el deber de Norteamérica intervenir, ya que tenía las manos limpias.

—Honolulú, Puerto Rico —dije—, Nuevo México.
—Luego alguien le hizo una pregunta de cajón sobre las posibilidades de este gobierno en su lucha con el Vietminh, y él contestó que sólo podría vencer una Tercera Fuerza. Que siempre se podía encontrar una Tercera Fuerza independiente del comu-

nismo y libre de las manchas del colonialismo; él la llamó una democracia nacional; bastaba encontrar un líder y mantenerlo apartado de las antiguas potencias coloniales.

—Todo eso lo ha leído en York Harding —dije—. Lo leyó antes de venir a Indochina. Es lo que me dijo cuando llegó al país, se ve que no ha aprendido nada.

—Tal vez encontró al líder que necesita —dijo Domínguez.

—¿Y qué importa?

—No sé si importa. No sé qué anda haciendo. Pero será mejor que vaya a ver a mi amigo del Quai Mytho.

Me fui a casa a dejar una nota para Fuong, y luego me dirigí hacia el puerto, cuando ya se ponía el sol. En el malecón, junto a los vapores y los navíos grises de guerra, se veían las mesitas y las sillas al aire libre; el fuego ardía, y las ollas hervían en las cocinitas portátiles. En el bulevar de la Somme los peluqueros trabajaban bajo los árboles, y los adivinos se sentaban en cuclillas contra los muros, con sus mazos de barajas sucias. En Cholón uno se encontraba en una ciudad distinta, donde el trabajo parecía comenzar, en vez de terminar, con la puesta del sol. Era como entrar en un decorado de pantomima: los largos carteles chinos y las luces brillantes y la multitud de extras lo arrastraban a uno hacia los bastidores, donde de pronto todo se volvía mucho más oscuro y más silencioso. Una de estas callejuelas laterales me condujo nuevamente hacia el malecón, junto a un amontonamiento de sampanes; los depósitos bostezaban en la sombra y no se veía un solo ser humano.

Encontré el lugar con dificultad, y casi por casualidad; el portón estaba abierto, y se veían las extrañas formas picassianas del hierro viejo, a la luz de una lámpara decrépita: camas, bañeras, palas de fogón, capotas de automóviles, fajas de colores viejos donde daba la luz. Por un sendero estrecho abierto entre esos residuos me adelanté y llamé al señor Chou, pero no obtuve respuesta. En el otro extremo apareció una escalera que subía, supuse, a la casa del señor Chou; al parecer me habían dado la dirección de la puerta trasera; seguramente Domínguez sabía lo que hacía. Hasta en la escalera había hierro viejo, pedazos que algún día podían llegar a ser útiles en esa casa que parecía un nido de cuervos. Al final de la escalera había un cuarto amplio, donde encontré a toda la familia, sentada o acostada, con un aire de campamento que en cualquier momento puede ser desalojado; en todas partes se veían tacitas de té y cantidades de caja de cartón llenas de objetos imposibles de identificar y valijas de fibra, ya cerradas con correas; había una anciana sentada en una gran cama, dos muchachos y dos chicas, una criatura que se arrastraba por el piso, tres mujeres con pantalones pardos y chaquetas de campesina y dos viejos en un rincón, con ropas chinas de seda azul, que jugaban al *mah-jong*; no se inmutaron cuando entré; jugaban rápidamente, identificando cada pieza por el tacto, con un rumor como el de los guijarros que la ola arrastra cuando se retira. Nadie me hizo caso, por otra parte; sólo un gato se subió de un salto a una caja de cartón, y un perro flaco me olió y se alejó.

—¿Está el señor Chou? —pregunté.

Dos de las mujeres menearon la cabeza; nadie me miraba, sin embargo. Pero otra mujer enjuagó una taza y me la llenó de té, servido de una tetera que sacó de la caja forrada de seda donde se mantenía caliente. Me senté en el extremo de la cama, junto a la anciana, y una muchacha me trajo la taza; era como si la comunidad ya me hubiera absorbido, como al gato y al perro; quizá habían aparecido alguna vez tan fortuitamente como yo. El niñito se arrastró por el piso y me deshizo el nudo de los zapatos; nadie se lo reprochó, porque en el Oriente nadie regaña a los niños. De las paredes colgaban tres calendarios comerciales; cada uno de ellos mostraba la figura de una muchacha con alegre vestimenta china y mejillas notablemente rosadas. Había un gran espejo que decía misteriosamente: Café de la Paix; quizá había ido a parar por accidente entre el hierro viejo. Yo también sentía que había ido a parar allí por error.

Bebí lentamente el amargo té verde, cambiando de mano la taza sin asa, a medida que el calor me quemaba los dedos, preguntándome cuánto tiempo debía quedarme en esa casa. Traté una vez de inquirir en francés cuándo volvería el señor Chou, pero ninguno me contestó; probablemente no habían entendido. Cuando vacié la taza, me la llenaron otra vez, y siguieron con sus tareas; una mujer planchaba, una muchacha cosía, los dos muchachos hacían sus deberes de escuela, la anciana se miraba los pies, esos pies minúsculos y comprimidos de la antigua China; y el perro vigilaba; el gato, todavía sobre las cajas de cartón.

Empecé a comprender cuánto debía trabajar Domínguez para ganarse su mísero sueldo.

Un chino extraordinariamente demacrado entró en el cuarto; parecía no ocupar ningún lugar; era como esos papeles impermeables que separan los bizcochos en las latas. Su único espesor palpable consistía en el pijama de franela a rayas.

—¿El señor Chou? —pregunté.

Me miró con los ojos indiferentes del fumador de opio: las mejillas hundidas, las muñecas escuálidas, los brazos de niña; muchos años y muchas pipas se habrían requerido para reducirlo a esas dimensiones. Le dije:

—Mi amigo, el señor Domínguez, me dijo que usted tenía algo que mostrarme. ¿Es usted efectivamente el señor Chou?

—¡Oh, sí! —dijo—, soy el señor Chou.

Y me señaló cortésmente que volviera a sentarme. Advertí que el propósito de mi vista se había perdido ya en algún recoveco de los humosos corredores de su cráneo. ¿No quería una taza de té? Mi visita le honraba sobremanera. Volvieron a enjuagar otra taza, echando el contenido al suelo, y me la colocaron entre las manos, como un carbón encendido; era la ordalía por el té. Hice un comentario sobre la magnitud de la familia del señor Chou.

Miró en torno con débil sorpresa, como si nunca se le hubiera ocurrido considerarla desde ese punto de vista.

—Mi madre —dijo—, mi mujer, mi hermana, mi tío, mi hermano, mis hijos, los hijos de mi tía.

La criaturita se había alejado, rodando, de mis pies, y yacía de espaldas, pateando y haciendo ruidos con la garganta. ¿Quiénes serían los padres? Nadie parecía bastante joven ni bastante adulto para haber producido ese niño.

—El señor Domínguez me dijo que era algo importante —le expliqué.

—¡Ah, el señor Domínguez! Espero que el señor Domínguez esté bien de salud.

—Ha tenido un poco de fiebre.

—Es una época mala del año.

Me parecía dudoso que recordara siquiera quién era el señor Domínguez. Empezó a toser, y bajo la chaqueta del pijama, donde faltaban dos botones, la piel tendida vibraba como un tambor africano.

—Usted también tendría que hacerse ver por un médico —le dije.

Había entrado otra persona sin que yo lo advirtiera. Era un joven pulcramente vestido a la europea, que dijo en inglés:

—El señor Chou tiene un solo pulmón.

—Lo siento mucho...

—Fuma ciento cincuenta pipas por día.

—Parece demasiado.

—El médico dice que no puede hacerle bien, pero el señor Chou se siente mucho más contento cuando fuma.

Expresé mi comprensión con un gruñido.

—Si me permite presentarme, soy el gerente del señor Chou.

—Yo me llamo Fowler. Me manda el señor Domínguez. Dijo que el señor Chou tenía algo que decirme.

—La memoria del señor Chou ya no es lo que era. ¿Quiere tomar una taza de té?

—Gracias, he tomado tres tazas.

Parecían preguntas y respuestas de un libro de frases hechas.

El gerente del señor Chou me sacó la taza de la mano y se la tendió a una de las muchachas, que después de echar al suelo el fondo de la taza volvió a llenarla.

—No es bastante fuerte —dijo el joven.

Tomó la taza, probó el té, la enjuagó cuidadosamente y volvió a llenarla con otra tetera.

—¿Así está mejor? —preguntó.

—Mucho mejor.

El señor Chou carraspeó, pero solamente para preparar una inmensa escupida que lanzó dentro de una salivadera de lata decorada con flores rosadas. El niñito daba tumbos entre los restos de té del piso, y el gato saltó de una caja de cartón a una valija.

—Quizá convendría que usted hablara conmigo directamente —dijo el joven— . Me llamo Heng.

—Si tuviera la bondad de decirme...

—Mejor será que bajemos al depósito —dijo el señor Heng—. Allí estaremos más tranquilos.

Tendí la mano al señor Chou; éste la dejó reposar un momento entre las palmas de las suyas, con una mirada de asombro; luego miró por toda la habitación llena de gente, como tratando de ubicarme. El ruido de guijarros rodantes se alejó a medida que bajábamos la escalera. El señor Heng dijo:

—Cuidado. Falta el último escalón.

Y encendió una linterna para guiarme.

Estábamos nuevamente entre las camas y las bañeras; el señor Heng me condujo por un pasillo lateral. Después de dar unos veinte pasos, se detuvo y alumbró con la linterna un tamborcito de hierro. Dijo:

—¿Ve eso?

—¿Qué tiene?

Lo hizo girar y me mostró la marca de fábrica: Diolaction.

—Sigo sin saber qué es.

—Me llegaron dos de estos tambores al depósito —contestó—. Habían sido recogidos con otros residuos en el garaje del señor Fan Van Muoi. ¿Lo conoce?

—No; creo que no.

—Su mujer es parienta del general Thé.

—Sigo sin comprender...

—¿Sabe lo que es esto? —me preguntó Heng, agachándose y levantando un objeto cóncavo y largo, como un tallo de apio, que brillaba con un destello cromado a la luz de la linterna.

—Podría ser una instalación sanitaria, de cuarto de baño.

—Es un molde —dijo Heng.

Era evidentemente una persona que se complacía fatigosamente en proporcionar instrucción a sus oyentes. Calló para subrayar nuevamente mi ignorancia. Luego dijo:

—¿Comprende lo que quiere decir un molde?
—Oh, sí, por supuesto, pero sigo sin comprender...
—Este molde fue fabricado en los Estados Unidos. Diolaction es una marca norteamericana. ¿Empieza a comprender?
—Francamente, no.
—Hay una falla en este molde. Por eso lo tiraron. Pero no hubieran debido tirarlo con el hierro viejo, ni tampoco el tambor. Fue un error. El gerente del señor Muoi vino a buscarlo personalmente. No pude encontrar el molde, pero le permití que se llevara el otro tambor. Le dije que no tenía otro, y él me dijo que lo necesitaba para guardar unos productos químicos en él. Por supuesto, no me pidió el molde, habría sido confesar demasiado, pero registró todo cuidadosamente. El señor Muoi en persona fue más tarde a la Legación norteamericana y pidió hablar con el señor Pyle.

—Parece tener usted todo un servicio secreto —dije.

Seguía sin imaginarme qué quería decir todo esto.

—Le pedí al señor Chou que se pusiera en contacto con el señor Domínguez.

—Quiere decir que ustedes han comprobado la existencia de cierta conexión entre Pyle y el general —dije—. Una conexión muy endeble. De todos modos, no es una novedad. Aquí todos se dedican al servicio secreto.

El señor Heng golpeó con el talón el tambor de hierro negro, y el sonido repercutió entre los elásticos viejos. Dijo:

—Señor Fowler, usted es inglés. Usted es neutral. Usted ha sido justo con todos nosotros. Usted es capaz de comprender que algunos de nosotros sientan una fuerte inclinación por uno o por otro bando.

—Si quiere darme a entender —dije— que usted es comunista o del Vietminh, no se preocupe. No me escandaliza. No tengo ninguna afiliación política.

—Si algo desagradable ocurriera aquí en Saigón, nos echarían la culpa a nosotros. Mi comité desearía que usted considerara las cosas imparcialmente. Por eso le hemos mostrado esto y esto.

—¿Qué es el Diolaction? —le pregunté—. Parecería ser leche condensada.

—Tiene algo en común con la leche —dijo Heng, iluminando con la linterna el interior del tambor.

En el fondo, como un depósito de tierra, se veía un poco de polvo blancuzco.

—Es uno de los materiales plásticos norteamericanos —dijo.

—Se rumoreaba que Pyle importa material plástico para juguetes.

Levanté el molde y lo miré. Traté de adivinar mentalmente su forma. No era así como se vería el objeto moldeado; ésta era su imagen en el espejo, invertida.

—No para juguetes —dijo Heng.

—Es como un trozo de caña de pescar.

—La forma es insólita.

—No alcanzo a comprender para qué sirve.

El señor Heng se volvió para irse.

—Sólo deseo que usted recuerde lo que ha visto —dijo, alejándose entre las sombras del depósito—. Quizá algún día tenga que escribir sobre esto. Pero no debe decir que vio aquí el tambor.

—¿Ni el molde? —pregunté.

—Especialmente el molde.

3

No es fácil encontrarse por primera vez con la persona que nos ha —como se suele decir— salvado la vida. No había vuelto a ver a Pyle durante mi estadía en el hospital de la Legión, y su ausencia y su silencio, fáciles de explicar (porque era más sensible a las situaciones incómodas que yo), a veces me preocupaban sin razón, de modo que por la noche, antes de dormirme calmado por el somnífero, me lo imaginaba subiendo la escalera de mi casa, golpeando mi puerta, durmiendo en mi cama. En ese sentido había sido injusto con él, y de ese modo había agregado una sensación de culpa a mi otra obligación, más formal. Y además, supongo que sentía vergüenza por la carta que le había escrito. (¿Qué distantes antepasados me habrían legado esta estúpida conciencia? Seguramente no eran presa de sus remordimientos cuando violaban y mataban en su mundo paleolítico.)

A veces me preguntaba: ¿Tendré que invitar a cenar a mi salvador, o debo sugerirle que nos encontremos para tomar algo en el bar del Continental? Era un problema social insólito, que quizá dependiera del valor que cada uno atribuye a su vida. ¿Una comida y una botella de vino, o un whisky doble? Esto me preocupó durante algunos días, hasta que el mismo Pyle resolvió el problema, presentándose en casa y llamándome a gritos a través de la puerta cerrada. Esa tarde hacía mucho calor, y yo dormía la siesta, exhausto por el esfuerzo que había hecho esa mañana para cumplir mis obligaciones a pesar de la renquera; por eso no oí cuando llamó.

—Thomas, Thomas.

El llamado penetró en mi sueño; creía avanzar por un largo camino vacío, buscando una esquina que no llegaba nunca. El camino se extendía como la cinta de una máquina, con una uniformidad que nada habría alterado, si esa voz no hubiera llegado hasta él; al principio era una voz que gritaba de dolor en una torre, y luego, de pronto, una voz que me hablaba a mí personalmente:

—Thomas, Thomas.
—Vete, Pyle —dije con voz inaudible—. No te acerques. No quiero que me salves.
—Thomas.
Golpeaba la puerta, pero yo me hacía el muerto, como si todavía estuviera en el arrozal y él fuera un enemigo. De pronto advertí que los golpes habían cesado, que alguien hablaba afuera en voz baja y que alguien contestaba. Los susurros son peligrosos. No distinguía quiénes eran los que hablaban. Me levanté con cuidado de la cama y con la ayuda del bastón llegué hasta la puerta de la otra habitación. Quizá no me había movido demasiado despacio y me habían oído, porque afuera sólo crecía el silencio. El silencio, como una planta que estira sus zarcillos; parecía crecer debajo de la puerta y extender sus hojas por la habitación donde yo me encontraba. Un silencio que no me gustaba; lo desgarré, abriendo la puerta de golpe. Fuong estaba en el corredor, y Pyle tenía las manos apoyadas sobre sus hombros; la actitud podía corresponder a la separación después de un beso.

—¿Qué hacen? —pregunté—. Entren, entren.
—No conseguía que me oyeras —dijo Pyle.
—Al principio estaba durmiendo, y después no quería que me molestaran. Pero ya *me has* molestado, de modo que puedes entrar.

Y a Fuong le pregunté en francés:
—¿Dónde lo encontraste?
—Aquí. En el corredor —dijo—. Lo oí golpear, y subí corriendo para hacerlo entrar.
—Siéntate —le dije a Pyle—. ¿Quieres tomar un poco de café?
—No; y no quiero tampoco sentarme, Thomas.
—Yo, sí. Se me cansa la pierna. ¿Recibiste mi carta?
—Sí. Ojalá no la hubieras escrito.

—¿Por qué?

—Porque es una pura mentira. Yo confiaba en ti, Thomas.

—No debes confiar en nadie cuando hay una mujer de por medio.

—Pues, entonces, no confíes más en mí, después de esto. Pienso venir aquí a escondidas cuando salgas de la casa; pienso mandar cartas con sobres escritos a máquinas. Tal vez esté por fin abriendo los ojos, Thomas, aprendiendo a ser hombre.

Pero en su voz había lágrimas, y parecía más joven que nunca.

—¿No podías haber ganado sin mentir? —agregó.

—No. Esto es lo que se llama duplicidad europea, Pyle. Tenemos que compensar de algún modo nuestra falta de materias primas. Sin embargo, debo de haber sido bastante torpe. ¿Cómo descubriste las mentiras?

—Fue su hermana —dijo—. Ahora trabaja para Joe. Acabo de verla. Sabe que te han mandado llamar de Inglaterra.

—¡Oh!, si es por eso —dije con alivio—, Fuong también lo sabe.

—¿Y la carta de tu mujer? ¿También sabe Fuong lo que decía? Su hermana la vio.

—¿Cómo?

—Vino aquí a visitar a Fuong cuando tú habías salido ayer, y Fuong se la mostró. No puedes engañarla. Sabe inglés.

—Comprendo.

No había razón para enfadarse con nadie; era tan obvio que el culpable era yo, y Fuong probablemente había mostrado la carta como una especie de jactancia, no porque desconfiara.

—¿Y tú sabías todo esto anoche? —le pregunté a Fuong.

—Sí.

—Ya me pareció que estabas muy callada —y le toqué el brazo—. Pudiste estar hecha una furia, pero eres siempre Fuong, no eres una furia.

—Tenía que pensar —dijo.

Recordé que al despertarme de noche había advertido, por la irregularidad de su respiración, que no dormía. Había tendido el brazo hacia ella y le había preguntado si tenía pesadillas. Durante sus primeros tiempos en la rue Catinat solía sufrir de pesadillas; pero anoche había meneado la cabeza ante mi pregunta; me daba la espalda, y yo había movido la pierna hacia las suyas; era el primer paso en la fórmula del amor. Ni siquiera después había advertido nada extraño.

—¿Puedes explicarme, Thomas, por qué...?

—Supongo que es suficientemente comprensible. Quise retenerla a mi lado.

—¿Aunque ella tuviera que pagar las consecuencias?

—Por supuesto.

—Eso no es amor.

—Quizá no sea tu manera de amar, Pyle.

—Quiero protegerla.

—Yo, no. No necesita protección. La quiero a mi lado, la quiero en mi cama.

—¿Contra su voluntad?

—No se quedaría contra su voluntad, Pyle.

—Después de esto no puede amarte más.

Sus ideas eran así de simples. Me volví para mirar dónde estaba Fuong. Había pasado al dormitorio y estaba estirando la colcha de la cama que yo había desarreglado; luego tomó uno de sus libros ilustrados de un estante y se sentó en la cama, como si nuestra conversación no le concerniera en nada. Desde lejos yo distinguía cuál era el libro: era una colección de fotografías en colores, una especie de biografía pictórica de la reina de Inglaterra. Se veía, al revés, la carroza real, que se dirigía a Westminster.

—Amor es una palabra occidental —dije—. La usamos por razones sentimentales o para disimular nuestra obsesión por una mujer. Esta gente no sufre obsesiones. Te vas a lastimar, Pyle, si no tienes cuidado.

—Si no fuera por esa pierna, te habría matado a golpes.

—Tienes más bien que darme las gracias..., y a la hermana de Fuong, naturalmente. Ahora puedes seguir adelante sin mayores escrúpulos..., y en cierto sentido eres bastante escrupuloso, ¿no es verdad?, cuando no se trata de material plástico.

—¿Material plástico?

—Por Dios, espero que sepas en qué te estás metiendo con ese material plástico. ¡Oh!, ya sé que tus intenciones son buenas; siempre lo son.

Parecía intrigado y lleno de sospecha. Proseguí:

—A veces desearía que tuvieras unas cuantas malas intenciones, para que entendieras un poco más a los seres humanos. Y eso se aplica a tu país también, Pyle.

—Quiero ofrecerle una vida decente. Esta casa... hiede.

—Disimulamos el mal olor con barritas de incienso. Supongo que le ofrecerás una nevera eléctrica y un automóvil para ella sola y el aparato más moderno de televisión y...

—Y varios hijos —dijo.

—Jóvenes y despiertos ciudadanos norteamericanos dispuestos a declarar contra toda actividad antipatriótica.

—¿Y qué le ofreces tú? No pensabas llevártela a tu país.

—No. No soy tan cruel. A menos que pueda comprarle el pasaje de regreso.

—Quieres conservarla como una concubina cómoda hasta el día de tu partida.

—Es un ser humano, Pyle. Es capaz de decidir por su cuenta.

—Bajo la influencia de tus mentiras. Y, además, una criatura.

—No es ninguna criatura. Tiene una fortaleza que tú no podrás jamás alcanzar. ¿Conoces ese tipo de acabado que no se puede rayar? Así es Fuong. Es capaz de sobrevivir a diez de nosotros. Envejecerá, nada más. Padecerá partos y hambre y frío y reumatismo, pero no padecerá nunca como nosotros por una idea, una obsesión; no se rayará, se irá solamente consumiendo.

Pero en el mismo momento en que pronunciaba mi discurso y la observaba dar vuelta a la página (una fotografía de la familia real con la princesa Ana), tenía conciencia de estar inventándole un carácter, así como se lo inventaba Pyle. Uno no llega nunca a conocer a otro ser humano; yo no podía asegurar realmente que no sintiera tantos temores como todos nosotros; le faltaba la posibilidad de expresión, nada más. Y recordé ese primer año, tan doloroso, cuando trataba apasionadamente de comprenderla, cuando le suplicaba que me dijera qué pensaba, y la asustaba con mi ira irracional ante sus silencios. Hasta mi deseo había sido un arma, como si al hundir nuestra espada en el vientre de la víctima la obligáramos a perder la reserva y finalmente a hablar.

—Ya has hablado bastante —le dije a Pyle—. Ya sabes todo lo que debes saber. Ahora vete, por favor.

—Fuong —llamó Pyle.

—¿Monsieur Pyle? —preguntó ella, alzando la vista de su atento escrutinio del castillo de Windsor.

En ese momento su formalidad resultaba cómica y tranquilizadora.

—Te ha engañado.

—*Je ne comprend pas.*

—Oh, vete de una vez —dije—. Vete con tu Tercera Fuerza y tu York Harding y el papel de la democracia. Vete de aquí, vete a jugar con tus materiales plásticos.

Más adelante tuve que reconocer que había obedecido mis órdenes al pie de la letra.

Tercera parte

Capítulo Primero

1

Ya habían pasado casi dos semanas desde la muerte de Pyle cuando volví a ver a Vigot. Yo iba por el bulevar Charner; de pronto oí que me llamaba desde el Club. Era el restaurante favorito, en esos días, de los funcionarios de la Sûreté; como una especie de desafío a los que los odiaban, solían almorzar y tomar sus copas en la planta baja, mientras el público en general se refugiaba en el primer piso, fuera del alcance de las granadas de los guerrilleros. Me senté a su lado y me hizo traer un vermut al *cassis*.

—¿Lo jugamos?

—Si quiere —le contesté, sacando mis dados para el juego ritual del *Quatre cent vingt-et-un*.

¡Cómo me recuerdan los años de guerra en Indochina ese número del juego y el mero hecho de ver dados! En cualquier parte del mundo en que esté, cuando veo dos hombres que juegan a los dados regreso mentalmente a las calles de Hanoi o de Saigón, a los edificios bombardeados de Fat Diem; vuelvo a ver a los paracaidistas, protegidos como orugas por sus extraños dibujos, que patrullan los canales; oigo el estrépito de los morteros que se acercan, y tal vez veo a una criatura muerta.

—*Sans vaseline* —dijo Vigot, tirando un cuatro-dos-uno.

Empujó hacia mí el último fósforo. La jerga sexual de este juego era habitual entre los hombres de la Sûreté; quizá el mismo Vigot la había inventado, y sus subalternos la habían adoptado, sin adoptar, sin embargo, a Pascal.

—*Sous-lieutenant.*

Cada partido que uno perdía, ascendía un grado; se jugaba hasta que uno de los dos llegaba a ser capitán o comandante. Ganó también el segundo partido, y mientras contaba los fósforos, me dijo:

—Hemos encontrado el perro de Pyle.

—¿Sí?

—Supongo que se habrá negado a abandonar el cadáver. Sea como sea, lo degollaron. Estaba en el barro, a unos cincuenta metros de distancia. Tal vez consiguió arrastrarse hasta allí.

—¿Sigue todavía interesado en el asunto?

—El ministro norteamericano persiste en fastidiarnos. Gracias a Dios, no nos dan tanto trabajo cuando matan a un francés. Pero es claro, esos casos no tienen el valor de la rareza.

Jugamos para repartirnos los fósforos, y luego empezó el verdadero partido. ¡Con qué rapidez mágica Vigot conseguía tirar un cuatro-dos-uno! Redujo el número de sus fósforos a tres, y yo tiré tan bien los dados que saqué el punto más bajo posible.

—*Nanette* —dijo Vigot, pasándome dos fósforos.

Cuando se deshizo del último fósforo, dijo:

—*Capitaine.*

Llamé al camarero para seguir bebiendo.

—¿Alguien consigue ganarle alguna vez? —le pregunté.

—No muy a menudo. ¿Quiere el desquite?

—Otro día. Qué buen pequeño podría ser usted, Vigot. ¿Practica algún otro juego de azar?

Sonrió dolorosamente, y no sé por qué pensé en

esa joven rubia, su mujer, que según se decía lo traicionaba con sus subalternos.

—Oh, bueno —dijo—, siempre queda el más importante.

—¿El más importante?

—«Pesemos la pérdida y la ganancia —citó— al apostar que Dios existe, estimemos las dos probabilidades. Si uno gana, gana todo; si pierde, no pierde nada.»

Le contesté con otra cita de Pascal; era la única que recordaba de ese filósofo:

—«Tanto el que elige cruz como el que elige cara se equivocan. Los dos se equivocan. El verdadero camino consiste en no apostar.»

—«Sí, pero hay que apostar. No es optativo. Uno ya está embarcado.» Usted no se atiene a sus propios principios, Fowler. Usted vive *engagé*, como todos nosotros.

—No en lo que se refiere a la religión.

—No hablaba de religión. Para decir la verdad —dijo—, pensaba en el perro de Pyle.

—¡Oh!

—¿Recuerda lo que me dijo..., que buscara pruebas en las patas del perro, que analizara el polvo, etcétera?

—Y usted me contestó que no era ni Maigret ni Lecoq.

—En realidad, no estuve tan mal, después de todo —dijo—. Pyle se llevaba casi siempre el perro consigo cuando salía, ¿no es cierto?

—Supongo que sí.

—¿Era demasiado valioso para dejarlo solo?

—Habría sido un poco peligroso para el perro. En este país se comen los perros de ese tipo, ¿no es cierto?

Empezó a guardarse los dados en el bolsillo.

—Mis dados, Vigot.

—¡Oh, disculpe! Estaba pensando...
—¿Por qué dijo que yo estaba *engagé*?
—¿Cuándo vio por última vez al perro de Pyle, Fowler?
—Qué sé yo. No apunto en una libreta mis encuentros con perros.
—¿Cuándo piensa volver a Inglaterra?
—No sé exactamente. No me gusta nunca proporcionar información a la policía. Les evita complicaciones.
—Me gustaría..., esta noche..., pasar por su casa a visitarlo. ¿A las diez? Si está solo.
—Le diré a Fuong que se vaya al cine.
—¿Ya se arregló otra vez su situación... con ella?
—Sí.
—Es raro. Tengo la impresión de que usted se siente más bien..., bueno..., desdichado.
—Sin duda hay muchos motivos posibles para sentirse desdichado, Vigot —dije. Y agregué bruscamente—: Usted ha de saberlo.
—¿Yo?
—Tampoco usted es un hombre feliz.
—¡Oh, yo no tengo por qué quejarme! «Una casa en ruinas no es desdichada.»
—¿De dónde es eso?
—Otra vez Pascal. Es un argumento para enorgullecerse de la desdicha. «Un árbol no es desdichado.»
—¿Qué lo indujo a ser policía, Vigot?
—Una cantidad de razones. La necesidad de ganarme la vida, la curiosidad que me inspira la gente, y..., bueno, también eso: cierta admiración por Gaboriau.
—Quizá hubiera debido ser cura.
—No leí a los escritores que podían inducirme en esa dirección... cuando era el momento adecuado.
—Sigue sospechando, ¿no es cierto?, que estoy complicado.

Se levantó y bebió lo que le quedaba en el vaso.
—Me gustaría hablar con usted, nada más.

Después de su partida pensé que me había mirado con cierta compasión; como miramos a un prisionero que cumple una condena perpetua y de cuya captura somos responsables.

2

Realmente había sido castigado. Como si Pyle, al irse del departamento, me hubiera sentenciado a tantas semanas de incertidumbre. Cada vez que volvía a casa sentía la expectativa del desastre. A veces Fuong no estaba, y me resultaba imposible empezar el menor trabajo antes de su regreso, porque todo el tiempo me preguntaba si volvería. Inquiría adónde había ido (tratando de evitar en mi voz toda ansiedad o sospecha), y a veces me contestaba que había ido al mercado o de compras, y me presentaba las pruebas correspondientes (hasta la facilidad con que confirmaba sus palabras me parecía en ese período artificiosa), y a veces era el cine, y allí tenía el trozo del billete de entrada para demostrarlo, y a veces había ido a casa de su hermana; yo sospechaba que allí se encontraba con Pyle. En esos días le hacía el amor salvajemente, como si la odiara, pero lo que odiaba era el porvenir. La soledad se echaba en mi cama, y de noche me abrazaba a la soledad. Fuong no había cambiado; seguía haciéndome la comida, preparándome las pipas, ofreciéndome suave y gentilmente su cuerpo para el placer (pero ya no era un placer), y así como en los primeros tiempos había codiciado su mente, ahora también anhelaba leer sus pensamientos, pero estaban siempre escondidos en ese idioma que yo no podía hablar. No quería interrogarla. No quería obligarla a mentir (mientras no me dijera ninguna mentira abiertamente, podía seguir creyendo que nos llevábamos como nos habíamos llevado siempre), pero de pronto mi ansiedad tomaba la palabra y decía:

—¿Cuándo viste a Pyle por última vez?

Ella titubeaba..., ¿o sería que realmente trataba de recordar?

—Cuando vino aquí —contestaba.

Empecé, casi inconscientemente, a denigrar todo lo norteamericano. Mi conversación estaba llena de comentarios sobre la pobreza de la literatura norteamericana, los escándalos de la política norteamericana, la bestialidad de los niños norteamericanos. Como si fuera una nación, y no un hombre, la que me la quitaba. Nada de lo que podían hacer los Estados Unidos me parecía bien. Me volví un fastidioso, con ese tema de los Estados Unidos, aun entre mis amigos franceses que no tenían ninguna dificultad en compartir mis antipatías. Como si me hubieran traicionado, pero un enemigo no puede traicionarnos.

Fue justamente en esa época cuando ocurrió el incidente de las bombas de las bicicletas. Cuando volvía del bar Imperial al apartamento, vacío en ese momento (¿se habría ido al cine o a casa de la hermana?), encontré una nota que me habían metido por debajo de la puerta. Era de Domínguez. Se disculpaba de seguir todavía enfermo, y me rogaba que estuviera a las diez y media de la mañana del día siguiente frente a la gran tienda de la esquina del bulevar Charner. Me escribía a pedido del señor Chou, pero me pareció mucho más probable que fuera Heng el que requería mi presencia.

El incidente, tal como ocurrió, apenas merecía un párrafo, y por otra parte, un párrafo más bien en broma. No tenía ninguna relación con la triste y pesada guerra del Norte, con esos canales de Fat Diem abarrotados de cadáveres grises de estar en el agua, con el martilleo de los morteros, ni con el resplandor blanco del napalm. Hacía un cuarto de hora que esperaba, junto a un puesto de flores, cuando apareció un camión lleno de policías, y frenó estrepitosamente, haciendo chillar las gomas. El camión venía del cuartel general de la Sûreté, en la rue Catinat; los hombres bajaron y corrieron hacia el negocio, como cargando sobre una multitud; pero no había ninguna multitud, solamente una espesa empalizada de bicicletas. Todo gran edificio de Saigón está rodeado de bicicletas; ninguna ciudad universitaria de Occidente contiene tantos dueños de bicicleta. Antes de darme tiempo de ajustar la cámara fotográfica, el acto cómico e inexplicable había ocurrido. La policía se había abierto paso entre las bicicletas y había emergido con tres de ellas, que llevaron en alto sobre la cabeza al medio del bulevar, para arrojarlas en la fuente decorativa del centro. Antes de que pudiera interceptar siquiera a uno de ellos, habían vuelto a subir al camión y se alejaba velozmente por el bulevar Bonnard.

—*Opération Bicyclette* —dijo una voz.

Era el señor Heng.

—¿Qué pasa? —pregunté—. ¿Un ejercicio de práctica? ¿Para qué?

—Espere un momentito —dijo el señor Heng.

Unos cuantos ociosos empezaron a acercarse a la fuente, donde sobresalía una rueda como una boya que avisa a los barcos la conveniencia de eludir los restos de un naufragio bajo las aguas; un policía cruzó la calle, gritando y agitando las manos.

—Vayamos a ver —dije.

—Mejor que no —dijo Heng—, examinando su reloj.

El reloj marcaba las once y cuatro minutos.

—Está adelantado —le dije.

—Siempre adelanta.

Y en ese momento la fuente estalló en medio de la calzada. Un trozo de cornisa decorativa dio contra una vidriera, y el vidrio se deshizo como el agua en una brillante cascada. Ninguno resultó herido. Nos sacudimos el agua y el vidrio de las ropas. La rueda de una bicicleta zumbaba como un trompo en medio de la calzada; luego vaciló y se aplastó sobre el suelo.

—Deben de ser exactamente las once —dijo Heng.

—¿Qué diablos...?

—Me imaginé que le interesaría —dijo Heng—. Espero que le haya interesado.

—¿No quiere venir a tomar algo?

—No, discúlpeme. Tengo que volver a casa del señor Chou, pero antes permita que le muestre algo.

Me llevó hasta el estacionamiento de bicicletas y abrió el candado de la suya.

—Fíjese bien.

—Es una Raleigh —dije.

—No, fíjese en el inflador. ¿No le recuerda nada?

Sonrió, con aire superior, ante mi incomprensión, y se puso en movimiento. Se alejó pedaleando hacia Cholon, hacia el depósito de hierro viejo; en cierto momento se volvió y me saludó con la mano. En la Sûreté, adonde acudí en busca de información, comprendí lo que había querido decirme. El molde que yo había visto en su depósito tenía la forma de una semisección del inflador de bicicleta. Por todo Saigón, esa mañana, los más inocentes infladores de bicicleta habían resultado ser bombas de material plástico, y habían estallado a las once, salvo donde la policía, movida por informes que a mi entender debían de provenir del señor Heng, había logrado anticiparse a las explosiones. Era realmente trivial: diez estallidos, seis personas levemente heridas, y Dios sabe cuántas bicicletas arruinadas. Mis colegas —salvo el corresponsal del *Extrême Orient*, que lo llamó un «escándalo»— sabían que solamente les dejarían publicar la noticia en sus respectivos periódicos si la encaraban como una broma. «Bombas de bicicleta» era un buen título. Todos echaron la culpa a los comunistas. Yo fui el único que dijo que las bombas eran una demostración de parte del general Thé, y en el periódico me cambiaron la información. El general Thé no interesaba. No podían gastar espacio en identificarlo. Mandé un mensaje de condolencias al señor Heng por intermedio de Domínguez; había hecho lo que podía. Heng me envió una cortés respuesta verbal. Me pareció en ese momento que él —o su comité de vietmineses— se había mostrado excesivamente sensitivo, porque nadie reprochaba demasiado a los comunistas lo ocurrido. En realidad, si algo podía inducir a ese extremo, el hecho debía darles más bien cierta reputación de humoristas. «¿Qué nueva locura se les ocurrirá?», decía la gente en las reuniones, y todo el absurdo asunto quedó simbolizado, para mí, por una rueda de bicicleta que giraba alegremente como un trompo en medio del bulevar. No mencioné nunca a Pyle lo que había oído decir de sus relaciones con el general Thé. Que siguiera jugando inocentemente con su material plástico; así no pensaría tanto en Fuong. De todos modos, una noche que pasé por la vecindad, como no tenía nada mejor que hacer, pasé a visitar el garaje del señor Munoi.

Era un local pequeño y revuelto, no muy distinto en realidad de un depósito de hierro viejo, sobre el bulevar de la Somme. En medio del local había un coche en reparación, con el capó abierto, como la boca del molde en yeso de algún animal prehistórico en un museo provinciano que nadie visita jamás. No creo que nadie recordara la existencia de ese automóvil. El piso estaba cubierto de trozos de hierro y de cajas viejas; a los vietnameses no le gusta tirar nada a la basura, del mismo modo que un cocinero chino, al dividir un pato en siete platos distintos, es incapaz de dejar de lado ni siquiera una uña del animal. Me pregunté cómo era posible que alguien se hubiera deshecho tan pródigamente de los tanques vacíos y del molde rajado; quizá fuera un robo por parte de algún empleado que quería ganarse unas piastras, quizá alguien había sido sobornado por el ingenioso señor Heng.

No se veía a nadie en el local, de modo que entré. Quizá, pensé, se mantengan alejados por un tiempo, por si la policía decide visitarlos. Era posible que Heng tuviera cierta relación con la Sûreté, pero aun así no resultaba muy probable que la policía interviniera. Era mejor, desde su punto de vista, que la gente siguiera creyendo en el origen comunista de las bombas.

Aparte del coche y de los hierros viejos esparcidos sobre el piso de cemento, no había nada que ver. Era difícil imaginarse cómo podían haber fabricado las bombas en casa del señor Muoi. Tenía una idea muy vaga de cómo se convertía el polvo blanco, que había visto en el fondo del tambor, en material plástico; pero sin duda el proceso era demasiado complejo para realizarlo allí, donde hasta los dos surtidores de gasolina de la calle parecían francamente abandonados. Me detuve en la entrada y miré hacia la calle. Bajo los árboles del centro de la avenida los peluqueros se entregaban a su labor; un trozo de espejo colgado de un tronco reflejaba el resplandor del sol. Pasó una muchacha trotando bajo su sombrero de molusco, condos canastas en los extremos de un palo. El adivino sentado en cuclillas contra la pared de Simon Frères había encontrado por fin a un cliente: un viejo con una barbita mínima, como la de Ho Chi Minh, que lo contemplaba impasible barajar y volver las viejas cartas. ¿Qué futuro podía esperarlo que valiera una piastra? En el bulevar de la

Somme uno vivía al aire libre; todos los vecinos sabían todo lo que se podía saber sobre el señor Muoi, pero la policía no poseía ninguna llave que le abriera la confianza de esa gente. A este nivel de vida, todo se sabía, pero uno no podía bajar a ese nivel como quien baja a la calzada. Recordé a las viejas que conversaban constantemente en el descanso de la escalera junto al cuarto de baño común; ellas también se enteraban de todo, pero no se podía saber lo que sabían.

Volví al garaje y entré en una oficinita del fondo; se veía el acostumbrado calendario comercial en chino, un escritorio cubierto de papeles; listas de precios y una botella de cola junto a una máquina de escribir, algunos broches para papeles, una tetera y tres tazas y una cantidad de lápices sin punta, y por algún motivo desconocido una tarjeta postal, en blanco, de la torre Eiffel. York Harding podía escribir sus abstracciones gráficas sobre la Tercera Fuerza, pero esto era la Tercera Fuerza en realidad, cuando uno la veía de cerca; esto era la Cosa. En el fondo había una puerta cerrada con llave, pero la llave estaba sobre el escritorio, entre los lápices. Abrí la puerta y entré.

Me encontré en un galponcito, más o menos del tamaño del garaje. Contenía una máquina que a primera vista parecía una jaula de barras y alambres, provista de innumerables perchas destinadas a algún pájaro adulto sin alas; daba la impresión de sostenerse con ataduras de trapos viejos, pero probablemente los trapos habían sido usados para limpiarla, cuando el señor Muoi y sus ayudantes abandonaron el garaje. Encontré la marca de fábrica; un manufacturero de Lyon, y un número de patente..., ¿que patentaba qué? Enchufé la corriente, y la vieja máquina volvió a vivir; las barras tenían un fin, el aparato era como un viejo que reuniera sus últimas fuerzas vitales, para golpear con el puño, para aplastar... Sí, era todavía una prensa, aunque dentro del mundo de las prensas debía de pertenecer a la era de los primeros gramófonos; supongo que en ese país, donde nada iba a parar a la basura y donde todo podía terminar algún día su carrera (recuerdo haber visto la antiquísima película *El gran asalto ferroviario* pasar como a tumbos por una pantalla, capaz todavía de entretener a un público, en una callejuela de Nam Dinh), esa prensa todavía servía.

La examiné más detalladamente; conservaba trazas de polvo blanco. Diolaction, pensé, algo en común con la leche. No quedaban rastros ni de tanques ni de molde. Volví a la oficina y al garaje. Sentí deseos de dar una palmada amistosa en el guardabarros al viejo automóvil; tal vez le tocara una larga espera todavía, pero también él, algún día... El señor Muoi y sus ayudantes se encontrarían probablemente, en ese momento, en alguna parte de los arrozales, rumbo a la montaña sagrada, donde el general Thé se había acuartelado. Cuando por fin alcé la voz y llamé:

—¡Señor Muoi! —no me costó nada imaginarme lejos de ese garaje y del bulevar y de los peluqueros, nuevamente en los arrozales donde me había refugiado al volver de Tanyin—. ¡Señor Muoi! —y me parecía ver a un hombre que volvía la cabeza entre los tallos de arroz.

Volví a casa a pie; cuando llegué al rellano de la escalera las viejas estallaron en su cotorreo de alambrado, que me era tan incomprensible como la cháchara de las aves. Fuong no estaba en casa; solamente una nota, diciéndome que se había ido a casa de la hermana. Me eché en la cama —todavía me fatigaba fácilmente— y me quedé dormido. Cuando me desperté vi que la esfera luminosa de mi despertador marcaba la una y veinticinco; volví la cabeza, esperando encontrar a Fuong dormido a mi lado. Pero la almohada seguía tersa como antes. Seguramente había cambiado la sábana ese mismo día, porque todavía se sentía el frío de la ropa limpia. Me levanté y abrí el cajón donde Fuong guardaba sus pañuelos de seda; no estaban. Me acerqué al estante: vi que el libro ilustrado sobre la vida de la familia real británica también había desaparecido. Se había llevado su dote consigo.

En el momento de la conmoción se sufre poco; el sufrimiento comenzó a eso de las tres de la madrugada, cuando empecé a planear la vida que de algún modo me quedaba por vivir y a evocar recuerdos para poder de algún modo eliminarlos. Los recuerdos felices son los peores; traté de rememorar los desdichados. Tenía práctica. Ya había vivido todo esto antes. Sabía que podía hacer lo que se requería, pero era mucho más viejo esta vez; sentí que me quedaban muy pocas energías para la reconstrucción.

3

Fui a la Legación norteamericana y pregunté por Pyle. Tuve que llenar un formulario en la entrada y entregárselo a un policía militar. Me dijo:
—No ha puesto el motivo de su visita.
—Él lo sabe —contesté.
—Ah, ¿entonces ha sido citado?
—Puede ponerlo así, si quiere.
—Le parecerá una tontería, supongo, pero debemos tener tanto cuidado. Viene cada tipo más raro por aquí.
—Así he oído decir.
Se pasó la goma de mascar al otro lado de la boca y tomó el ascensor. Esperé. No tenía ni idea de lo

que le diría a Pyle. Era una escena que no había representado nunca con anterioridad. El policía regresó. Dijo como con rencor:

—Puede subir. Oficina doce A. Primer piso.

Cuando entré en la habitación vi que Pyle no estaba. Detrás del escritorio me recibió Joe, el agregado económico. Me era imposible recordar su apellido. La hermana de Fuong me observaba desde un escritorio de mecanógrafa. ¿Era triunfo eso que leía en sus ojos oscuros?

—Entre, entre, Tom —exclamó Joe, ruidosamente—. Me alegro de verlo. ¿Cómo va su pierna? No todos los días tenemos la suerte de una visita suya. No viene nunca a visitarnos en nuestro rinconcito laborioso. Acérquese una silla. Dígame qué le parece la nueva ofensiva, ¿va bien? Anoche vi a Granger en el Continental. Se va al Norte otra vez. Ese muchacho sí que es una fiera para el trabajo. Donde hay una noticia, allí está Granger. Sírvase un cigarrillo. Sírvase usted mismo. ¿Conoce a la señorita Hei? No consigo nunca recordar todos esos nombres..., es un poco difícil para un tipo ya viejo como yo. Yo la llamo: «¡Eh, usted!», y a ella le gusta. Nada de tiesura coloniales. ¿Qué se murmura en el gremio, Tom? Ustedes sí que pegan la oreja al suelo. Sentí mucho saber lo de su pierna. Alden me dijo...

—¿Dónde está Pyle?

—Oh, Alden no está en la oficina esta mañana. Supongo que estará en su casa. Trabaja mucho en su casa.

—Yo sé lo que hace en su casa.

—Ese muchacho sí que es una fiera para el trabajo. ¿Cómo, qué quiso decir?

—De todos modos sé una de las cosas que hace en su casa.

—No entiendo bien, Tom. El tonto Joe..., ése soy

yo. Siempre fui así, lento de comprensión. Así seré siempre.

—Se acuesta con mi amiga..., la hermana de su mecanógrafa.

—No sé qué quiere decir.

—Pregúnteselo. Ella es la que arregló todo. Pyle se llevó a mi amiga a su casa.

—Oiga, Fowler, creí que venía a verme por cuestiones de trabajo. No podemos tolerar escenas pasionales en la oficina, ¿comprende?

—Vine a ver a Pyle, pero supongo que estará escondido.

—Me parece que usted es la persona menos autorizada para decir una cosa semejante, después de lo que ese muchacho hizo por usted.

—¡Oh, sí, sí, naturalmente! Me salvó la vida, ¿no es así? Pero nadie le pidió que lo hiciera.

—Con gran peligro de su propia vida. Ese muchacho sí tiene el corazón bien puesto.

—No me importa su corazón. Hay otras partes de su cuerpo que vienen más a cuento.

—Bueno, no puedo permitirle ese tipo de insinuaciones cuando hay una dama en la oficina.

—La dama y yo nos conocemos muy bien. Conmigo le fracasó el jueguito de sacarme dinero, pero supongo que le irá mejor con Pyle. Muy bien. Sé que mi comportamiento es incorrecto y que seguirá siéndolo. En estas situaciones las personas no se portan demasiado correctamente.

—Tenemos mucho trabajo hoy. Hay que presentar un informe sobre la producción de caucho...

—No se preocupe, ya me voy. Pero dígale solamente a Pyle, si llama por teléfono, que vine a verle. Tal vez le parezca elegante devolverme la vista —y volviéndome a la hermana de Fuong—: Espero que haya obtenido la transferencia de dinero que buscaba, con el testimonio del procurador público y el cónsul norteamericano y la Iglesia de la Ciencia Cristiana.

Salí al pasillo. Frente a mí vi una puerta que decía: «Caballeros.» Entré, me encerré con llave, y sentándome con la cabeza apoyada en la pared fría me eché a llorar. Hasta ese momento no había llorado. Incluso en las letrinas tenían aire acondicionado; poco a poco el aire tibio y templado me secó las lágrimas, como se seca el esputo en la boca y el semen en el cuerpo.

4

Dejé todos mis asuntos en manos de Domínguez y me fui al Norte. En Haifong yo tenía amigos en el Escuadrón de Gascuña, y con ellos me quedaba las horas en el bar del aeropuerto, o jugando a los bolos en la pista de gravilla, afuera. Oficialmente me encontraba en el frente; podía compararme, en cuanto a amor al trabajo, con Granger, aunque mi viaje le serviría de tan poco al diario como le había servido la excursión a Fat Diem. De todos modos, si uno ha sido enviado para escribir sobre la guerra, la decencia exige que de vez en cuando se compartan los riesgos de los que pelean.

No era muy fácil compartirlos ni siquiera por un rato, ya que de Hanoi habían ordenado que solamente se me permitiera tomar parte en vuelos horizontales; esos vuelos, en esta guerra, eran tan poco peligrosos como un viaje en ómnibus, ya que volábamos fuera del alcance de las baterías antiaéreas más pesadas; no corríamos ningún peligro, salvo la posibilidad de un error del piloto o una descompostura del motor. Salíamos a horario y volvíamos a horario; las cargas de bombas bajaban diagonalmente, y la espiral de humo se alzaba del cruce de carreteras o del puente, y luego regresábamos a tiempo para el aperitivo y el partido con las bochas de hierro sobre la gravilla.

Una mañana estábamos en la cantina de la ciudad, bebiendo coñac y soda con un joven oficial que sentía un extraordinario deseo de visitar la playa de Southend cuando llegó la orden de vuelo.

—¿Le gustaría venir conmigo?

Le dije que sí. Hasta esos vuelos horizontales eran una forma de matar el tiempo, de matar el pensamiento. Cuando nos dirigíamos al aeropuerto, me dijo:

—Es un vuelo vertical.

—Creía que estaba prohibido.

—Mientras no escriba nada de lo que ha visto. Le mostraré una parte de la región, cerca de la frontera china, por donde usted seguramente no habrá estado nunca. Cerca de Lai Chau.

—Tenía entendido que por allí todo estaba tranquilo y en manos de los franceses.

—Estaba. Hace dos días capturaron la zona. Nuestros paracaidistas están apenas a unas horas de distancia. Queremos obligar a los comunistas a quedarse metidos en sus agujeros hasta que recapturemos la avanzada. Eso quiere decir vuelo en picado y ametralladora. No tenemos más que dos aviones disponibles; uno y está allá. ¿Nunca estuvo en un bombardeo en picado?

—No.

—Es un poco incómodo, cuando no se está habituado.

El Escuadrón de Gascuña poseía solamente dos bombarderos pequeños B 26; los franceses los llamaban prostitutas, porque con sus alitas cortas no parecían tener medios visibles de sustentación. Me insertaron sobre un asientito de metal no más grande que un asiento de bicicleta, con las rodillas contra la espalda del piloto. Seguimos el río Rojo, aguas arriba, ascendiendo lentamente; a esa hora el río Rojo era realmente rojo. Como si uno retrocediera en el tiempo y lo viera con los ojos del viejo geógrafo que le puso nombre por primera vez, justamente a esa hora en la que el sol bajo lo cubría de orilla a orilla; luego, a tres mil metros, nos volvimos hacia el río Negro, realmente negro, lleno de sombras, porque la luz inclinada no llegaba hasta él, y el enorme paisaje majestuoso de gargantas y peñascos y selvas giró sobre sí mismo y se irguió debajo de nosotros. Se podía largar un escuadrón entero sobre esos campos grises y verdes, sin dejar más trazas que las que dejarían unas monedas en un campo sembrado. Lejos, delante de nosotros, volaba un avión, como un mosquito. Íbamos a reemplazarlo.

Giramos dos veces sobre la torre y la aldea rodeada de follaje, luego subimos en tirabuzón por el aire deslumbrante. El piloto, que se llamaba Trouin, se volvió hacia mí y me guiñó un ojo; sobre el comando se veían los botones que controlaban la ametralladora y la cámara de bombas; cuando nos colocamos en la posición adecuada para el primer picado, sentí que se me aflojaba algo en el vientre, la sensación que acompaña toda experiencia nueva: el primer baile, el primer banquete, el primer amor. Me sentí como en el gran trenecito japonés de la exposición de Wembley, cuando llegaba a la parte más alta del ascenso: no había manera de escapar, uno estaba como atrapado por su experimento. Tuve apenas tiempo de leer en la esfera la altura, 3.000 metros, y nos lanzamos hacia abajo. Ahora todo era sensación, nada era visión. Me encontré apretado contra la parte trasera de la cabina, como si un peso enorme me oprimiera el pecho. No advertí en qué momento se soltaron las bombas; luego oí el repiqueteo de la ametralladora y la cabina se llenó de olor a cordita; el peso se separó de mi pecho, porque ya subíamos, y era el estómago el que se me iba, cayendo en espiral como un suicida hacia el suelo que acabábamos de abandonar. Durante cuarenta segundos Pyle no había existido; ni siquiera la soledad había existido. Mientras subíamos, en un gran arco, pude ver el humo que me hacía señas en la ventanilla lateral. Antes de iniciar el segundo picado, sentí miedo; miedo de la humillación, miedo de vomitar sobre la espalda del piloto, miedo de que mis pulmones envejecidos no soportaran la presión. Pero después de la décima bajada, sólo tenía conciencia de mi irritación; el proceso se había prolongado demasiado, ya era hora de volver a casa. Y nuevamente subimos casi verticalmente, fuera del alcance de la batería antiaérea, y nuevamente nos hacía señas el humo. La aldea estaba rodeada de montañas en todas direcciones. Cada vez teníamos que bajar por el mismo lugar, utilizar la misma quebrada. No había formada de variar el ataque. Cuando bajamos por decimocuarta vez, ahora que me había librado del miedo a la humillación, pensé: «No tienen más que colocar una batería antiaérea. Los cuarenta minutos de la operación me habían parecido interminables, pero mientras tanto me había librado de la incomodidad de mis pensamientos. El sol se ponía cuando volvíamos a casa; el momento del geógrafo ya había pasado, el río Negro ya no era negro, y el río Rojo era solamente dorado.

Volvimos a bajar, alejándonos de la foresta retorcida y rajada, hacia el río, horizontalizándonos sobre los arrozales abandonados, lanzados como un proyectil hacia un pequeño sampán que pasaba por el río amarillo. El cañón lanzó un solo tiro, y el sampán se deshizo en una lluvia de chispas; ni siquiera esperamos para ver cómo se debatían nuestras víctimas en su esfuerzo por sobrevivir; subimos y nos dirigimos al aeropuerto. Pensé nuevamente, como había pensado al ver a la criatura muerta en Fat Diem: «Aborrezco la guerra.» Había habido algo tan escandaloso en esa elección repentina y fortuita de una víctima; pasábamos por casualidad, sólo se requirió un tiro, no había nadie para responder a nuestro ataque, y nos alejamos inmediatamente, agregando nuestra pequeña cuota a los muertos del mundo.

Me puse los auriculares porque el capitán Trouin quería hablarme. Dijo:

—Haremos un pequeño rodeo. La puesta del sol sobre las sierras calcáreas es espléndida. Tiene que verla.

Esto último, amablemente, como un dueño de casa que muestra la belleza de su propiedad; durante más de ciento cincuenta kilómetros perseguimos el ocaso a lo largo de la bahía de Along. La cara encasquestada de marciano miraba melancólicamente las arboledas doradas entre las grandes masas y arcos de piedra, porosa, y la herida del asesinado dejó de sangrar.

5

El capitán Trouin insistió esa noche en invitarme al fumadero de opio, aunque él personalmente no fumaba. Le gustaba el olor, así dijo; le gustaba esa sensación de quietud al final del día, pero su profesión no le permitía ir más allá en ese tipo de placeres. Había algunos oficiales que fumaban, pero eran del Ejército; él en cambio tenía que dormir normalmente. Nos acomodamos en un pequeño cubículo que formaba parte de una hilera de cubículos iguales, como el dormitorio de un colegio, y el propietario, un chino, me preparó la pipa. No había vuelto a fumar desde la partida de Fuong. Del otro lado, una *métisse* de hermosas piernas largas reposaba cómodamente encogida; ya había fumado su pipa, y leía una revista femenina de grueso papel lustroso; en el cubículo contiguo al suyo, dos chinos de edad madura hablaban de negocios, bebiendo sorbitos de té; también ellos habían terminado con la pipa.

—Ese sampán —pregunté—, el de esta tarde, ¿podía hacer algún mal?

—¿Quién sabe? —contestó Trouin—. Tenemos orden de disparar contra todo lo que veamos en esa zona del río.

Fumé la primera pipa. Trataba de no pensar en todas las que había fumado en casa. Trouin dijo:

—La cuestión de hoy..., eso no es lo peor para una persona como yo. En esa aldea podían habernos derribado. Corríamos tanto peligro como ellos. Lo que realmente detesto es el bombardeo con napalm. Desde mil metros de altura, sin peligro —e hizo un ademán de desesperanza. Continuó—: Uno ve incendiarse todo el bosque. Dios sabe lo que se verá desde abajo. Los pobres diablos se queman vivos, las llamas caen sobre ellos como agua. Se empapan de fuego —agregó con ira contra todo un mundo que no podía comprender—: No lucho en una guerra colonial. ¿Se cree que haría esas cosas por los colonos de Terre Rouge? Preferiría más bien pasar por la corte marcial. Tenemos que luchar en todas las guerras de ustedes, pero la culpa nos la dejan a nosotros.

—Ese sampán —dije.

—Sí, también el sampán.

Me observó mientras yo me estiraba para recoger la segunda pipa. Agregó:

—Le envidio sus medios de escape.

—No sabe de qué trato de escapar. No es de la guerra. Eso no me interesa. No estoy implicado.

—Ya lo estará. Algún día.
—No creo.
—Todavía renquea.
—Tenían todo el derecho de disparar contra mí, pero no fue ésa su intención. Trataban de demoler una torre. Uno siempre debería eludir las cuadrillas de demolición. Hasta en pleno Piccadilly.
—Algún día ocurrirá algo que le obligará a decidirse por un bando.
—No; me vuelto a Inglaterra.
—Esa fotografía que me mostró una vez...
—Oh, ésa la rompí. Me dejó.
—Lo lamento.
—Así son las cosas. Uno abandona a veces a las personas, y otras veces cambia el viento, y le abandonan a uno. Da ganas de creer en la justicia.
—Yo creo. La primera vez que lancé napalm desde un avión, pensé: éste es el pueblito donde nací. Allí vive el señor Dubois, el viejo amigo de mi padre. El panadero (yo sentía mucha simpatía por el panadero cuando era chico) se escapa corriendo, envuelto en las llamas que yo mismo he lanzado. Los hombres de Vichy no bombardeaban su propio país. Me sentí peor que ellos.
—Pero, no obstante, sigue peleando.
—Son estados de ánimo. Solamente me asaltan cuando lanzamos napalm. El resto del tiempo pienso que estamos defendiendo a Europa. Y le diré que los otros, también ellos hacen cosas monstruosas. Cuando los echaron de Hanoi en mil novecientos cuarenta y seis, dejaron horribles recuerdos entre su propia gente, entre los que, según ellos, nos habían ayudado. Había una muchacha en la morgue...; no solamente le habían cortado los senos; además habían mutilado a su novio y le habían introducido el...
—Por eso no quiero complicarme.
—No es una cuestión de razón o de justicia. Todos

nos vemos implicados en un momento de emoción y después no podemos evadirnos. La guerra y el amor..., siempre los han comparado.

Miró tristemente hacia el otro lado del dormitorio, donde reposaba la *métisse* recostada en su gran paz transitoria. Dijo:

—No quisiera que fuera de otro modo. Ahí tiene a una muchacha implicada en la lucha por sus padres. ¿Cuál será su porvenir cuando este puerto caiga? Francia es un país solamente a medias...

—¿Caerá?

—Usted es periodista. Sabe mejor que nosotros que no podemos ganar. Sabe que todas las noches cortan el camino a Hanoi y colocan minas. Sabe que cada año perdemos una promoción entera de Saint Cyr. En el cincuenta casi nos derrotaron. De Lattre nos ha dado dos años de gracia, nada más. Pero somos profesionales; tenemos que seguir luchando hasta que los políticos nos digan de cesar. Probablemente se reunirán y acordarán el mismo armisticio que hubiéramos podido obtener en el primer momento, convirtiendo en una insensatez todos estos años de lucha.

Su cara fea, que me había guiñado un ojo antes de bajar en picado, mostraba una especie de brutalidad profesional, como esas máscaras por donde los ojos de los niños nos miran a través de dos agujeros en el papel.

—Usted no puede comprender qué absurdo sería para nosotros. Usted no es uno de nosotros.

—Hay otras cosas en la vida que hacen un absurdo de los años.

Me puso la mano sobre la rodilla, con un extraño ademán de protección, como si yo hubiera sido más joven que él.

—Llévesela al hotel —dijo—. Es mejor que una pipa.

—¿Cómo sabe que vendría?
—Yo me he acostado con ella alguna vez, y el teniente Perrin también. Quinientas piastras.
—Muy caro.
—Supongo que iría por trescientas, pero considerando las circunstancias, uno no se toma el trabajo de regatear.

Su consejo no resultó bueno. El cuerpo de un hombre sólo puede realizar una cantidad limitada de actos, y el mío estaba congelado por el recuerdo. Lo que mis manos tocaban esa noche podía ser más hermoso que lo que tenían costumbre de tocar, pero no sólo la belleza nos aprisiona. Usaba el mismo perfume, y de pronto, en el momento crítico, el fantasma de lo que había perdido resultó ser más poderoso que el cuerpo tendido a mi disposición. Me separé de ella, me acosté de espaldas, y mi cuerpo se vació de todo deseo.

—Lo siento —dije, mintiendo—, no sé qué me pasa hoy.

Con gran dulzura e incomprensión, contestó:
—No te preocupes. A menudo ocurre. Es el opio.
—Sí —le dije—, es el opio.

Y ojalá hubiera sido cierto.

Capítulo II

1

Era extraño volver por primera vez a Saigón sin que nadie me esperara. En el aeródromo sentí no poder dar al taxímetro otra dirección que la de la rue Catinat. Pensé: «¿Habrá disminuido un poco el dolor desde mi partida?» Y traté de convencerme de que así era. Cuando llegué a lo alto de la escalera vi que la puerta estaba abierta, y una esperanza insensata me quitó el aliento. Me acerqué muy lentamente. Hasta llegar a la puerta, la esperanza subsistía. Oí el crujido de una silla, y de pronto vi un par de zapatos, pero no eran zapatos de mujer. Entré rápidamente; Pyle se levantó con torpeza de la silla que solía usar Fuong.

—Hola, Thomas —dijo.
—Hola, Pyle. ¿Cómo entraste?
—Me encontré con Domínguez. Vino a traerte la correspondencia. Le pedí que me permitiera esperarte.
—¿Fuong se olvidó alguna cosa?
—¡Oh, no!, pero Joe me dijo que habías estado en la Legación. Pensé que sería más fácil conversar aquí.
—¿Sobre qué?

Hizo un ademán vago, como un niño obligado a hablar en un acto escolar, que no da con las palabras adultas necesarias.

—¿Estuviste fuera de Saigón?
—Sí. ¿Y tú?
—Oh, estuve viajando un poco.
—¿Todavía jugando con plásticos?
Sonrió forzadamente, sin alegría. Dijo:
—Allí están tus cartas.

Con una sola mirada vi que no había nada que pudiera interesarme ya; una carta de la oficina de Londres, varias que parecían cuentas, y una del banco. Dije:

—¿Cómo está Fuong?

Su cara se iluminó automáticamente, como uno de esos juguetes eléctricos que responden a un sonido determinado.

—¡Oh, espléndida! —dijo.

E inmediatamente apretó los labios, como si se hubiera excedido en la explicación.

—Siéntate, Pyle —le dije—. Perdóname un momento mientras miro esta carta. Es de mi oficina.

La abrí. Con qué falta de oportunidad puede ocurrir a veces lo inesperado. El gerente escribía que habiendo considerado mi última carta y en vista de la situación confusa en Indochina a consecuencia de la muerte del general De Lattre y de la retirada de Hoa Binh, estaba de acuerdo con mi sugestión. Había designado a un editorialista de asuntos extranjeros provisional, y le agradaría que yo me quedara en Indochina por lo menos un año más. «Le cuidaremos el puesto hasta su regreso», decía para tranquilizarme, con la más absoluta incomprensión. Creía que el puesto me importaba, que el periódico me importaba.

Me senté delante de Pyle y volví a leer la carta que había llegado demasiado tarde. Durante un momento había sentido una gran alegría, como en el momento de despertar, cuando uno todavía no recuerda.

—¿Malas noticias? —preguntó Pyle.
—No.
Pensé que de todos modos no habría sido una gran diferencia; una postergación de un año no podía hacer frente a una oferta de matrimonio.
—¿Ya se han casado? —pregunté.
—No.
Se ruborizó; solía ruborizarse con gran facilidad. Dijo:
—En realidad espero que me den una licencia especial. Así podríamos casarnos en casa más decentemente.
—¿Es más decente cuando sucede en casa?
—Bueno, yo pensé..., es tan difícil decirte esas cosas, Thomas; eres tan cruelmente cínico; pero lo hago por respeto. Mi padre y mi madre estarían presentes..., sería como hacerla entrar en la familia. Es importante a causa del pasado.
—¿El pasado?
—Sabes a qué me refiero. No quisiera dejarla allá sola con el más mínimo estigma...
—¿La dejarías allá?
—Supongo que sí. Mi madre es una mujer maravillosa..., la llevaría a todas partes, la presentaría, ¿comprendes?, en cierto modo la acomodaría al ambiente. La ayudaría a prepararme un hogar para mi regreso.
Yo no sabía si sentir piedad por Fuong o no; había deseado tanto ver los rascacielos y la estatua de la Libertad, pero tenía tan poca idea de todo lo que eso implicaba: el profesor Pyle y su esposa, los clubs femeninos y sus almuerzos; ¿le enseñarían a jugar a la canasta? La vi tal como era aquella primera noche del Grand Monde, con su vestido blanco; la vi moverse tan exquisitamente sobre sus pies de apenas dieciocho años; luego, la recordé tal como la había visto hacía un mes, regateando por el precio

de la carne en las carnicerías del bulevar de la Somme. ¿Le gustarían esas pequeñas verdulerías resplandecientes y limpias de Nueva Inglaterra, donde hasta los apios venían envueltos en celofán? Quizá le gustaran. Yo no podía saberlo. Curiosamente dije de pronto, casi sin pensarlo, lo que Pyle podía haberme dicho un mes antes:

—Ten cuidado con ella, Pyle. No precipites los acontecimientos. No la fuerces. Puede sufrir tanto como yo o como tú.

—Por supuesto, por supuesto, Thomas.

—Parece tan pequeña y tan frágil y tan distinta de nuestras mujeres, pero no pienses que es un..., un ornamento.

—Es raro, Thomas; qué diferentes son las cosas cuando ocurren. Temía tanto esta conversación. Pensé que te encontraría enfadado.

—Allá en el Norte tuve tiempo de reflexionar. Había una mujer..., quizá vi lo que tú viste en aquel prostíbulo. Es mucho mejor que se haya ido contigo. Algún día podía dejarla en manos de alguien como Granger. Como un programa.

—¿Y seguiremos siendo amigos, Thomas?

—Sí, por supuesto. Solamente que preferiría no ver a Fuong. Ya ha quedado bastante de su presencia en esta casa. Debo buscarme otro apartamento cuando tenga tiempo.

Desenredó las piernas y se levantó.

—Me alegro tanto, Thomas. No puedo decirte qué contento estoy. Ya lo dije una vez, lo sé, pero insisto en que me habría gustado tanto que el otro no hubiera sido justamente tú.

—Yo me alegro de que el otro hayas sido tú.

El encuentro no era como yo lo había previsto; seguramente, por debajo de los propósitos de ira, en algún nivel más profundo se habrá ido formando el verdadero plan de acción. Todo el tiempo, aunque su inocencia me enfurecía algún juez oculto dentro de mí sacaba las cuentas a su favor, comparaba su idealismo, sus ideas mal digeridas basadas en las obras de York Harding, con mi cinismo. ¡Oh!, yo tenía razón en lo que se refería a los hechos, pero ¿no tenía también razón él en ser joven y en equivocarse, y acaso para una muchacha no sería mejor pasarse la vida con él y no conmigo?

Nos dimos la mano ceremoniosamente, pero un temor a medias formulado en mi espíritu me incitó a seguirlo hasta la escalera y llamarlo. Quizá exista también un profeta, además de un juez, en esos tribunales interiores donde se forman nuestras decisiones.

—Pyle, no confíes demasiado en York Harding.

—¡York! —exclamó, mirándome con asombro desde el primer descanso.

—Somos viejas naciones imperialistas, Pyle, pero hemos aprendido un poco de realismo; hemos aprendido a no jugar con fuego. Esta Tercera Fuerza... figura en los libros, nada más. El general Thé es, sencillamente, un bandido con unos cuantos miles de hombres; no es una democracia nacional.

Me miró como se mira a través de la boca de un buzón, para ver quién está dentro, y luego, dejando caer la tapita, se excluye al intruso indeseado. Sus ojos desaparecieron de mi campo visual.

—No sé qué quieres decir, Thomas.

—Esas bombas de las bicicletas. Una buena broma, aunque un individuo perdió un pie. Pero, Pyle, no puedes confiar en personas como Thé. No son ellos los que salvarán Asia del comunismo. Los conocemos perfectamente.

—¿Quiénes los conocen?

—Nosotros, los viejos imperialistas.

—Yo creía que no estabas de parte de nadie.

—No estoy, Pyle, pero si es necesario que alguien

haga un desastre en tu organización, déjaselo a Joe. Tú vete a tu país con Fuong. Olvídate de la Tercera Fuerza.

—Por supuesto que siempre tengo muy en cuenta tus consejos, Thomas —dijo ceremoniosamente—. Bueno, espero verte pronto.

—Me imagino que sí.

2

Las semanas pasaban, pero no sé por qué no me había mudado todavía a otro apartamento. No porque no tuviera tiempo. La crisis anual de la guerra ya había pasado; el *crachin* caliente y húmedo se había instalado en la región del Norte; los franceses habían abandonado Hoa Binh, la campaña por la cosecha del arroz ya había terminado en el Tonkín, y en Laos la campaña por el opio. Domínguez podía ocuparse ampliamente de todo lo que fuera necesario en el Sur. Por fin un día me arrastré hasta un edificio de esos que se hacían llamar modernos (¿Exposición de París, 1934?) en el otro extremo de la rue Catinat, pasando el Hotel Continental, para visitar un apartamento. Un cultivador de caucho que se volvía a Francia solía utilizarlo en sus visitas a Saigón. Quería venderlo así como estaba, hasta el último alfiler. Había gran cantidad de grabados del Salón de París, entre 1800 y 1900. Su máximo común denominador era una mujer de enorme pecho, con un peinado extraordinario y drapeados de gasa que de algún modo siempre revelaban las grandes nalgas hendidas y ocultaban el campo de batalla. En el baño, el cultivador se había mostrado un poco más atrevido, con sus reproducciones de Rops.

—¿Se interesa por la pintura? —le pregunté.

Me devolvió una sonrisa de conspirador. Era gordo, con un bigotito negro y pelo escaso.

—Mis mejores cuadros están en París —dijo.

En la sala había un notable cenicero, muy alto, en forma de mujer con un recipiente en la cabeza; había estatuitas de porcelana que representaban muchachas abrazadas a un tigre, y una muy rara de una muchacha desnuda hasta la cintura en bicicleta. En el dormitorio, frente a su enorme cama, había un gran cuadro al óleo, muy barnizado, con dos muchachas en una cama. Le pregunté el precio del apartamento sin la colección, pero insistió en vender todo junto.

—¿Usted no es coleccionista? —preguntó.

—Bueno, no.

—También tengo algunos libros —dijo—, y si quiere los incluyo con el apartamento, aunque mi intención era llevármelos de vuelta a Francia.

Abrió una biblioteca de vidriera, cerrada con llave, y me mostró su colección de libros; ediciones ilustradas, carísimas, de *Aphrodite* y de *Nana*; *La Garçonne*, y hasta varios libros de Paul de Kocks. Sentí deseos de preguntarle si no se vendía también él con la colección; hacía juego con todo eso; era muy característico de una época. Dijo:

—Cuando uno vive solo en el trópico, una colección es una gran compañía.

Pensé en Fuong, justamente a causa de su absoluta ausencia. Así es siempre: cuando uno se escapa del desierto, el silencio le grita en los oídos.

—No creo que mi periódico me permita comprar una colección de obras de arte.

Contestó:

—Por supuesto no la haríamos figurar en el recibo.

Me alegró que Pyle no lo hubiera visto; el individuo le habría parecido quizá una personificación de su «viejo imperialista» imaginario, que ya era bastante repulsivo sin necesidad de agregarle esto. Cuando salí eran casi las once y media, y me fui hasta el Pavillon para tomar un vaso de cerveza helada. El Pavillon era el café preferido por las europeas y norteamericanas; confiaba en no encontrar allí a Fuong. En realidad sabía exactamente dónde estaba Fuong a esa hora: no era mujer capaz de cambiar de costumbres. Por eso mismo, al salir del apartamento del cauchero había cruzado la calle para no pasar por delante de la cafetería donde ella iba siempre, a esa misma hora, a tomar su chocolate malteado. En la mesa contigua a la mía había dos jóvenes norteamericanas, pulcras y limpias a pesar del calor, paladeando helados. Ambas tenían un bolso colgado del hombro izquierdo, y los bolsos eran idénticos, con un adorno de bronce que figuraba un águila. También las piernas de las muchachas eran idénticas, largas y esbeltas, y sus narices, levísimamente respingadas, muy semejantes; comían el helado con concentración, como quien realiza un experimento en el laboratorio del colegio. Me pregunté si serían colegas de Pyle; eran encantadoras, y sentí deseos de mandarlas también a ellas de vuelta a su país. Terminaron de comer los helados, y una de ellas miró su reloj de pulsera.

—Será mejor que nos vayamos —dijo—, para mayor seguridad.

Me habría gustado saber a qué tipo de cita debían acudir.

—Warren dijo que no debemos quedarnos ni un minuto después de las once y veinticinco.

—Ya son las once y veinticinco pasadas.

—Sería tan interesante quedarnos. No sé realmente de qué se trata; ¿y tú?

—No muy exactamente; pero Warren dijo que era mejor que no nos quedáramos.

—¿Crees que será una manifestación?

—He visto tantas manifestaciones —dijo la otra cansadamente, como un turista harto de iglesias.

Se levantó y dejó sobre la mesa el precio de los helados. Antes de salir observó el interior del café, y los espejos recogieron su perfil en todos sus ángulos pecosos. No quedábamos más que yo y una francesa de aspecto pobre y edad madura, que en esos momentos se repasaba cuidadosa e inútilmente el maquillaje de la cara. Las dos muchachas no necesitaban casi ningún maquillaje, apenas un trazo rápido de lápiz en los labios, un toque del peine en el pelo. Durante un instante la mirada de la norteamericana se detuvo sobre mí; no era la mirada de una mujer, sino la de un hombre, muy directa, como reflexionando sobre si le convenía o no hacer una cosa. Luego, se volvió rápidamente y dijo a su acompañante:

—Mejor que nos vayamos.

Ociosamente, las observé salir, una al lado de la otra, por la calle cubierta de monedas de sol. Era imposible imaginárselas presas de una pasión desordenada a ninguna de las dos; no hacían juego con las sábanas arrugadas y el sudor del sexo. ¿Se acostarían con la loción desodorante? Por un instante les envidié su mundo esterilizado, tan distinto del mundo que yo habitaba..., un mundo que de pronto, inexplicablemente, se hizo mil pedazos. Dos de los espejos de la pared se precipitaron sobre mí y se derrumbaron a mitad del camino. La francesa mal vestida estaba de rodillas en un caos de sillas y mesas. Su polvera yacía abierta e inmaculada en su regazo, y por extraño que parezca, yo estaba sentado exactamente donde había estado sentado minutos antes, aunque mi mesa se había agregado al derrumbe que rodeaba a la francesa. Un extraño sonido de jardín llenaba el café: el gotear uniforme de una fuente; mirando hacia el bar, vi las hileras de botellas destrozadas, que dejaban correr su contenido en un río multicolor: el rojo del oporto, el anaranjado del *cointreau*, el verde del *chartreuse*, el amarillo nebuloso del *pastis*, atravesando el piso del café. La francesa se sentó y buscó tranquilamente con la mirada su polvera. Se la entregué, y me dio las gracias ceremoniosamente, sentada en el suelo. Comprendí que no la oía bien. La explosión había sido tan cercana, que los tímpanos de mis oídos todavía sufrían sus efectos.

Pensé, con cierta petulancia: «Otra bomba con materiales plásticos. ¿Qué querrá Heng que escriba ahora?» Pero cuando salí a la plaza Garnier comprendí, al ver las pesadas nubes de humo, que no era una broma. El humo provenía de los automóviles incendiados en el estacionamiento frente al teatro nacional; por toda la plaza se veían esparcidos trozos de automóviles, y un hombre sin piernas se estremecía convulsivamente al borde de los jardines ornamentales. Del bulevar Bonnard y de la rue Catinat llegaba una multitud de gente. La sirena de los coches policiales, las campanillas de las ambulancias y de los bomberos resonaban lejanamente en mis tímpanos impresionados. Durante un instante había olvidado que Fuong debía de estar en la cafetería del otro lado de la plaza. El humo nos separaba. No podía ver del otro lado.

Me disponía a cruzar la plaza cuando un policía me detuvo. Habían formado un cordón alrededor de la acera para impedir que la multitud aumentara, y ya empezaban a aparecer las camillas. Imploré al policía:

—Déjeme cruzar. Tengo una amiga...

—Atrás —dijo—. Todo el mundo tiene amigos aquí.

Se apartó para dejar pasar a un cura, y yo traté de seguirlo, pero el policía me empujó hacia atrás. Le dije:

—Soy periodista.

Busqué en vano la billetera donde guardaba mi carnet, pero no pude encontrarla. ¿Habría salido de casa sin ella? Dije:

—Por lo menos dígame qué pasó en la cafetería.

El humo empezaba a disiparse, y yo trataba de ver, pero la multitud intermedia era demasiado grande. El hombre dijo algo que no pude oír.

—¿Qué dijo?

Repitió:

—No sé. Atrás. Deje pasar las camillas.

¿Habría perdido la billetera en el Pavillon? Me volví para buscarla, y allí estaba Pyle. Exclamó:

—¡Thomas!

—Pyle —le dije—, por el amor de Dios, ¿trajiste tu pase diplomático? Tenemos que pasar al otro lado. Fuong está en la cafetería.

—No, no —dijo él.

—Está, Pyle. Siempre va a esta hora. A las once y media. Tenemos que encontrarla.

—No está, Thomas.

—¿Cómo lo sabes? ¿Tienes el pase?

—Le avisé que no fuera.

Me volví hacia el policía, con la intención de apartarlo a la fuerza y lanzarme de una corrida al otro lado de la plaza; tal vez me disparara un tiro, pero no me importaba...; de pronto la palabra «avisar» penetró hasta mi conciencia. Aferré a Pyle por el brazo.

—¿Le avisaste? —dije—. ¿Qué quieres decir con eso de avisarle?

—Le dije que no viniera por aquí esta mañana.

Poco a poco el rompecabezas se ordenaba en mi mente.

—¿Y Warren? —dije—. ¿Quién es Warren? También él avisó a las muchachas.

—No comprendo.

—Seguramente no habrá ningún herido norteamericano, ¿no es cierto?

Una ambulancia se abrió paso por la rue Catinat hasta la plaza, y el policía que me había retenido se apartó para dejarla pasar. El otro policía, a su lado, estaba discutiendo con alguien. Lancé a Pyle de un empujón hacia la plaza y lo seguí, antes de que pudieran detenernos.

Nos encontramos en medio de una congregación de lamentos. La policía podía impedir que los demás entraran en la plaza, pero era impotente para despejar a los sobrevivientes y a los que habían acudido en el primer momento. Los médicos estaban demasiado ocupados para poder ocuparse de los muertos, de modo que los muertos eran dejados a sus propietarios, porque uno puede poseer un muerto, como se posee una silla. Una mujer estaba sentada en el suelo con lo que quedaba de su hijito en el regazo; por una especie de pudor, lo había cubierto con su sombrero de paja campesino. Estaba inmóvil y callada, y lo que más me llamó la atención en esa plaza fue el silencio. Era como una iglesia donde yo había entrado una vez durante la misa; los únicos ruidos provenían de los que atendían los diferentes servicios, salvo donde algún europeo, aquí y allá, lloraba y suplicaba y volvía a callarse, como avergonzado por la modestia, la paciencia y el pudor de Oriente. El torso sin piernas al borde del jardín seguía estremeciéndose, como un pollo sin cabeza. Por la camisa del hombre deduje que podía ser el conductor de un triciclo de alquiler.

—Es horrible —dijo Pyle. Se miró los zapatos mojados y dijo con voz descompuesta—: ¿Qué es eso?

—Sangre —dije yo—. ¿Es la primera vez que ves sangre?

—Tengo que hacerme limpiar los zapatos antes de ir a ver al ministro —dijo.

No creo que supiera lo que decía. Por primera vez veía una guerra real; el viaje en balsa a Fat Diem había sido una especie de sueño de colegial, y de todos modos para él los soldados no contaban.

—Ya ves lo que se puede hacer con un tambor de Diolaction —le dije—, cuando se le pone en manos indebidas.

Colocándole una mano sobre el hombro, le obligué a mirar en torno. Le dije:

—A estas horas es cuando la plaza está llena de mujeres y de niños; es la hora de las compras. ¿Por qué elegir justamente esta hora?

Repuso débilmente.

—Habían anunciado un desfile.

—Y esperabas aniquilar unos cuantos coroneles. Pero el desfile fue suspendido ayer, Pyle.

—Yo no sabía.

—¡No sabías!

Lo empujé dentro de un charco de sangre dejado por una camilla que se había detenido un momento.

—Deberías informarte mejor —le dije.

—Yo estaba fuera, no estaba en Saigón —murmuró, mirándose los zapatos—. No sé cómo no lo suspendieron.

—¿Para perderse la diversión? —le pregunté—. ¿Crees que el general Thé es capaz de perderse una cosa así? Esto es mucho mejor que un desfile. En una guerra, las mujeres y los niños interesan a los periódicos, y los soldados no. Esto llamará la atención de la prensa mundial. Has conseguido realmente colocar al general Thé en primer plano, Pyle. Has conseguido tu Tercera Fuerza y tu democracia nacional; ahí la tienes, sobre tu zapato derecho. Vete a casa a buscar a Fuong y cuéntale tus heroicas hazañas..., dile que ahora tiene unas cuantas docenas menos de compatriotas, que ésos ya no darán trabajo.

Pasó rápidamente a nuestro lado un curita bajo y gordo, llevando algo en un plato debajo de una servilleta. Pyle se había quedado callado, y yo ya no tenía más que decirle. Realmente, le había dicho demasiado. Parecía pálido y abatido y al borde del desmayo; pensé: «¿Para qué? Siempre será inocente; no se puede echar la culpa a los inocentes; no tienen nunca la culpa. Lo único que se puede hacer es dominarlos o eliminarlos. La inocencia es una especie de locura.»

—Thé no habría hecho nunca una cosa así —dijo—. Estoy seguro de que no se atrevería. Alguien lo engañó. Los comunistas...

Poseía una armadura impenetrable: sus buenas intenciones y su ignorancia. Lo dejé en medio de la plaza y me alejé por la rue Catinat, hacia la horrible catedral rosada que se atravesaba en el camino. Ya empezaba a entrar en ella una multitud de gente; para ellos debía de ser un consuelo poder rezar a los muertos por los muertos.

A diferencia de ellos, yo tenía motivos de estar agradecido, ya que Fuong estaba viva. ¿Acaso no le habían «avisado» a tiempo? Pero solamente recordaba el torso mutilado en el cantero, la criatura en el regazo de su madre. A ellos no les habían avisado; no eran bastante importantes. Y si el desfile se hubiera efectivamente realizado, ¿no habrían acaso estado presentes, de todos modos, por curiosidad, para ver a los soldados, y oír a los oradores, y arrojar flores? Una bomba de cien kilos no hace distingos. ¿Cuántos coroneles muertos justifican la muerte de un niño o de un conductor de triciclo, cuando uno quiere construir un frente democrático nacional? Detuve un triciclo de motor y le dije al conductor que me llevara al Quai Mytho.

Cuarta parte

Capítulo primero

Le di algún dinero a Fuong para que invitara a su hermana al cine, así me aseguraba su ausencia. Por mi parte, salí a comer con Domínguez, y cuando llegó Vigot, exactamente a las diez, estaba de regreso en casa, esperándolo. Le ofrecí algo de beber, pero se excusó alegando que estaba demasiado cansado, y que si bebía una copa se quedaría dormido. Había sido un día de mucho trabajo.

—¿Asesinato y muerte repentina?
—No. Raterías. Y unos cuantos suicidios. A esta gente le encanta jugar, y cuando han perdido todo, se suicidan. Creo que no habría elegido nunca esta profesión si hubiera sabido la cantidad de tiempo que tendría que pasarme en la morgue. No me gusta el olor a amoníaco. Quizá, después de todo, le acepte una cerveza.
—No tengo refrigeradora, por desgracia.
—La morgue, en cambio, tiene una. Entonces, ¿un poco de whisky inglés?

Recordé esa noche en que habíamos bajado juntos a la morgue, cuando extrajeron el cadáver de Pyle como una bandeja de cubitos de hielo.

—¿Así que no se vuelve a Inglaterra? —preguntó.
—¿Ha estado haciendo averiguaciones?
—Sí.

Le tendí el vaso de whisky para que viera qué tranquilos tenía los nervios.

—Vigot, quisiera que usted me dijera por qué le parece que estoy implicado en la muerte de Pyle. ¿Es porque tenía un motivo concreto? ¿Porque deseaba que Fuong volviera conmigo? ¿O cree que fue una venganza porque me la había quitado?

—No. No soy tan estúpido. Uno no se lleva de recuerdo los libros de su enemigo. Allí lo tiene, en el estante. *El papel de Occidente.* ¿Quién es ese York Harding?

—Es el hombre que usted anda buscando, Vigot. Es el que mató a Pyle..., a larga distancia.

—No comprendo.

—Es una especie de periodista de categoría..., los llaman corresponsales diplomáticos. Se le ocurre una idea, y luego se dedica a modificar toda situación que se presente para que vaya de acuerdo con su idea. Pyle vino a Asia convencido de las ideas de York Harding. Harding había pasado por aquí una vez, apenas una semana, en un viaje que hizo de Bangkok a Tokio. Pyle cometió el error de llevar su idea a la práctica. Harding había escrito algo sobre la necesidad de una Tercera Fuerza. Pyle formó una; un bandidito de opereta con dos mil hombres y un par de tigres amaestrados. En fin, quiso meterse donde nadie lo llamaba.

—Usted no lo hace jamás, ¿no es cierto?

—Trato de no hacerlo.

—Pues ha fracasado, Fowler.

No sé por qué recordé al capitán Trouin, y esa noche que ya me parecía tan lejana en el tiempo, la noche del fumadero de Haifong. ¿Qué me había dicho? Algo así como que todos nos vemos implicados, tarde o temprano, en un momento de emoción. Contesté:

—Usted habría sido un excelente cura, Vigot. No sé qué tiene que hace tan fácil el confesarse con usted, suponiendo que haya algo que confesar.

—Nunca he deseado confesiones.
—Pero se las han hecho, ¿no?
—De vez en cuando.
—¿Será porque, como en el caso de los curas, su trabajo no es escandalizarse, sino ser comprensivo? «Señor policía, debo contarle exactamente por qué le hundí el cráneo a la anciana.» «Sí, Gustavo, ponte cómodo y cuéntame por qué lo hiciste.»
—Usted tiene mucha imaginación. ¿No bebe, Fowler?
—Seguramente debe de ser muy arriesgado para un criminal beber con un oficial de policía.
—No he dicho nunca que usted fuera un criminal.
—Pero ¿suponiendo que la bebida despertara, también en mí, el deseo de confesar? En la profesión de ustedes no existe el secreto de la confesión.
—El secreto es muy poco importante en general para el hombre que confiesa; aun cuando se confiese a un cura. Tiene otros motivos.
—¿Purificarse?
—No siempre. A veces es porque quiere verse claramente tal como es, nada más. A veces es porque está harto de engañar. Usted no es un criminal, Fowler, pero me gustaría saber por qué me mintió. Usted vio a Pyle la noche de su muerte.
—¿De dónde sacó esa idea?
—No sospecho ni vagamente que lo haya matado usted. No le creo capaz de emplear una bayoneta herrumbrada.
—¿Herrumbrada?
—Son los detalles que se obtienen de una autopsia. Pero creo haberle dicho ya que no fue ésa la causa de la muerte. Fue el barro de Dakau —me tendió el vaso para que le sirviera otro whisky. Prosiguió—: Bueno, vamos al grano. ¿Usted estuvo en el Continental, tomando algo, a las seis y diez?

—Sí.
—¿Y a las seis y cuarenta y cinco estuvo hablando con otro periodista en la puerta del Majestic?
—Sí, con Wilkins. Ya hemos hablado de todo esto, Vigot, la misma noche.
—Sí. Después he tratado de verificarlo. Es asombroso que pueda recordar detalles tan poco importantes.
—Soy reportero, Vigot.
—Quizá las horas no sean muy exactas, pero nadie podría reprocharle, ¿no es verdad?, que se equivocara en un cuarto de hora aquí y diez minutos allá. No tenía ningún motivo para considerar importante la hora. Habría sido mucho más sospechoso que las horas fueran exactas.
—¿No lo eran?
—No del todo. Cuando habló con Wilkins eran las siete menos cinco.
—Otros diez minutos.
—Por supuesto. Como acabo de decirle. Y cuando llegó al Continental acababan de dar las seis.
—Mi reloj siempre adelanta un poco —le dije—. ¿Qué hora tiene usted en el suyo?
—Las diez y ocho minutos.
—En el mío tengo las diez y dieciocho. Ya ve.
Ni se molestó en mirar. Dijo:
—Por lo tanto, la hora que usted propuso para su conversación con Wilkins difería en veinticinco minutos de la real, según su reloj. Una diferencia notable, ¿no le parece?
—Quizá haya corregido la hora inconscientemente. Quizá ese día había puesto el reloj en hora. A veces lo hago.
—Lo que me interesa —dijo Vigot—..., ¿puede servirme un poco más de soda...?, está demasiado fuerte...; lo que me interesa es que no esté en absoluto enojado conmigo. No es muy agradable ser interrogado como lo estoy interrogando.

—Me resulta interesante, como una novela policíaca. Y después de todo, usted sabe perfectamente que yo no maté a Pyle..., usted mismo lo ha dicho.

—Sé —dijo— que no estuvo presente en su asesinato.

—No sé qué espera demostrar descubriendo que me equivoqué diez minutos aquí y cinco en otra parte.

—Nos da un poco de espacio —dijo Vigot—, un espacio de tiempo.

—¿Espacio para qué?

—Para que Pyle viniera a verlo.

—¿Por qué le interesa tanto comprobar eso?

—A causa del perro —dijo Vigot.

—¿Y el barro entre las patas?

—No era barro. Era cemento. Fue así: esa noche, en alguna parte, mientras el perro seguía a Pyle, metió las patas en un piso de cemento fresco. Recordé que en la planta baja de su casa había visto albañiles; todavía están trabajando. Esta noche cuando vine los vi. En este país trabajan hasta de noche.

—Vaya a saber en cuántas casas hay albañiles... y cemento fresco. ¿Ninguno recordaba el perro?

—Naturalmente, les pregunté. Pero aun si lo hubieran recordado, no me lo habrían dicho. Soy un policía.

Cesó de hablar y se repantigó en el sillón, observando el vaso. Me pareció, no sé por qué, que alguna analogía le había llamado la atención, y que su pensamiento estaba muy lejos del tema. Una mosca se arrastró por el dorso de su mano; no la espantó, como no la habría espantado tampoco Domínguez. Tuve la sensación de una fuerza inmóvil y profunda. Hasta era posible que estuviera rezando.

Me levanté, aparté las cortinas y entré en el dormitorio. No porque fuera a buscar nada allí, sino porque quería alejarme un momento de ese silencio sentado en el sillón. En el estante estaban los libros ilustrados de Fuong. Entre las lociones me había dejado un telegrama, algún mensaje seguramente de la oficina de Londres. No me sentía de humor para abrirlo. Todo estaba como antes de la llegada de Pyle. Los cuartos no cambian, los adornos se quedan donde uno los pone; sólo el corazón se deteriora.

Volví a la sala; Vigot se llevó el vaso a los labios. Dije:

—No tengo nada que decirle. Nada en absoluto.

—Entonces, me iré. Supongo que no volveré a molestarlo.

Al llegar a la puerta se volvió, como si le costara renunciar a la esperanza; su esperanza o la mía.

—¡Qué película rara la que fue a ver esa noche! No habría creído jamás que le interesaran esas películas de época. ¿Qué era? ¿*Robin Hood*?

—Creo que *Scaramouche*. Tenía que matar el tiempo de algún modo. Y, además, quería distraerme.

—¿Distraerse?

—Todos tenemos nuestras preocupaciones personales, Vigot —le expliqué.

Se fue Vigot; antes de una hora no volvería Fuong, una hora sin compañía. Era raro cómo me había perturbado esta visita. Como si un poeta me hubiera traído una obra para que le diera mi opinión, y yo, con algún acto de descuido, se la hubiera destruido. Soy un hombre sin vocación, porque el periodismo no se puede considerar seriamente como una vocación; pero soy capaz de reconocer la vocación de los demás. Y ahora Vigot tendría que cerrar definitivamente su sumario incompleto. Deseé tener la valentía de llamarlo y decirle: «Tiene razón. Estuve con Pyle la noche de su muerte.»

Capítulo II

1

Mientras me dirigía al Quai Mytho, me crucé con varias ambulancias que partían de Cholón hacia la plaza Garnier. Casi podía calcular la velocidad con que viajaba el rumor por la expresión de las caras en la calle, que al principio se volvían hacia quien como yo venía de la plaza, con miradas de expectativa y curiosidad. Pero ya al llegar a Cholón resultaba evidente que había viajado más rápidamente que la noticia, porque la vida seguía como siempre, ocupada, normal, sin interrupción; nadie sabía todavía.

Encontré el portón del depósito del señor Chou y subí a su casa. Nada había cambiado desde mi última visita. El gato y el perro seguía saltando del piso a la caja de cartón y de allí a la valija, como un par de caballos de ajedrez que no consiguen comerse. La criaturita se arrastraba por el suelo, y los dos ancianos seguían jugando al *mah-jong*. Solamente los jóvenes habían desaparecido. Apenas aparecí en la puerta, una de las mujeres empezó a servirme té. La vieja seguía sentada en la cama, mirándose los pies.

Pregunté por el señor Heng. Meneé la cabeza cuando me ofrecieron el té; no estaba de humor para empezar una nueva serie de tazas de esa trivial infusión amarga.

—Es absolutamente necesario que vea al señor Heng.

Parecía imposible hacerles entender la urgencia de mi pedido, pero quizá el hecho mismo de que me negara a tomar el té les causó cierta inquietud. O quizá porque, igual que Pyle, tenía sangre en los zapatos. Fuera como fuese, después de una breve demora una de las mujeres me condujo hacia afuera, me hizo bajar la escalera y recorrer dos calles muy animadas, llenas de banderas, y me dejó frente a lo que en el país de Pyle seguramente habrían llamado un «salón fúnebre», lleno de esos jarrones de piedra donde se van colocando los huesos resurrectos de los chinos muertos.

—El señor Heng —dije a un viejo chino que estaba en la puerta—, el señor Heng.

Parecía un lugar de espera muy adecuado para ese día, que había comenzado con la colección erótica del cauchero y proseguido con los cuerpos destrozados de la plaza. Alguien llamó desde un cuarto interno; el chino se apartó y me hizo entrar.

Heng en persona se adelantó cordialmente y me condujo hasta otro cuartito interno, circundado de esas sillas negras, talladas e incómodas que uno encuentra en todo vestíbulo chino; desocupadas, poco acogedoras. Pero tuve la sensación de que en esta ocasión alguien las había ocupado, porque en la mesa se veían cinco tacitas de té, dos de ellas medio llenas todavía.

—Veo que he interrumpido una reunión —dije.

—Cosas de negocios —dijo el señor Heng, evasivamente—, cosas sin importancia. Siempre tengo mucho gusto en verlo, señor Fowler.

—Vengo de la plaza Garnier —dije.

—Me lo imaginaba.

—Ya ha sabido...

—Alguien me llamó por teléfono. Parece más conveniente que me mantenga alejado del señor Chou durante un tiempo. La policía estará hoy muy ocupada.

—Pero ustedes no tienen nada que ver con esto.

—El deber de la policía es encontrar un culpable.

—Fue Pyle nuevamente —dije.

—Sí.

—No sé cómo pudo hacer algo tan horrible.

—El general Thé no es un personaje fácil de dominar.

—Y el material plástico no es un juguete apropiado para los chicos de Boston. ¿Quién es el jefe de Pyle, Heng?

—Tengo la impresión de que el señor Pyle es, en gran parte, su propio jefe.

—¿Qué es en realidad? ¿Un O.S.S.?

—Las iniciales no son demasiado importantes.

—¿Qué puedo hacer, Heng? Hay que poner fin a estas actividades.

—Puede publicar la verdad. ¿O quizá no pueda?

—Mi periódico no se interesa en el general Thé. Se interesa solamente en ustedes, Heng.

—¿Quiere realmente que pongamos fin a las actividades del señor Pyle, señor Fowler?

—Si lo hubiera visto, Heng. Apareció en la plaza y dijo que todo había sido un desdichado error, que en realidad esperaban un desfile. Que tenía que hacerse limpiar los zapatos antes de ir a ver al ministro.

—Naturalmente, usted podría contar lo que sabe a la policía.

—Tampoco ellos se interesan en el general Thé. ¿Y cree que se atreverían a tocar a un norteamericano? Tienen privilegios diplomáticos. Es un universitario de Harvard. El ministro siente gran predilección por Pyle. Heng..., había una mujer cuyo hijito..., lo había tapado con su sombrero de paja. No puedo pensar en otra cosa. Y también había otra en Fat Diem.

—Tiene que tratar de calmarse, señor Fowler.

—¿Qué nueva catástrofe estará preparando, Heng? ¿Cuántas bombas y cuántos niñitos muertos se pueden obtener de un tambor de Diolaction?

—¿Estaría dispuesto a ayudarnos, señor Fowler?

—Se mete como un imbécil en lo que no entiende, y la gente tiene que pagar con la vida sus equivocaciones. Lástima que los compañeros de usted no lo pescaron en el río, cuando iba de Nam Dinh a Fat Diem. Se habrían salvado tantas vidas humanas...

—Estoy de acuerdo con usted, señor Fowler. Hay que contenerlos. Quisiera sugerirle una posibilidad.

Alguien tosió delicadamente detrás de la puerta, luego escupió con estrépito. Heng dijo:

—Si usted quisiera invitarlo a comer esta noche en el Vieux Moulin. Entre las ocho y media y las nueve y media.

—¿Para qué...?

—Podríamos hablarle por el camino —dijo Heng.

—Tal vez ya tenga un compromiso.

—Quizá fuera mejor que usted le pidiera que pase por su casa a eso de las seis y media. A esa hora sin duda estará libre; irá, con seguridad. Si puede comer con usted, asómese a la ventana con un libro, como si se acercara a la luz para leer alguna cosa.

—¿Y por qué el Vieux Moulin?

—Porque queda junto al puente de Dakau; supongo que por allí será fácil encontrar un lugar donde conversar sin que nos molesten.

—¿Qué le van a hacer?

—No es necesario que lo sepa, señor Fowler. Pero le prometo que obraremos con toda la delicadeza que la situación nos permita.

Los amigos invisibles de Heng se movían como ratas contra la pared.

—¿Nos hará este favor, señor Fowler?
—No sé —dije—, no sé.
—Tarde o temprano —dijo Heng, y me recordó al capitán Trouin en el fumadero—, uno tiene que elegir partido, si quiere seguir siendo humano.

2

Dejé una nota en la Legación pidiendo a Pyle que pasara por mi casa, y luego me fui a pie al Continental, para tomar algo. Ya habían limpiado los escombros; los bomberos habían barrido la plaza con mangueras. En ese momento no me imaginaba qué importantes serían después la hora y el lugar. Hasta se me ocurrió quedarme allí sentado toda la noche y suspender nuestro encuentro. Luego, pensé que tal vez pudiera asustar a Pyle y conseguir que se quedara quieto, avisándole el peligro que corría, fuera cual fuere el peligro. Por tanto, bebí mi cerveza y me volví a casa; cuando llegué, empecé a desear que Pyle no viniera. Traté de leer, pero no tenía ningún libro en casa capaz de distraerme. Quizá me hubiera convenido fumar, pero no había nadie para prepararme la pipa. Contra mi voluntad, escuchaba, esperando un rumor de pasos que por fin se acercaron. Alguien llamó. Abrí la puerta, pero era Domínguez.
—¿Qué quiere, Domínguez? —dije.
Me miró con aire de sorpresa.
—¿Qué quiero? —miró su reloj—. Siempre vengo a esta hora. ¿No tiene ningún telegrama que mandar?
—Disculpe..., me había olvidado. No, no tengo.
—¿Algún informe adicional sobre la bomba? ¿No quiere que agregue algo?
—Oh, escriba alguna cosa si quiere, Domínguez,

yo no puedo. No sé por qué; quizá por el hecho de haber estado en el lugar del desastre estoy un poco impresionado. No puedo pensar en lo sucedido como si fuera una noticia.

Lancé un manotazo a un mosquito que se acercó zumbando a mi oído, y vi que Domínguez fruncía instintivamente el ceño ante mi golpe.

—No se preocupe, Domínguez, no lo agarré.

Sonrió tristemente. No podía justificar esa repugnancia que le causaba el hecho de matar; después de todo era un cristiano, uno de los que habían aprendido de Nerón cómo se utilizan los cuerpos humanos para la iluminación.

—¿Puedo hacer algo por usted? —me preguntó.

No bebía, no comía carne, no mataba; le envidié esa delicadeza de carácter.

—No, Domínguez. Quisiera estar a solas esta noche, nada más.

Desde la ventana le vi alejarse por la rue Catinat. Justamente delante de mi casa había estacionado un triciclo con su conductor; Domínguez trató de tomarlo, pero el hombre meneó la cabeza. Posiblemente estuviera esperando a algún cliente que se encontraba en una de las tiendas de abajo, porque ése no era lugar donde solían estacionar triciclos. Miré el reloj, y me asombró comprobar que hacía apenas diez minutos que esperaba; cuando Pyle golpeó, me sorprendió, porque no había oído sus pasos.

—Adelante.

Pero como siempre, entró primero el perro.

—Me alegré de recibir tu nota, Thomas. Esta mañana pensé que estabas enfadado conmigo.

—Tal vez lo estuviera. No era un hermoso espectáculo.

—Ya sabes tanto, que no importa si te digo algo más. Esta tarde estuve con el general Thé.

—¿Estuviste con él? ¿Está en Saigón? Supongo que

habrá venido a ver qué tal había resultado su bomba.
—Esto te lo digo entre nosotros. Lo amonesté muy seriamente.

Hablaba como el capitán de un equipo de fútbol que ha descubierto una picardía cometida por uno de sus muchachos. De todos modos, le pregunté con alguna esperanza:

—¿Has roto con él?
—Le dije que si volvía a cometer una cosa semejante, no lo ayudaríamos más.
—Pero ¿entonces seguirás ayudándolo, Pyle?

Di un empujón impaciente a su perro, que me olfateaba los tobillos.

—No puedo dejarlo solo. Quieto, *Duke*. A la larga, es la única esperanza que tenemos. Si llegara al poder con nuestra ayuda, podríamos confiar en él...
—¿Cuánta gente tendrá que morir para que comprendas...?

Pero era evidente que mi argumento no podía convencerlo.

—¿Para que comprenda qué, Thomas?
—Que en la política no existe la gratitud, en absoluto.
—Por lo menos no nos odiarán como odian a los franceses.
—¿Estás seguro? A veces sentimos una especie de afecto por nuestros enemigos, y a veces sentimos odio por nuestros amigos.
—Hablas como un europeo, Thomas. Esta gente no es tan complicada.
—¿Eso es todo lo que aprendiste en varios meses? Lo único que falta es que los llames infantiles.
—Bueno..., en cierto sentido.
—Encuéntrame un niño que no sea complicado, Pyle. Cuando somos niños, somos una selva de complicaciones. Nos vamos simplificando a medida que crecemos.

Pero ¿de qué servía hablarle? Tanto en sus argumentos como en los míos había algo irreal. Yo corría peligro de convertirme en un editorialista antes de tiempo. Me levanté y me dirigí hacia el estante de los libros.

—¿Qué buscas, Thomas?

—Oh, nada, un trozo que en un tiempo me gustaba mucho. ¿Quieres comer conmigo, Pyle?

—Me encantaría, Thomas. Estoy tan contento de que ya no estés enfadado conmigo. Sé que no vas de acuerdo con mis ideas, pero podemos no estar de acuerdo, ¿no es verdad?, y seguir siendo amigos.

—No sé. No creo.

—Después de todo, Fuong era más importante que todo esto.

—Realmente, ¿lo crees así, Pyle?

—Pero claro, Fuong es la cosa más importante del mundo. Para mí. Y también para ti, Thomas.

—Para mí ya no lo es, Pyle.

—La de hoy fue una impresión terrible, Thomas, pero ya verás, dentro de una semana la habrás olvidado. Además, estamos ocupándonos de los parientes también.

—¿Ustedes? ¿Quiénes son ustedes?

—Hemos telegrafiado a Washington. Nos darán permiso para emplear con ese fin parte de nuestros fondos.

Lo interrumpí:

—¿Te parece bien el Vieux Moulin? ¿Entre las nueve y las nueve y media?

—Donde tú quieras, Thomas.

Me acerqué a la ventana. El sol ya se había puesto entre los techos. El conductor del triciclo seguía esperando a su cliente. Bajé la vista hacia él, y él alzó los ojos hacia mí.

—¿Esperas a alguien, Thomas?

—No. Estoy buscando unas líneas en este libro, nada más.

Para encubrir mi acto, leí en voz alta, elevando el libro hacia la luz que declinaba:

Voy en coche por las calles y no me importa un comino,
la gente me mira, se pregunta quién soy;
y si por azar atropello a un recadero,
siempre puedo pagar los daños y perjuicios.
Es tan lindo tener dinero, sí, señor,
es tan lindo tener dinero.

—¡Qué poesía más rara! —dijo Pyle, con un matiz de desaprobación.
—El autor era un poeta del siglo diecinueve. No hubo tantos que puedan ser considerados adultos.

Volví a mirar hacia la calle. El conductor del triciclo se había ido.

—¿No tienes nada para beber? —preguntó Pyle.
—Sí, pero pensé que tú...
—Quizá esté empezando a aflojar un poco en ese sentido —dijo Pyle—. Influencia tuya. Creo que me haces mucho bien, Thomas.

Traje la botella y los vasos; primero me olvidé un vaso en la cocina y luego tuve que volver a buscar agua. Todo lo que hacía esa noche me llevaba mucho tiempo. Pyle dijo:

—Te diré que mi familia es maravillosa, pero quizá exageren un poco en el sentido de lo estricto. Tenemos una de esas casas antiguas en Chestnut Street, subiendo la barranca a la derecha. Mi madre colecciona objetos de vidrio, y mi padre, cuando no se dedica a erosionar sus viejos acantilados, colecciona todos los manuscritos y textos sobre Darwin que encuentra. Ya ves, viven en el pasado. Tal vez fuera por eso que York me hizo tanta impresión. Me pareció, no sé, abierto a toda idea moderna. Mi padre es un aislacionista.

—Quizá me gustaría tu padre —le dije—. Yo también soy un aislacionista.

Aunque siempre impasible, Pyle estaba esa noche en vena de conversación. Yo no escuchaba todo, porque tenía el pensamiento en otra parte. Trataba de convencerme de que el señor Heng contaba seguramente con otros medios de persuasión, además del medio más sencillo y más obvio. Pero en una guerra como ésta yo sabía que no podían perder tiempo en vacilaciones; uno usaba el arma más a mano: los franceses, la bomba de napalm; el señor Heng, el revólver o el cuchillo. Demasiado tarde, pensé que no me tocaba a mí ser juez en esta cuestión; dejaría que Pyle siguiera hablando cuanto quisiera, y luego le pondría sobre aviso. Podía pasar la noche en mi casa. Era difícil que vinieran a buscarle allí. Creo que en esos momentos hablaba de su vieja niñera:

—En realidad yo la quería más a ella que a mi madre, ¡y qué tartas sabía hacer!

Le interrumpí:

—Supongo que ahora llevarás un arma contigo, desde aquella noche...

—No. En la Legación tenemos orden...

—Pero tú realizas tareas especiales.

—Sería inútil; si quisieran agarrarme siempre podrían hacerlo. De todos modos soy más ciego que un topo. En el colegio me llamaban murciélago, justamente porque no podía ver nada en la oscuridad. Una vez estábamos jugando...

Había empezado nuevamente con los recuerdos. Regresé a la ventana.

Frente a ella esperaba un conductor con su triciclo. Yo no estaba seguro, pero me pareció que era otro; se parecen tanto. Quizá estuviera realmente esperando a un cliente. Pensé que tal vez Pyle estuviera más seguro en la Legación. Ya debían de haber establecido el plan, apenas recibida mi señal, para más tarde, entrada la noche; algo que incluía de algún modo el puente de Dakau. No comprendía cómo ni por qué; seguramente Pyle no sería tan tonto de pasar por Dakau después del anochecer, y nuestro lado del puente siempre estaba vigilado por la policía armada.

—Hoy hablo yo solamente —dijo Pyle—. No sé por qué, pero esta noche me siento...

—Continúa —le contesté—. Hoy no tengo ganas de hablar, nada más. Quizá fuera mejor suspender la cena.

—No, por favor. Me he sentido tan alejado de ti, desde..., bueno...

—Desde que me salvaste la vida —dije, sin poder ocultar la amargura de la herida que yo mismo me infligía.

—No, no quise decir eso. De todos modos, cómo hablamos, ¿no?, aquella noche. Como si hubiera sido nuestra última noche juntos. Esa vez aprendí mucho sobre tu carácter, Thomas. No estoy de acuerdo contigo, debo repetirlo, pero quizá para ti sea lo mejor..., me refiero al hecho de no querer complicarte en lo que nos rodea. Se ve que para ti es algo que te nace del alma; esa noche, hasta cuando te rompiste la pierna supiste mantenerte neutral en todo momento.

—Siempre hay un momento crítico en que uno cambia —dije—. Un momento de emoción...

—Todavía no has llegado a ese momento. Dudo que llegues jamás. Y yo tampoco es probable que cambie..., salvo con la muerte.

Esto último lo dijo con cierta alegría.

—¿Ni siquiera con lo que ocurrió esta mañana? ¿No era suficiente para cambiar una opinión?

—Eran víctimas de guerra —dijo—. Una lástima, pero no siempre se puede dar en el blanco. De todos modos, murieron por una causa noble.

—¿Habrías dicho lo mismo si una de las víctimas hubiera sido tu vieja niñera, con una de sus tartas?

Pasó por alto esta sencilla trampa dialéctica.

—En cierto sentido se puede decir que murieron por la democracia — dijo.

—No sabría traducir esa frase al vietnamita.

De pronto me sentí muy cansado. Habría deseado irme rápidamente de allí y morirme. Luego podría reiniciar mi vida..., a partir del momento en que Pyle no existía aún.

—Nunca me tomarás en serio, ¿no es cierto, Thomas? —dijo, quejándose, con esa alegría de colegial que parecía haber mantenido oculta hasta esa noche; justamente hasta esa noche.

—Oye, te propongo una cosa: Fuong está en el cine, ¿por qué no pasamos toda la noche juntos? No tengo nada que hacer hoy.

Era como si alguien, desde fuera, lo dirigiera y le hiciera escoger las palabras, para que no me quedara la menor posibilidad de excusa. Prosiguió:

—¿Por qué no vamos al Chalet? Desde aquella noche no he vuelto más. Se come tan bien como en el Vieux Moulin, y además hay música.

—Preferiría no recordar aquella noche —dije.

—Perdón. A veces soy tan estúpido, Thomas; no me doy cuenta de nada. ¿Qué te parece si vamos a un restaurante chino de Cholón?

—Para comer bien tendríamos que haber pedido la comida antes. ¿Te da miedo el Vieux Moulin, Pyle? Está bien resguardado, y siempre hay policía en el puente. Y supongo que no serías tan tonto, ¿no?, como para pasar por Dakau.

—No es por eso. Solamente que me pareció tan divertido hacer algo excepcional esta noche.

Hizo un ademán y volcó el vaso, que se cayó y se rompió.

—Buen augurio —dijo mecánicamente—. Discúlpame, Thomas.

Recogí los pedazos y los puse en el cenicero.

—¿Qué me dices, Thomas?

Los cristales rotos me recordaron las botellas del bar del Pavillon, su contenido que goteaba por el piso.

—Le avisé a Fuong que tal vez saldría contigo.

¡Qué mal elegida resultaba esa palabra «avisar»! Recogí el último pedacito de cristal.

—Tengo un compromiso en el Majestic —contesté—, y no estaré libre antes de las nueve.

—Bueno; supongo que tendré que volverme a la oficina. El inconveniente es que allí siempre me pueden retener con algún trabajo urgente.

No estaba mal darle por lo menos esa oportunidad.

—No te preocupes si se te hace tarde —dije—. Si te retienen en la oficina, puedes pasar por aquí cuando termines. Volveré a las diez, si no puedes ir al Vieux Moulin, y te esperaré.

—Te haré saber con tiempo...

—No te molestes. Ve al Vieux Moulin o, si no puedes, vente aquí.

De ese modo entregaba la decisión a ese alguien en quien no creía; puedes intervenir si quieres; un telegrama sobre su escritorio; un mensaje del ministro. No existes, a menos que tengas el poder de modificar el porvenir.

—Y ahora, vete, Pyle. Tengo que hacer algunas cosas todavía.

Me sentí raramente exhausto mientras le oía alejarse, acompañado por el ruidito suave de las patas del perro.

3

Cuando salí no encontré ningún triciclo hasta llegar a la rue d'Ormay. Seguí a pie hasta el Majestic y me quedé un rato contemplando cómo descargaban los bombarderos norteamericanos a la luz de reflectores. No se me había ocurrido la posibilidad de fabricarme una coartada, pero ya le había dicho a Pyle que iba al Majestic, y el hecho de decir más mentiras de lo necesario me producía una especie de repugnancia irracional.

—Buenas noches, Fowler.

Era Wilkins.

—Buenas.

—¿Cómo va esa pierna?

—Ya está bien.

—¿Has mandado un buen informe de lo de hoy?

—Se lo hice escribir a Domínguez.

—¡Oh!, me habían dicho que estuviste en el lugar del hecho.

—Sí; estaba. Pero en estos días hay tan poco espacio en el diario. No quieren noticias largas.

—Sí; parece que esto ya no le interesa a nadie —dijo Wilkins—. Lástima que no vivimos en los tiempos de Russell y del antiguo *Times*. Cuando mandaban los despachos en globo. Uno tenía tiempo de escribir lo que se le ocurría en esos días. Russell habría escrito una columna aun sobre esto. El hotel de lujo, los bombarderos, la noche que cae. Hoy en día, ya no cae nunca la noche para nosotros, ¿no es verdad?, a tantas piastras por palabra.

Desde muy alto, como del cielo, se oía vagamente un rumor de risas; alguien rompió un vaso, como Pyle. El ruido cayó sobre nosotros como estalactitas de hielo.

—«Las luces brillaban sobre hermosas mujeres y hombres valientes» —citó Wilkins, con malevolencia—. ¿Qué haces esta noche, Fowler? ¿No quieres comer conmigo?

—Estoy comprometido. En el Vieux Moulin.

—Espero que te diviertas. Estará Granger también. Tendrían que anunciar veladas especiales con la presencia de Granger. Para los que desean ruidos de fondo.

Le dije buenas noches y entré en el cinematógrafo. Errol Flynn, o tal vez fuera Tyrone Power (no puedo distinguirlos cuando usan esos calzones ajustados), se balanceaba colgado de una soga y saltaba de los balcones y cabalgaba a pelo hacia auroras en tecnicolor. Rescataba a una muchacha y mataba a su enemigo y vivía una vida encantada. Era lo que se llama una película para chicos, pero la imagen de Edipo que emerge del palacio de Tebas con los ojos chorreando sangre sería, sin duda, un mejor entrenamiento para el mundo de hoy. Ya ninguna vida es encantada. Pyle había tenido suerte en Fat Diem y en el camino de Tanyin, pero la suerte no dura, y sólo le quedaban dos horas para comprobar que ningún hechizo lo salvaría. Un soldado francés estaba sentado a mi lado, con una mano sobre el regazo de una muchacha; le envidié la sencillez de su felicidad o de su desdicha, cualquiera de las dos. Salí antes de que terminara la película y tomé un triciclo hasta el Vieux Moulin.

El restaurante estaba bien protegido contra las granadas; en el extremo del puente, dos policías armados montaban guardia. El dueño del local me hizo pasar a través de las alambradas de la entrada. El local olía a pollo y a manteca derretida en el calor pesado de la noche.

—¿El señor forma parte del grupo que come con el señor Granger? —me preguntó.

—No.

—¿Una mesa para uno?

En ese momento, por primera vez, pensé en el futuro y en las preguntas que podrían hacerme.

—Para uno solo —contesté.

Y era casi como decir en voz alta que Pyle estaba muerto.

Había un solo salón, y el grupo de Granger ocupaba una amplia mesa del fondo; el patrón me dio una pequeña, más cerca del enrejado de alambre. No había vidrieras, para precaverse de los vidrios rotos. Reconocí a algunas de las personas que comían con Granger y les dirigí una pequeña inclinación antes de sentarme; Granger, por su parte, desvió la mirada. Hacía meses que no lo veía; lo había encontrado una sola vez desde aquella noche, cuando Pyle se había enamorado de Fuong. Quizá alguna de las frases hirientes que dije esa noche había conseguido penetrar a través de la niebla del alcohol, porque ahora me fruncía el ceño, en la cabecera de la mesa, mientras la señora Desprez, esposa de un funcionario de relaciones públicas, y el capitán Duparc, del Servicio de Enlace de Prensa, me saludaban cordialmente. Había un hombre corpulento, según creo un hotelero de Pnom Penh; una muchacha francesa que yo no había visto nunca y dos o tres caras que sólo había divisado alguna vez en un bar. Por una vez parecía un grupo muy callado.

Pedí un *pastis*, porque quería darle tiempo a Pyle para llegar; los planes a veces fracasan, y mientras no empezara a comer, era como si quedara alguna esperanza. De pronto me pregunté, ¿esperanza de qué? ¿Buena suerte para los O.S.S. o como demonios se llamaran los de su banda? ¿Larga vida y honor a las bombas de material plástico y al general Thé? O tal vez —yo, justamente yo— esperaba alguna especie de milagro: algún método de discusión, descubierto por el señor Heng, que no consistiera sencillamente en la muerte. ¡Cuánto más fácil habría sido todo si nos hubieran matado a los dos en el camino de Tanyin! Me quedé unos veinte minutos bebiendo *pastis*, y luego pedí que me trajeran la comida. Pronto serían las nueve y media: ya no vendría.

A pesar mío, prestaba atención, ¿esperando oír

qué?, ¿un grito?, ¿un tiro?, ¿algún movimiento de los policías del puente? Pero de todos modos no oiría nada, porque los invitados de Granger empezaban a dar muestras de animación. El *hôtelier*, que tenía una voz naturalmente agradable, empezó a cantar, y cuando saltó el tapón de otra botella de champaña, varios comensales se agregaron al canto, pero no Granger. Seguía allí sentado, con los ojos enrojecidos, mirándome a través del salón. Me pregunté si se preparaba una pelea; yo no podía competir con Granger.

Cantaban una canción sentimental, y meditando sin hambre cómo me disculparía por no haber comido el pollo a la Duc Charles, pensé en Fuong por primera vez desde el mediodía. Recordé que Pyle, sentado en el suelo mientras esperábamos el ataque de los vietmineses, había dicho: «Parece fresca como una flor», y que yo le había contestado frívolamente: «Pobre flor.» Ya no vería nunca Nueva Inglaterra, ni aprendería los secretos de la canasta. Quizá ya no supiera nunca lo que era la verdadera seguridad; ¿qué derecho tenía yo para juzgarla menos importante que los cadáveres de la plaza? El sufrimiento no aumenta con la cantidad de los que sufren; un cuerpo puede contener todo el sufrimiento del mundo. Yo había juzgado, como un periodista, de acuerdo con la cantidad; había traicionado mis propios principios; me había vuelto tan *engagé* como Pyle, y me parecía que de allí en adelante ninguna decisión me resultaría sencilla. Miré el reloj, y eran casi las diez menos cuarto. Quizá, después de todo, lo hubieran retenido en la oficina; quizá ese «alguien», en quien él creía, había obrado por su bien, y en esos momentos Pyle estaba sentado en su oficina de la Legación, tratando de descifrar apresuradamente un telegrama, y pronto aparecería subiendo la escalera de dos en dos en mi casa de la rue Catinat. Pensé: «Si viene, le contaré todo.»

De pronto Granger se levantó y se acercó a mí. Ni siquiera vio una silla que le obstruía el paso; tropezó y se apoyó con una mano en mi mesa.

—Fowler —dijo—, venga afuera.

Dejé el dinero suficiente sobre la mesa y lo seguí. No estaba de humor para pelearme con él, pero en ese momento no me habría importado si me hubiera golpeado hasta dejarme inconsciente. Tenemos tan pocas maneras de aplacar nuestra culpabilidad.

Se apoyó en el parapeto del puente; los dos policías lo vigilaban desde lejos. Dijo:

—Tengo que hablar con usted, Fowler.

Me acerqué hasta la distancia necesaria para dejarme pegar, y esperé. No se movió. Era como una estatua simbólica de todo lo que yo más odiaba en los Estados Unidos: tan mal hecha como la estatua de la Libertad, y tan carente de sentido. Dijo sin moverse:

—Usted cree que estoy borracho. Se equivoca.

—¿Qué pasa, Granger?

—Tengo que hablar con usted, Fowler. No quiero seguir allí sentado con esos franchutes esta noche. Usted no me gusta, Fowler, pero por lo menos habla inglés. Una especie de inglés.

Seguía allí apoyado en la penumbra, corpulento e informe, como un continente inexplorado.

—¿Qué quiere, Granger?

—No me gustan los británicos —dijo Granger—. No sé cómo Pyle puede tragarlo. Tal vez sea porque él es de Boston. Yo soy de Pittsburgh, a mucha honra.

—¿Por qué no?

—Ahí tiene, es inútil.

E hizo una mísera tentativa de burlarse de mi acento inglés.

—Todos ustedes hablan como si estuvieran hinchados. Se creen tan asquerosamente superiores. Se creen que saben todo.

—Buenas noches, Granger. Tengo que encontrarme con alguien.

—No se vaya, Fowler. ¿No tiene corazón? No puedo seguir hablando con esos franchutes.

—Usted está borracho.

—He tomado dos copas de champaña nada más, ¿y usted no se emborracharía si estuviera en mi lugar? Tengo que irme al Norte.

—¿Y qué tiene de malo?

—Oh, ¿no le dije, tal vez no sabe? No sé por qué me parece que todos lo saben. Esta mañana recibí un telegrama de mi mujer.

—¿Y?

—Mi hijo tiene la poliomielitis. Está muy mal.

—Lo siento.

—No hace falta que lo sienta. No es su hijo.

—¿Y no puede tomar el avión e irse a su casa?

—No puedo. Quieren un informe sobre unas malditas operaciones de limpieza cerca de Hanoi, y Connolly está enfermo.

Connolly era su ayudante.

—Lo lamento, Granger. Ojalá pudiera ayudarlo en algo.

—Esta noche es su cumpleaños. A las diez y media, hora local, cumple ocho años. Por eso había organizado una cena con champaña antes de recibir la noticia. Tenía que decírselo a alguien, Fowler, y no puedo decírselo a esos franchutes.

—Han avanzado mucho en la lucha contra la poliomielitis.

—No me importaría que quedara inválido, Fowler. Basta que no se muera. Yo sería un inútil si me quedara inválido, pero él es muy inteligente. ¿Sabe lo que hacía mientras ese desgraciado cantaba? Rezaba. Pensé que tal vez, si Dios necesitaba una vida, podía llevarse la mía.

—¿Usted cree en Dios, entonces?

—Ojalá creyera —dijo Granger.

Se pasó la mano abierta por la cara, como si le doliera la cabeza, pero en realidad para disimular que se limpiaba las lágrimas.

—Yo en su lugar me emborracharía —le dije.

—¡Oh, no, tengo que mantenerme lúcido! No quisiera más tarde recordar que estaba asquerosamente borracho la noche en que murió mi hijo. Mi mujer no puede emborracharse, ¿no es cierto?

—¿Y no puede avisarle al periódico...?

—Connolly no está verdaderamente enfermo. Se ha ido con un programa a Singapur. Tengo que reemplazarlo. Si lo supieran, lo echarían.

Se incorporó, como organizando su cuerpo informe. Dijo:

—Siento haberlo demorado Fowler. Tenía que decírselo a alguien. Ahora debo volver a la mesa y empezar los brindis. ¡Qué casualidad que fuera justamente usted, usted que no me puede ver!

—Yo le hago el informe, si quiere. Podría hacer creer que soy Connolly.

—No, se darían cuenta que no es norteamericano.

—Yo no le tengo antipatía, Granger. He sido muy ciego, he pasado por alto tantas cosas...

—¡Oh, usted y yo somos como el perro y el gato! Pero gracias, de todos modos, por sus palabras.

¿Sería yo tan diferente de Pyle, realmente? ¿También a mí tenían que meterme el pie a la fuerza en la porquería de la vida, para hacerme ver el sufrimiento? Granger entró; oí las voces alegres que lo saludaban. Encontré un triciclo y me hice llevar a casa. No había nadie; me quedé esperando hasta medianoche. Luego salí a la calle, ya sin esperanzas, y me encontré con Fuong.

Capítulo III

—¿Vino a verte el señor Vigot? —preguntó Fuong.
—Sí. Se fue hace un cuarto de hora. ¿Qué tal la película? ¿Era buena?

Ya había traído la bandeja al dormitorio, y ahora encendía la lámpara.

—Era muy triste —dijo—, pero los colores eran preciosos. ¿Qué quería el señor Vigot?
—Quería hacerme unas cuantas preguntas.
—¿Sobre qué?
—Sobre esto y aquello. No creo que vuelva a molestarme.
—A mí me gustan más las películas con un final feliz —dijo Fuong—. ¿Quieres fumar ya?
—Sí.

Me recosté en la cama, y Fuong comenzó a maniobrar la aguja. Dijo:

—A la chica le cortaron la cabeza.
—Qué cosa más rara. ¿Por qué le hicieron eso?
—Era la Revolución Francesa.
—Ah, una película histórica. Comprendo.
—De todos modos, era muy triste.
—Los personajes históricos no me conmueven mucho.
—Y su novio... se volvió a la buhardilla..., estaba muy triste y escribió una canción..., porque resulta que era poeta, y poco después toda la gente que le había cortado la cabeza a su novia empezó a cantar su canción. Era *La marsellesa*.

—No parece muy rigurosamente histórico —dije.
—Él estaba allí, delante de toda la gente que cantaba, y se veía tan amargado, y cuando sonreía uno sabía que estaba todavía muy amargado, y que pensaba en ella. Yo lloré mucho, y mi hermana también.
—¿Tu hermana llorando? No puedo creerlo.
—Es muy sensible. También estaba ese horrible tipo Granger. Estaba borracho, y no hacía más que reírse. Pero no era nada gracioso. Era triste.
—No se lo reprocho —dije—. Tiene motivos para estar contento. Su hijo está fuera de peligro. Hoy me lo dijeron en el Continental. A mí también me gustan los finales felices.

Después de fumar dos pipas me recosté con el cuello sobre el almohadón de cuero, y dejé una mano sobre el regazo de Fuong.

—¿Eres feliz?
—Por supuesto —contestó ella, distraídamente.

Yo no me había merecido una respuesta más considerada.

—Todo está como era antes —mentí—, hace un año.
—Sí.
—Hace mucho tiempo que no te compras un pañuelo de seda. ¿Por qué no vas de compras mañana?
—Es día de fiesta.
—Oh, es verdad. Me había olvidado.
—No abriste el telegrama —dijo Fuong.
—Cierto, también de eso me había olvidado. No quiero pensar en el trabajo esta noche. Y de todos modos, ya es demasiado tarde para telegrafiar noticias. Cuéntame más de la película.
—Bueno, resulta que el novio trató de rescatarla de la cárcel. Le llevó a escondidas ropas de muchacho y un sombrero de hombre como el que usaba el carcelero, pero justamente cuando ella pasaba por el

portón se le cayó todo el pelo sobre los hombros y todos gritaron: *Une aristocrate, une aristocrate.* Creo que eso fue un error del argumento. Tendrían que haberla dejado escapar. Entonces habrían ganado mucho dinero con la canción del muchacho y se habrían ido a Norteamérica..., o a Inglaterra.

Este agregado le habrá parecido una prueba de astucia.

—Será mejor que lea ese telegrama. Por el amor de Dios, espero que no me obliguen a viajar al Norte mañana. Quiero estar aquí tranquilo contigo.

Fuong sacó el sobrecito metido entre los frascos de lociones y cremas y me lo dio. Lo abrí, y leí: «Releí tu carta stop procedo insensatamente como esperabas stop ordené abogado iniciar divorcio motivo abandono stop Dios te bendiga afectuosamente Helen.»

—¿Tienes que irte?

—No —contesté—. No tengo que irme. Lee el telegrama. Ahí tienes tu final feliz.

Saltó de la cama.

—Pero es maravilloso. Tengo que ir a decírselo a mi hermana. Estará tan contenta. Le diré: «¿Sabes quién soy? Soy la nueva señora Fauler.»

Frente a mí, en la habitación, *El papel de Occidente* se destacaba como un retrato de cabecera; el retrato de un joven con el pelo cortado al ras y un perro negro que le seguía. Ya no podía hacer más daño a nadie. Le dije a Fuong:

—¿Lo echas mucho de menos?

—¿A quién?

—A Pyle.

Era extraño que ni siquiera ahora, ni siquiera hablando con ella, pudiera llamarlo por el nombre de pila.

—¿Me dejas ir, por favor? Mi hermana estará tan encantada.

—Una vez dijiste su nombre en sueños.

—No recuerdo nunca mis sueños.
—Hubierais podido hacer tantas cosas juntos. Era joven.
—Tú no eres viejo.
—Los rascacielos. El edificio del Empire State.
Con una breve vacilación, dijo:
—Quisiera ver la garganta de Cheddar.
—No es como el Gran Cañón.
Y la atraje hacia la cama.
—Lo siento, Fuong —le dije.
—¿Qué es lo que sientes? Es un telegrama maravilloso. Mi hermana...
—Sí, ve a decírselo a tu hermana. Dame un beso primero.

Su boca entusiasmada patinó sobre mi cara; un instante después había salido.

Recordé el primer día, recordé a Pyle sentado a mi lado en el Continental, contemplando la cafetería de enfrente. Desde su muerte todo me había salido bien, pero cómo deseaba que existiera alguien a quien poder decirle: «Lo siento.»

Marzo de 1952, junio de 1955.

- CARPENT... Los pasos perdidos
- PRIMERA MEMORIA — Ana Mª Matute
- MILAN KUNDERA — La inmortalidad
- LOS CABALLITOS DE TARQUINIA — ...erite Duras
- BOMARZO — Manuel Mujica Laínez
- MEMORIAS DE ÁFRICA — Isak Dinesen
- LAS E... DE...
- PATRICIA HIGHSMITH — Ripley en peligro
- EL TURISTA ACCIDENTAL — Anne Tyler
- ...MOI... Garras de astracán
- ...AVERA ...UNA ESQUINA ROT... Mario Bene...
- EL CLUB DE LA BUENA ESTRELLA — Amy Tan
- TRUMAN CAPOTE — Música para camaleones
- MIGUEL DELIBES — Madera de héroe
- ALBERTO MORAVIA — La ...mpesina
- WILT — Tom Sharpe
- PATRICIA HIGHSMITH — La máscara de Ripley
- ADOLFO BIOY CASARES — El lado de la sombra
- GRAHAM GREENE — El agente confidencial
- LA CANC... DEL VERDUGO — Norman Mailer
- MIGUEL...
- OPUS NIGRUM — Margue... Your...
- MARIO VARGAS LLOSA — Pantaleón y las...